吉江久彌

西鶴全句集

解釈と鑑賞

笠間書院

寓言と偽とは異なるぞ。うそなたくみそ、
つくりごとな申しそ。　西鶴

俳諧一言芳談

『俳諧団袋』（団水、元禄四年所収）

『壮子』の寓言は真理を語る為のもので、単なる作りごとではない。俳諧も嘘や作りごとではならぬ。

『西鶴全句集 解釈と鑑賞』に就いて

西鶴文学というと普通は西鶴の浮世草子（小説）を指していて、研究も専らその方面に限られ、俳諧の方は殆どなされていないのが現状である。尤も浮世草子には西鶴の作家としての思想や技能の凡てが窺われるので、私も彼の作品に見られる本質の追究に力を入れて独自の見解を得たのであるが、西鶴の本領である俳諧の方面には仲々手が届かなかった。それで遅きに失したけれども、是非にと思って、此の度発句の方から研究することにした次第である。

西鶴の得手は発句よりも連句の方であると思うが、連句の第一句（発句）は、一句としての独立性を持つと共に、脇句を考慮して余意余情を持たせなければならないので、特に念入りでなければならない。尤も発句は単独に作られることも多いが、それだけに一層心を込めて作らねばならない。西鶴の場合、佳句は発句と連句中の句とのどちらに多いのであろうか。

さて西鶴発句の研究に関する書といえば、最近では次の三書を見るのみである。

『定本西鶴全集』第十二巻（中央公論社、昭和四十五年）所収「新編西鶴発句集」野間光辰編。解説と二九七句、頭注。

『西鶴俳諧集』（桜楓社、昭和六十二年）所収「発句」乾裕幸編。二九八句、「補」五句、頭注。

『西鶴発句注釈』（勉誠出版、二〇〇一年）前田金五郎。二六六句、語注・句意。

私は此の三書を参考にして二九〇句、句順は野間氏編に倣ったが、類句は別勘定にしなかったので句数が相違している。また各句の通解は前田氏の「句意」で始めて見られるのであるが、全体に直訳調なので一般には理解し難いと思われるし、どうかと思われる所も間々あるようである。但し語注は詳細を極めている。

以上の三書の恩恵を蒙るところ多大であったが、私の最も力を注いだのは、全体に文芸性をできる限り明らかにし、誰が読んでも発句に表われている西鶴の文学性がよく判るように、という点であった。その為に余分の文字数を用いた所も多い。従って私の書いたものが西鶴の浮世草子理解の助けになり、延いては西鶴という人物の偉大さが多くの人々に判って貰えることになれば、私の喜びはこの上ないものとなると思う。

なお原稿を書きながら思った事を一言付け加えるが、西鶴の表現は一見難解のようである。発句について見ても、初期には語呂合わせがあったり、故事古歌を利用したりで技巧を弄しているが、解きほぐしてみると案外に、リアルで率直な思いが基になっていて、後味のすっきりする作が大半を占めているのである。後期になると全く技巧のない、例えば「見つくして暦に花もなかりけり」のような深い心情を託した句も見られるようになる。西鶴の人柄はこういう所に根本があるのだと思う。

吉江久彌

『西鶴全句集　解釈と鑑賞』目次

目次細目

97 しちくさの著莪の前置ながし哉 一五三
98 松前舟所の人のわたり候か 一五四
99 佛法僧浮世の闇をさとり哉 一五五
100 からすめは此（の）里過よほと、ぎす 一五六
101 夏の夜はそこの寝姿や小人嶋 一五七
102 よるの雨尻へぬけたる蛍哉 一五八
103 古里や蚊に匂ひける栢のから 一五九
104 眉をなをす蠶や見せぬ部屋住居 一六〇
105 化粧田や付けてよびぬる裸麦 一六一
106 雲をはくや樗の枝に捨わらぢ 一六二
107 五月雨や淀の小橋は水行灯 一六三
108 蕗とぢよ蜘の通ひ路おのが糸 一六四
109 御田植や神と君との道の者 一六五
110 僧はたゝくなまぐさ坊主の水鶏哉 一六六
111 吉野川や水の出ばなはおもしろ簗 一六七
112 しほざかいもるやちくらが沖膾 一六九
113 品をかえ毛をかえよむや鷹百首 一七〇
114 車ぎりにかたわ有けり東寺瓜 一七一
115 まいりては実や山上の物がたり 一七一
116 書顔にあはぬ恋草や夜るの殿 一七三
117 夕顔の宿や火がふる夕煙 一七三
118 穴師吹海ほうづきの鳴門かな 一七四
119 抱籠やうまずに極る女竹 一七六
120 編笠は牢人かくす小家かな 一七六
121 面八句神祇恋せじ御祓川 一七七

122 一葉の舟に竿さすや竹箒 一七八
123 秋風に出見世をたゝむ扇哉 一七九
124 日ぐらしの聲やこけぬる歌念佛 一八〇
125 あふ時は重一うつたり二ッ星 一八一
126 水垢やかえてきこゆる聾井戸 一八二
127 大坂番手明やかはる大鳥毛 一八三
128 荒し宿やびんぼうまねく花薄 一八四
129 風にちるや欠を尋ぬる桔梗皿 一八五
130 仲人口人にかたるな女郎花 一八六
131 鷹うまつる鳥おどろかぬ宮雀 一八七
132 迎ひ鐘はや突たりや後世の為 一八八
133 冨士のけぶりしかけて廻り灯籠哉 一八九
134 送り火やまことに後生が大文字 一九〇
135 捨小舟われに成けり相撲なだ 一九一
136 あたご火のかはらけなげや伊丹坂 一九二
137 山もさらに小家がち也穂屋祭 一九四
138 はたの面白〳〵と見ゆるや神楽綿 一九五
139 からくれなゐ地をくゝるとや茜堀 一九六
140 唐辛子泪枝折や鬼の角 一九六
141 足もともやみには見ゆる月夜哉 一九八
142 ふみならし人形つかひや駒むかへ 一九九
143 おくり膳もかへるはしをとや燕椀 一九九
144 野の宮の別（れ）や旅と恋の外 二〇〇
145 恋草や女舜挙か菊の花 二〇一
146 華の頭や数有中の椿の房 二〇二

197 星の林明日見るまでの桜哉 二六三
198 夜のにしきうき世は晝の蛍哉 二六四
199 蝉聞て夫婦いさかひはつる哉 二六五
200 父は花酒の母なり今日の月 二六七
201 里人は突臼かやす花野哉 二六八
202 玉笹や不断時雨るゝ元箱根 二六八
203 山茶花を旅人に見する伏見哉 二六九
204 世に住まば聞と師走の碪哉 二七〇
205 こゝろかな咲ずにちらぬ花の春 二七一
206 花十八門松琴を含かな 二七二
207 柳見に結句あらしを盛り哉 二七三
208 霞(み)つゝ生駒見ねども夕部哉 二七四
209 見た迹をもろこし人の月夜哉 二七五
210 海士の子の足袋はく姿見る世哉 二七六
211 春は曙羞明し末の世の官女 二七八
212 桜影かなし世の風美女か幽霊か 二七九
213 寝耄御前山路に初夜の桜狩 二八一
214 夜の芳野彝は月の落花たり 二八二
215 濱荻や當風こもる女文字 二八三
216 日本道に山路つもれば千代の菊 二八五
217 内裏様のとて外になしけふの月 二八六
218 初山やちらぬ花ふむかた車 二八七
219 天地廣し立春なにに礙べき 二八八
220 浮世の月見過しにけり末二年 二八九
221 曽の森や老世間氣恥る門の松 二九二

222 我恋の松嶋も嘸はつ霞 二九三
223 人近く召させ給ひぬ子の日衣 二九四
224 つくばねや擬宝珠をとぶ牛若子 二九五
225 祭る日もひまなき尼の水粉哉 二九六
226 春遅し山田につゞく茰ばやし 二九七
227 鶯も鼻うたうとふ機嫌にて 二九七
228 遠くから柳に見ゆる木卯哉 二九八
229 花や雪にいひふらしたり吉野山 二九九
230 花風やすがたの人物窓のひま 三〇〇
231 世の中や唯居る能に花の晝 三〇一
232 辻駕籠や雲に乗り行く花のやま 三〇二
233 あたら日を松は暮れゆく桜かな 三〇三
234 春残念松になりけり京の山 三〇四
235 ちるや桜爰らに茶屋があった物 三〇四
236 見つくして暦に花もなかりけり 三〇五
237 山桜焼木に安房からげたり 三〇七
238 皆目の下戸や花なき里の者 三〇七
239 本丸の古道うづむあせぼ哉 三〇八
240 吹貫の嵐も白しいかのぼり 三〇九
241 葺捨や菖蒲関屋の花びさし 三一〇
242 すゞみ床や茶屋淋しくも月夜に釜 三一一
243 花もみな紅葉にさくか涼舩 三一二
244 涼しさをこの枩でもった軒端哉 三一三
245 ところてん外に名を得し花の街 三一四
246 恋人の乳守出来ぬ御田うへ 三一五

例言

西鶴というと小説（浮世草子）の方ばかりが問題にされている観があるが、元来は俳諧師なのである。博識多才であるばかりでなく、人間として度量の大きさ、視野の広さ、慧眼などの点で、これ程の人物は一寸見当らないが、誠実性がその根底にあったと私は思う。

私自身西鶴の小説に力を入れて、俳諧の方を疎かにして来たと反省しているので、今彼の発句を遅れ馳せながら見ることにしたのは、連句は勿論、発句についての研究書さえも余りに乏しい現状に思い至ったからである。

西鶴は談林派の方で頭角を表わした人である。もと連歌師であった西山宗因を祖とする俳諧の一派であるが、談林派の特色と言えば、手取早くいうと岡西惟中《いちゅう》が、

思ふままに大言をなし、かいてまはるほどの偽をいひつづくるを此の道の骨子とおもふべし

（『俳諧蒙求』）

と言い、宗因もある程度同調した俳風で、西鶴も一時は「西翁（宗因）より放埒《ほうらつ》抜群に勝れ」と評

されたこともあった。同派の連中は競って『荘子』の寓言《ぐうげん》こそよい手本だ、とばかり、主としてその巻一の最初の方の説話を読んだが、具眼《ぐげん》の士は、

是をも、よのつねのうそつきの類とせんは、よく荘子を見しれる人とはいふべからず。

（北村季吟『俳諧用意風躰』）

と評していた。

季吟は国文学者として知られた人で、松永貞徳の貞門俳諧の俳人であったこともあり、芭蕉も最初は季吟の門人であったと言われている。西鶴も宗因に接する以前に既に、直接ではないが季吟から大きな影響を受けていて、談林派にありながら、

寓言と偽とは異なるぞ、うそなたくみそ、つくりごとな申しそ。

（西鶴の門人北条団水の元禄三年序『俳諧団袋』所収「俳諧一言芳談」）

と述べている。俳諧は和歌や連歌と違って、俗語や漢語を自由に用いてよく、本来が滑稽というのが俳諧という語の意味なのであるが、西鶴は俳諧に嘘や作り事を禁じているわけである。

いま西鶴の発句を一々見て来て思うに、この発言の通り、どれも実際に自分の見たこと触れたこ

とについての思いが元になっているということである。また発句の原則に忠実で、時には写生の句かな、と思われる作もある。一見難解の句も初期には多いようだが、表現を解きほぐしてみると、難解と思われる句は要するに省略が多いのである。そういう点は彼の浮世草子の文にも通ずるように思われ、人々に敬遠される所以かも知れない。

夫《それ》俳諧は其《その》折を得て、花の夕《ゆふべ》雪の朝《あした》に替りて、景気に心をよすることこそほいなれ。（中略）今、世界の俳風詞を替《かへ》、品を付《つけ》、様々流義有《あり》といへども、元ひとつにして更に替る事なし。

（延宝九年四月刊『西鶴大矢数』跋）

「景気」云々は、四季折々の自然の持つ情趣に心を寄せるのが俳諧の本旨であり根本なので、どんな俳風でも此の根本は変らない、というのである。延宝九年というと、芭蕉の「笈の小文」の旅の六年程前のことである。四十歳頃のことであるが、この考えは終始変らなかったと思われる。右の跋文中には、西鶴が俳諧を始めてから二十五年で、この前年に俳諧の本旨を自覚したということも書かれているのである。

私は野間光辰編「新編西鶴発句集」によって、発句を大体その順に見て行った。参考したのは先にも挙げた次の三冊である。

定本西鶴全集第十二巻の「新編西鶴発句集」（野間光辰編、中央公論社）
西鶴俳諧集（乾裕幸編、桜楓社）
西鶴発句注釈（前田金五郎、勉誠出版）

右のうち前二者は頭注、後者は語句の説明が大いに参考になった。引用作品を無断で借用したものもあることをここに断わっておく。

句意・鑑賞・参考に分けたが、句意では直訳でなく、余情をも汲み取って、誰にも判り易いようにと心掛けた。発句の直後に句意を記したが、見出しは煩《うるさ》いと思ったので、あえてつけなかった。鑑賞はいわばその続きのようなもので、この二つには特に力を入れた積りである。これによって西鶴の俳諧に少しでも興味を持って頂けたら有難いと思う。

（二〇〇六・八・五記）

掲出句には読者の便を考えて、読みにくいと思われる漢字によみ仮名（平仮名）または送り仮名（丸括弧）などを付けた。

ただし、片仮名の振り仮名や「」でかこんだ文字は原典通りと考えて「新編西鶴発句集」に倣った。

俳諧と発句《ほっく》についての参考

一、俳諧も連歌（室町時代に盛ん）の伝統を引いて形式・名称など殆ど同様で、二人以上で行うのが普通。これを「**両吟**」「三吟」等と称し、稀に一人だけで行う「**独吟**」の場合もある。

二、流派としては、早くあったのが松永貞徳を祖とする貞門の俳諧、少し遅れて西山宗因を祖とする西鶴らの談林俳諧があり、更に遅れて芭蕉を祖とする蕉風俳諧が興った。

三、形式は通常三十六句、百句でそれぞれ一巻と称し、三十六句のを「**歌仙**」、百句のを「**百韻**」という。他の形式もあり、それぞれに規定があるが、ここでは省く。

四、連句の場合、「**発句**」は貴人、又は宗匠が、続く次の第二句（これを「**脇句**」という）は亭主格の者が、お互いに挨拶を交わす気持で作る。脇句は発句の余韻を生かすことが必要である。続く第三句以後はこれに捉われず、全体として変化を楽しんで句を付けるから、一巻として纏った意味があるのではない。但しそれにも規定がある。

五、俳諧になってからは、発句だけ**独立して**作られることが多くなった。

六、発句の**形式**は五七五。これを別々に言う時は「上五」、「中七」、「座五」とする。

七、発句には、それを詠んだ場所、季節が判るようにしなければならない。

八、したがって**季語**が詠み込まれなければならない。但し、一句に季語を二つ入れることは「季重なり」と言って避けるのが常識である。

九、発句にはまた、**切字**《きれじ》が必要である。切字には「や・かな・けり・らむ・ぬ」など色々あって、上五か中七に置かれることが多い。そこで一つの意味合いを切って、一句の全体の意味を平凡にしない為であるから、その趣旨に沿うならば、必ずしも右の語でなくてもよいとされる。

一〇、**西鶴の発句**の**特長**として、古典の巧みな利用、思い切った言葉の省略、即ち飛躍と、思い切った比喩とが挙げられるかと思うが、その巧みさが難解の原因ともなっていることが多い。然しかかる技巧のないのに佳句があり、彼の真価が出ていると思う。

一一、独吟は以前からも行われたが、西鶴の得意とするところで、早口で行う独吟は、西鶴に至って競争して行われるようになったが、西鶴のスピーディーな**矢数俳諧**で終止符を打った。

一二、発句だけが専らに作られるようになって、正岡子規がこれを「**俳句**」と称し、今日に至っている。

西鶴全句集　解釈と鑑賞

西鶴は初め鶴永と号し、間もなく西鶴と号するようになる。後の一時期に西鵬と改号したこともあるが、大体鶴永時代と西鶴時代との二つに区分されるので、ここでもその区分に従って、一々号は書かない。

鶴永時代

寛文六年（一六六六）　二十五歳

1

餝《かざり》縄や内《うち》外《そと》二《ふた》重《え》御代の松

注連《しめ》縄が張ってあるぞ。門にも邸宅の戸口にも。おめでたい正月のことだからな。またその両方に門松も飾ってある。何しろ「吹く風枝を鳴らさぬ」泰平の御代、結構な御治世のこと。見るからにおめでたい限りだなあ。

［鑑賞］　平常は見られない光景で、庶民の家ではなく、かなり立派な邸宅ではなかろうか。注連縄は普通その何ヶ所かに紙幣《かみしで》をたらしてあるのだが、特に餝縄（飾縄）と表現しているから、その他にも何か簡単なものを飾りに加えてあるのを言っているかも知れない。「御代」とは普通ならば天子の治世を言うのであるが、当時は徳川幕府の権勢下にあったし、西鶴

の小説の結びにも多く徳川の治世を称える文が添えられているので、ここでも将軍家のそれを意味していると考えられる。門松は松と竹とを組む習いであるが、松は千年、竹は万代の寿命を象徴するものとしてことほぐのである。
また、一二三四《ひとふたみいよう》と言うから、二《ふた》（重）、御（み）、代（よ）と続けているところに工夫がある。当時は俳諧にこのような技巧が喜ばれたのである。「二重」は新年のめでたさと、将軍家のお蔭での泰平のめでたさの二つを意味してもいる。「松」は徳川に縁のある松平家の意を含んでいるらしいと解する説もある。
句の出典は「遠近《おちこち》集」。寛文六年刊、長愛子吉竹編、京都山中理右衛門校の俳諧選集。西鶴のこの句以下計三句を入集。何れも西鶴の始めての入集句であろう。季語は「餝縄」。

【参考】

「餝縄」の「餝」は「飾」と同じで、「飾縄」は「標縄」「七五三《しめ》縄」とも書く。神聖な処と不浄な処との境を示す印として、不浄の侵入を防ぐ為のもの。神社などによく見かけるが、正月には一般家庭でも張ったことがある。その場合には門松も立てたものである。

2

心爰《こころここ》になきか鳴（か）ぬか郭公《ほととぎす》

ほととぎすよ、お前は折角ここに来ていながら全く鳴かないのだが、それはお前が何か他の事を思っていて鳴かないのか。なぜ鳴こうとしないのだ。そんなに澄ましてばかりいないでぜひ鳴いておくれよ、なあ郭公よ。

別の解――私がついうっかりして他の事を考えていた為に、お前が折角よい声で鳴いたのに、それを聞かなかったのだろうか、それともお前が鳴かなかったのだろうか、郭公よ。今度こそしっかりと聞くから鳴いてくれないか。

【鑑賞】

二つの全く相異なる句意を並べたが、句の「心爰になきか」の「心」を作者自身の心と解したのが後者で、郭公の心と解したのが前者である。どうしてそんな違いが生じたのかと言うと、この句は中国の古典で有名な『大学』の中にある、

心焉《ここ》に在らざれば視れども見えず、聴けども聞こえず。（心不在焉、視而不見、聴而不聞。）

の語句を利用して、いわば語呂合わせを狙った句で、勿論「視る」「聴く」の主語は『大学』では本人であるから、これに従う限りでは後者の句意となる。しかし西鶴の句を読むと、郭公が何故鳴かないのかと郭公に詰問している意味合いが強く感じられるし、作者もその積りで、そこに『大学』の語句を巧みに利用することで面白味を出したと考えられるので前者の句意とした。しかしどちらが正解かは読者に任せる他はない。

なお技巧としては「なきか、なかぬか」の「な」音を畳むように用いている。又、「郭公」は「かっこう」と鳴くホトトギス科の鳥のことに今は解したいところであるが、嘗ては「テッペンカケタカ」と飛びながら鳴く鳥にこの文字を用いた。ここでもそれで、本来ならば時鳥、杜鵑、子規、不如帰とも書くべきである。古来鳴き声が賞でられ、古典によく登場する。ここでは句趣から言って、木にとまって鳴かないでいるところを詠んだものと思われる。季語は「郭公」で夏。

【参考】『大学』の「視」は特に気を付けて見る意で、単なる「見」と違う。又「聴」も単なる「聞」と違って、気を付けてよく聞く意である。

3

彦《ひこ》星やげにも今夜《こよい》は七ひかり

【鑑賞】男星の牽牛星（鷲座のアルタイル）が、今夜は格別によく光っている。それもその筈、今夜は女星に逢える七月七日だ。七といえば「親の光は七光り」という諺があるから、孫星でもある牽牛星が親のお蔭でいつもの七倍もよく光っているわけだ。

七月七日（陰暦）と言えば、天の川を挾んで共によく輝く牽牛星（アルタイル）と織女星（琴座のベガ）とがあって、男の牽牛が年に一度だけ天の川を渡って織女に逢いに行き、恋を語らうという故事がある。その故事を表に出さないで、「七ひかり」の「七」と「彦」（美男の意）とから暗示させているのである。「げにも」（いかにもの意）で作者自らそれを合点しているという風に、この句は巧みに構成されているわけである。「彦星」が秋の季語。

［参考］

「彦」は男子の美称で「姫」の対語であるから、そこから自然に織女が連想されよう。「彦」はもともと太陽の子の意味であるから、そのお蔭でよく輝いていると考えられようが、ここでは月を星の親と見立てて、月光のお蔭で彦星がよく光るとか、その導きで二人が逢えるなどと考えることも出来よう。しかし、月光のことから言えば、七日は半月で十五夜の満月ほどの光はないのだから、彦星がよく光るのは本人の喜びの故と考うべきである。

以上の三句は前述した通り、何れも『遠近集』にあるもので、西鶴のごく初期の作品である。見ての通り故事や古典の語句を巧みに踏まえたり、語呂合わせを仕組んだりしている技巧的な作であるが、この傾向は松永貞徳を主とする貞門風の俳諧で、談林俳諧に先立つ句風と言えよう。西鶴より一歳若い芭蕉の初期の作品も概ねこれと似たものである。その一例、

春やこし年や行きけん小晦日《こつごもり》　十九歳
うかれける人や初瀬の山桜　二十四歳
女《め》をと鹿や毛に毛が揃ふて毛むつかし　二十八歳

寛文七年（一六六七）　二十六歳

伏見の里に日高につき、下り舟待（つ）いとまのありければ、西岸寺のもとへ尋ねけるに折ふし淀の人所望にて、任口、
　鳴ますかよよ〳〵よどにほとゝぎす
めづらしき句を聞、我もあいさつに此句を言捨（て）、其（の）よもすがら、ひとりねられぬまゝに書（き）つゞけ行（く）に、あかつきのかね、八軒屋の庭鳥におどろき侍る。（前書）

4
輕《かる》口《くち》にまかせてなけよほとゝぎす

任口上人の名の通り、口に任せて軽口のきいた句のように、時鳥よ、お前もあんまり気取らないで、気の向くままに軽い調子で面白く鳴けよ。(それでこそお前の持ち前が出るのだから。)

【鑑賞】

西鶴は任口上人と淀の人とがいる所へふいに行ったと見える。そして長居はしなかったようである。淀の人が何用で来ていたかは判らないが、任口《にんこう》が俳人であることを知っていて、話のついでに一句を所望したのであろう。任口が色紙に書いたのを淀の人が口に出して読んで大笑いしたのでもあろうか、西鶴はそれを聞き、下り船の時間も気になるが、折角の俳人同志なので、任口への挨拶として此の句を言いっ放しにして、その場を辞したのであろう。この句は「軽口」の「口」、「まかせて」の「任せ」で「任口」の名になる。そこが俳諧であり、任口への挨拶ともなるのである。「ほととぎす」が夏の季語。

【参考】

任口は西岸寺の住職で、松井重頼門の俳人だから貞門であるが、談林調の句をもよくした。宝誉上人。西岸寺は伏見油掛町、寺田屋の北にある浄土宗の寺で、通称「油掛地蔵」と呼ぶように地蔵堂だけが現存する。鳥羽伏見の戦いで伽藍が焼失したからで、嘗ては芭蕉も西鶴より十八年後に任口を訪れて「わが衣《きぬ》に伏見の桃の雫《しずく》せよ」と挨拶の句を残した。境内に、その句碑がある。京都から大坂への下り船の乗り場淀《よど》に程近い。下り船は普通一日に二度出て、夜は八時頃に出て夜明け頃に八軒屋に着く。

この時のことは『西鶴名残之友』巻二の三「今の世の佐々木三良」にも、

油掛の地蔵の立せたまふ西岸寺の長老任口の許へたづね、たがひに世の物語りもめづらしく、難波に帰る事をわすれぬ。


と初めの方にあるが、内容は右の前書とは違う。

任口の句の「よよよよ」は淀《よど》の「よ」に続けたものであるが、時鳥の鳴声を文字化した面白味がある。なお此の句は内藤風虎選『桜川』（延宝二年《一六七四》戌）に入集している。軽口については西鶴は軽口咄の名手であったというし、談林俳諧は軽口を旨とした。

西鶴は前書にあるようにこれを発句として、船中で百韻になるように大坂に着くまで一人で詠み続けて行った。後に西山宗因の批評を得て『大坂独吟集』（延宝三年刊）に入集している。宗因は発句に長点（非常によいという印）を付し、「郭公も追付がたくや」と賞め、百韻全体には、

ほとゝぎすひとつも声の落句なし

とや申（す）べからん。是こそ誹諧の正風とおぼゆるは、ひがこゝろへ（思い違え）にやあらん、しらずかし、

と判詞を書いている。これが西鶴の大きな自信となったと思われる。西鶴の独吟百韻をここに悉《ことごと》く記すわけには行かないが、三句目までと揚句（最後の百句目の句）とその前の句

とを記しておく。大阪は当時「大坂」と書くのが普通であった。

軽口にまかせてなけよほと、ぎす
瓢箪あくる卯の花見酒　脇句
水心しらなみよする岸に来て　第三
（…………）
花のなみ伏見の里をくだり舟
あげ句のはては大坂の春　揚句

5

長持《ながもち》へ春ぞ暮（れ）行（く）ころもがへ《え》

寛文十一年（一六七一）　三十歳

明るく華やいだ春ももう終って行く。いま長持へ仕舞い込む此の着物は桜の花見にも着た。これを見なくなると思うと春が暮れてゆくようで、切ない。名残り惜しい、又とり出して着て楽しむのはいつのことだろう。ああ遠い先のことと思われてならないのだ。（今日からは夏の着物なのだ。）

【鑑賞】

西鶴には珍らしくロマンをも感じさせる、しみじみと味わい深い句である。四月一日の衣更えには、これ迄の綿入の着物を袷に着換え、「後の衣更え」の十月一日にはその逆となる。これは朝野共に行なうしきたりで、実際には半年後なのであるが、句からは、寧ろ華やかな花見などで楽しかった春の過ぎてゆくことを懐かしむ感傷を込めて春衣を仕舞い込む意が強く感じられるので、句意の如くに書いた。「更衣《ころもがえ》」が季語で夏。

【参考】

この句が鶴永作として入集しているのは『落花集』（寛文十一年序）と『哥仙大坂俳諧師』（延宝元年刊、西鶴編か）とだけで、他の選集では西鶴号となっている。たゞし後者では「長持へ」を「長持に」としているし、「長持へ春やくれ行く」と疑問形にした短冊もあるので、西鶴本人が助詞に迷っていることが窺われる。

私は「長持に」では春の暮れ行く先がはっきりし過ぎるし、疑問形にしたのでは逆に「暮れ行く」のかどうかが曖昧に思われるので、何れもとりたくない。『落花集』のままの方が「暮れ行く」時間的推移が感じられて趣が深いように思う。なお、「画賛」には貴女一人が描かれ、西鶴号で前書付きで次のようにあるから、女の立場で作られた句であることが判る。

袖をつらねて見し花も絶（え）て、女中きる物も今朝名残ぞかし。

長持に春ぞくれ行更衣

この前書で四月一日朝の趣であることが知られる。「女中」は婦人の敬称である。又「長持」は現今用いられることは殆どないが、木製の長方形、蓋付きの大箱で、私の家にあるのは、大体縦２メートル、幅35センチメートル、深さ65センチメートルほどで、衣服や調度品等を収納したもの。

寛文年中

何年かは判らないが、短冊の句が四句あり、次に掲げる。

6

蛤《はまぐり》や塩干に見へ《え》ぬ沖の石

潮干狩で蛤を拾おうと思うが、浅蜊と違って、少々浜辺から遠く、水の多く残っている

所にいるので、仲々見付からない、そこで思うのだが、百人一首にもある、

わが袖は潮ひに見えぬ沖の石の人こそしらねかはくまもなし

という二条院讃岐の和歌（千載集）の、袖の涙が人に見えぬというのと同じで、潮干の時でも仲々見つからないのは、蛤が沖の海中にあって姿を見せない石と同様に、見えないからだ。

【鑑賞】

讃岐の和歌は恋の涙を人に見せない切ない思いを歌ったものだが、その表現を大胆に利用して、水中の蛤が、見付けて拾い上げられる迄は「乾く間もなし」と転じたところに面白み、俳諧のおかしみを出している。

但し「蛤や塩干に見えぬ」の「や」を「が」又は「は」に置き換えてみると、一つに纏った意味として理解し易いが、「蛤や」の初五の「や」は詠歎の助詞で、句の中では切字であるから、そこで蛤に対する詠歎が一応完結しているのである。したがって直訳では「蛤という奴はなあ…の石だよ」とでも訳した方がよいかも知れない。「蛤」が季語で夏、実質的には「塩干狩」（春）である。

【参考】

「塩干」だけでも「塩干狩」の意味に用いられることがあるが、潮干狩でなく、引き潮の時と解してもよい。『日次紀事』三月三日の項に「潮乾《シホヒ》」とあって、泉州堺の浦の干満

が特に甚しいので、「諸人競ひ集まり、蛤蜊を拾ひ小魚を執る、洛人も亦之に赴く」と記す。

7

藤《ふじ》つゞら底さへ匂《にお》ふ小袖かな

色美しい小袖を藤つづらに仕舞おうと思い、改めて小袖を見る。花見などの時に着た、いわゆる花見小袖だから豪華なものだ、大切にそっと入れようとするが、余りの美しさで、つづらの中が底までも色美しく映えるように思われ、蓋をしてしまうのが名残り惜しいくらいだ。つい小袖に見とれる。

【鑑賞】

晩春の一景である。先の「長持へ春ぞ暮れ行く」の句に似ているが、この句にはその句の情感よりも美意識が勝っている。花見小袖であるから、それにまつわる女としての楽しかった思い出も勿論あろうが。

表現面では花見小袖とはないが、「匂ふ小袖」の語でそれと知られるし、「藤つゞら底さへ」で、それを仕舞うところであることが判る。何れもそれと言わずして悟らせる所に、此の句の巧みさがある。花見小袖は勿論女性用で豪華に仕立ててある。これを仕舞うのはそれを着用した当人であろうが、それに代る使用人の女性と見てもよかろう。これという季語はないが「小袖納め」という語もあるから、春。

［参考］「つゞら」は普通葛や竹を編んだ大形の箱であるが、「藤つゞら」は藤の蔓で編んだもの。葛籠《つゞら》はその全体に紙を貼り漆を塗ることが多い。主に衣服を収納するが、力士の付人が担いでいるものには、力士の前飾りや褌などを入れているそうである。一般家庭でも用いたが、最近は見掛けない。「小袖」は元々は袖口を小さくした着物で、礼服の大袖の下着であったが、室町時代以降表着として晴着となった。今日の着物の前身である。それ迄は洗練されたもので、特に花見小袖は女性用に豪華を凝らされた。「匂ふ」は「よい匂いだ」等嗅覚に訴えることに近世以降は用いられるようになったが、古くは色彩の美しさを言うのに用いられた。「底さへ匂ふ」の表現については、「多祜の浦底さへ匂ふ藤波をかざして行かむ見ぬ人のため」（『万葉集』十九）を作者は意識したかも知れない。

8

廿《はたち》斗《ばかり》冨士の煙や若たばこ

二十歳くらいの若者が新煙草をうまそうに吸っていて、その吐く煙が高い冨士山の頂上から立升る噴煙のように猛烈だ。

［鑑賞］「はたち」は技巧が目立って句意が掴み難いが、談林調が出始めているようである。「若」即ち若者、二十箇、又は二十歳の意味で、ここでは「冨士の煙」と「若たばこ」の両方に掛っている。但し「若煙草」となると「新煙草」とも言って、七、八月に摘んで作られて辛味の新鮮で強い新発売の煙草の事で、若者たちに好まれたらしい。「はたち計り」とはその若者たちの事になる。但し「冨士」に掛けたと見ると、『伊勢物語』の東下りの所で、冨士山の高さに驚いて「比叡の山を二十《はたち》ばかり重ねあげたらむほどして」と書かれているのを利用した表現となる。それが更に「冨士の煙」となると、噴煙の高さの感じが加わることになる。但し西鶴当時は冨士は噴火していなかったのだが、物語や古歌の古典に屡々《しばしば》冨士の噴煙を扱ったものがある。それを利用したのである。「若たばこ」が秋の季語。

現今の短歌や俳句にはモザイック風で難解な作風が流行しているが、その作者がたまたま素直な表現をしている作品を見ると、案外つまらない例が多い。然し西鶴の場合、先の「長持へ」の句や「藤つゞら」の句のように技巧を弄しない作品でも、情感が流れていたり、美的感覚が窺われたりで、芸術的である。

［参考］同じ句が西鶴号で他の短冊にも書かれている。又『點滴集』（刊年編者共に未詳、但し延宝年間刊か、西鶴序あり）に入集。

9

祝ひて

霜《しも》夜《よ》の鐘六つ無病に寝覚哉

寒さ厳しい霜夜の暗い夜空を、殷々と暮六つの鐘の音が聞こえて来る。寒さに耐えながら鐘が六つ鳴り終るまでしみじみとその音に耳を澄ましている。というのは、体の弱い妻に添寝している三歳の娘がいるからで、ああ今日は娘の髪置の祝いの日、病気もしないでよく育ってくれたな、このまま六歳まで元気でいてくれよ、という父親の思いがあったからである。

【鑑賞】

「祝ひて」という前書が無視できない。西鶴の家庭の祝いといえば、三人の娘のうちの誰かの祝い以外に考えられない。幼い女児の祝いとしては、当時三歳の娘の十一月十五日の髪置（始めて髪を伸ばす儀式。実際は元禄以降に定まったようであるが、一般の習俗としてそれ以前からあったと考えてもよかろう）の祝いがあったらしい。句は「霜夜の鐘六つ」「六つ無病に」と「六つ」を両方に掛ける技巧に面白さがあって、後者を六歳と取るのが自然であるが、女子の祝いは七歳の帯解（十一月吉日、付紐を除いて初めて帯をしめさせる儀式）なので、ここでは当らないと思われる。又「寝覚」を作者、女児の何れの寝覚か判らないが、当時二十歳代の作者が暮六つ時に寝ていると考えるのは不自然。従って、この数年後に二十五歳の若さで死ぬ妻（延宝三年《一六七五》四月三日死亡）が既に病弱であったと考えると、病床にありがちだったとも想像される。野間光辰はこの句を寛文十二年作と推定し、長女の出生を寛文七年かと述べている（『補刪西鶴年譜考証』）が、そうすると此の年六歳ということになる。三歳の子は寛文十年、妻二十歳の時の生れとなり、最後の子はその二年後の生れということにもなろうか。そうすると妻は病床に二人の乳呑子を抱えたことになる。

右の句意は仮りにそう考えて書いたのであるが、も一つすっきりしない。それで、長女六歳の帯解の前祝いの夜の事として、その子が昼間の疲れで夕方から眠っていたと解する方がよいかとも思われてくる。従って六つまで無病で育ってくれた娘が丁度目をさました所だと見たいのである。何れかは読者の読みに俟つしかないが、とに角西鶴の家庭の一場景の描写が詠まれた珍しい作品だと思われる。「霜夜」が冬の季語。

【参考】

「寝覚」を西鶴自身の寝覚と解する向きもあるが、「無病に」の「に」は「無病にして」と解するのが自然。従って七五は子供についての表現と見るべきであろう。また「六つ無病で」という跳ねるような語調は、大黒舞（大黒のなりをした正月の門《かど》付け）の歌に「一に俵ふまえて……六つ無病息災に、七つ何事なうして……十でとうどをさまった」とあるのに倣っている。

10

餅《もち》花や柳はみどりはなの春

（一六七三）延宝元年　三十二歳

餅花を見る。年に一回、正月のことなので、心も花やいで嬉しくなる、餅花は柳の枝に小さな丸餅を付けた飾りものだが、その柳の垂れた葉の緑に、紅《くれない》色に着色した小餅が幾つも付けられている、その紅色が交っているのが美しくて楽しい。禅の方でよく「柳は緑花は紅」というが、餅花は正に明るく嬉しい春の心の象徴なのだ。

【鑑賞】

色彩感覚で美しさがこぼれるような句である。「はな」という語が二度も使われているが、気にならないばかりでなく、春の明るい気分を盛り上げるに役立っているし、また「緑」の語があるだけで「紅」を言外に感じさせている。それは「柳はみどり」から「花は紅」

という成語を想起させるからでもあるが、「花の春」と外らしている所が面白い。「はなの春」が春の季語。

【参考】

この句は短冊でなく、北村季吟自筆の（延宝二年《一六七四》成　風虎編）寛文十三年歳旦控にある他、『桜川』に入集している。寛文十三年の歳旦句と考えられるわけであるが、この年は九月に延宝元年になっている。また西鶴が中村西国に伝えた自筆の『俳諧之口伝』（延宝五年奥書）には西鶴号として出している。それは西国宅で俳諧興行を行う為に豫《あらかじ》め歌仙の発句に西国が依頼したもので、西鶴の句には「十二月廿三日午ノ刻」とあり、「同刻」として亭主西国の脇句「さて人間のあそぶ正月」も出ている。これを以て翌年の歳旦の興行が行われたのだと思われる。因《ちなみ》に西鶴と改号したのは延宝元年《一六七三》冬であった。

「餅花」は『日次紀事』（貞享二年《一六八五》序）に依ると、もと十二月に子供が小丸餅を枯枝に付けて遊んだのが起りで、最初は柳の枝に限ったものでなかった。又、二月仏滅の日に民間では十二月に作った餅花を炒《い》ったものを仏前に供えたとある。私は幼時、寺で行う団子撒きで赤、黄、青に色どった小丸餅（団子）を拾って帰った記憶があるが、それであろう。現今は小枝に付けた餅花は餅に似せた中空のもので、最中《もなか》の皮様のものに色をつけたもの。これを正月の飾りものとしているのを菓子屋の店頭などでよく見掛ける。「柳は緑花は紅」は禅語で、何事でも私心を加えることなく、そのものの本然の姿そのままを認識すべきであることを教える言葉である。

11
咲《さ》(く)花や懐紙《かいし》合(せ)て四百本

時は春、桜が爛漫と咲き誇っているではないか。恰もそのように、我々の心にも花が咲いたのだ、それも一本や二本の桜が咲いたくらいの喜びではない。四百本の桜が咲いたようなのだ。というのは、大勢の好士《くし》たち(風流人、俳諧師たち)が此処に集って前代未聞の萬句興行を成し遂げたのだ。一口に萬句と言っても、懐紙四百枚の業蹟である。桜にしたら四百本の桜の木の目ざましい花が一度に開いたようなものだ。快哉を叫ばずに居られようか。

【鑑賞】

百韻(百句)で一巻の連句を記録するには四枚の懐紙を用いねばならない。一万句となればその百倍の四百枚である。大変な枚数である。そういう萬句興行が見事に完遂された主催者の喜びが表現されている。実はこれ以前に旧派の俳諧師たちが萬句興行を企画した時、西鶴たち革新派は除かれたのであった、ところが彼らの萬句興行は未完成に終ったので、西鶴が主唱して萬句興行を行ない、その恨みを見事に果したのである。その喜びの思いがこの発句に籠められているわけである。

［参考］

西鶴は当時まだ鶴永という号であり、西山宗因を師としていた。その革新的な俳風は阿《お》蘭陀《らんだ》流と蔑称されていたのであったが、右の成功は西鶴たちを勢付かせる転機となった。

萬句興行は大坂の生玉神社の南坊で行われたので、通称「生玉万句」という。寛文十三年の春十二日間に渡って行われ、早くも六月の終り頃刊行されている、板下（木版の下書き）は西鶴自身が書いている、一巻は百韻であるが、発句を始めとして三句宛だけが百巻を通じて書かれていて、各巻に一々違う題が付いている。その一例、

第一　梅

飛梅やかろ〱しくも神の春　荒木田守武
ふるき句も又あらた成とし　生玉　覚澄
鴬を日毎にきけど興は有て　山口　清勝

巻頭にあるのは守武の『独吟千句』巻頭発句で、これをここに用いたのは、守武流を継いだことの表明である。又、脇句・第三ともに自分たちの俳風を表現しているし、萬句を始めるのが春であることをも示している。第一から第十までが書かれると、次の巻も第一から第十まで。その後に、次のように「追加」として此処にとり上げた西鶴の発句（『桜川』にも入集）が出ているのである。

追　加

咲花や懐紙合て四百本　　井原　靏永
水《みず》引《ひき》一把青柳の糸　　南　方由
春風をおさむるへぎ《片木》に熨斗《のし》添て　　西山　西翁

発句は催主、脇句は亭の主南坊の神職か。第三は師の西山宗因の句である。なおこの後に発句だけが五十三句（作者別）並べられているが、万句興行後に夫々行われた祝賀の連句の発句であろうか。万句に加わった俳諧師は計百五十六人、と野間光辰は述べている。百韻を懐紙に書くには一定の方式があるが、ここでは省略する。

西鶴と改号以後

寛文十三年《一六七三》九月廿一日延宝元年に改まる。この年『生玉万句』『哥仙大坂俳諧師』刊行。冬鶴永を西鶴と改号。

延宝二年（一六七四）　三十三歳

12

俳《はい》言《ごん》で申（す）や慮《りょ》外《がい》御代の春

世はすべて事なく、泰平の光の中に新年を迎えました。まことに目出度く有難いことです。これも御治世のお蔭と申さねばなりません。本来ならば和歌などのような改まった言葉で御慶申し上ぐべきですが、私は失礼ながら俗な俳言で申し上げる次第です。

【鑑賞】

「俳言」とは俳諧的な言葉で、いわば俗語。昨年は生玉万句興行を主催して成功したり、冬には師とも仰ぐべき西山宗因の「西」の文字を頂戴して鶴永を西鶴と改号したりして、いよいよ西鶴の意気は高まっている正月である、大坂の点者（西鶴は寛文二年頃点者になっている。点者は作品に点をつける一応の指導者）の中でも筆頭株になったのであるから、堂々と「俳言で」と言えるわけである。

御代とは天皇でなく江戸幕府、その将軍家徳川の御代を指したものであろう。当時は四代将軍家綱である。西鶴が江戸幕府を称えることは、彼の草子に時々見える。一例、

○　慈悲善根をして直《すぐ》なる世をわたりて、日本橋のほとりに角屋敷、次第に家さかへ、（中略）永代松の枝を鳴《なら》さず、此時江戸に安住して猶悦《よろこび》を重《かさね》ける（『本朝二十不孝』末尾）

○　何を見ても万代の春めきて、町並の門松、これぞちとせ山の山口、なを常盤橋の朝日かげ豊かに静かに万民の身に照そひ、くもらぬ春にあへり（『世間胸算用』末尾）

○　それより次第にふつき（富貴）となって、通り町に屋敷を求め、棟にむね門松を立、広き御江戸の正月をかさねける（『西鶴諸国はなし』末尾）

以上のように作品の最後を結ぶことが西鶴にはよくある。文中「松」の語は徳川家のもと松平の姓の意を含むという説がある。

［参考］

「俳言」は和歌や連歌等に用いない俗話で、漢語、流行語等の俳諧に用いる語。「盧外」には自分の真意ではないがという意味もあって、俳言を卑下している。「御代の春」には治世を称える心が強く、これが季語。

『歳旦発句集』(表紙屋庄兵衛、即ち後の井筒屋編、延宝二年刊か)に所出、『点滴集』にも入集。

13

脈《みやく》のあがる手を合してよ無常鳥《むじょうどり》

延宝三年　(一六七五)　三十四歳

わが妻の生きる望みがもう無くなった。脈が次第に細く、絶えようとしている、だがまだ脈があるにはある。妻よ、今のうちに合掌してくれないか。死者を冥土へ案内するという無常鳥、時鳥が折も折、鳴いているのだ。

【鑑賞】

痛切な思いをしながらも、死に行く妻をじっと見つめている。そしてその後世を思いやっている、その西鶴の姿情が思いやられる。西鶴の妻は何の病気か定かではないが、西鶴によると春ごろから「頼みすくなく」なっていたのであるが、二十五歳という若さで三人の娘子を残して逝去した。西鶴はその後娶ることはなかった。それは此の妻を心から愛していたからであろう。然し彼は「夢の覚めきは(際)まぼろし(幻)の世とは思ひあたりたる時にぞ忘る、隙多し」(『独吟一日千句』序)と述懐しているように、世は幻と達観できる人でもあった。それがこの句でも判るように思われる。無常鳥(時鳥)が季語、夏。

【参考】

初七日、四月八日に西鶴は妻の手向けの為に独吟でその日のうちに百韻を十巻詠んでいる。執筆は伊藤道清一人だけ。『誹諧独吟一日千句』として上梓されたのがそれである。そしてその「追善誹諧」第一の発句が右の句で、続く脇句と第三が、

次第に息はみじか(短)夜十念

沐浴を四月の三日坊主にて

である。浄土宗の西鶴家だから、臨終に周囲の者が念仏を称えたのであろう、そして湯灌を済ませ納棺した。それが四月三日で、その際に形見として妻の頭髪を剃ったのであろうか、ついでに第四句には、ここから自由の句であるべきに、

中には何も見えぬ草の屋

とあるのには、妻がいなくなって空虚になった心境が窺えると思う。

百韻が十巻だから、従って発句も十句あるわけで、一々取り上ぐべきところであるが、この第一の発句に代表させることにして、後の九句は次に並べておくに留めたいと思う。

引導《いんどう》や廿五を夢まぼろ子規《しき》　(第二)

郭公《ほととぎす》か丶（嫥）がさとり（悟）のかたちはいかに（第三）
郭公《ほととぎす》声や帆にあげて船後光（第四）
後世《ごせ》は大事聞はづすなよ郭公（第五）
お時の鳥生死の海や二つ菜（第六）
頼《たの》みけり我誓願寺郭公（第七）
籾《もみ》の内に本尊作るや田長鳥《たおさどり》（第八）
百八《ひゃくはち》の珠数《じゅず》を懸たか郭公（第九）
一日《いちにち》に千躰仏よ郭公（第十）

「無常鳥」を始めとして、どの発句にも郭公を詠み込んでいる。「子規」「時鳥」「田長鳥」も文字は違うが凡て「ほととぎす」である。ということは、この鳥は「死出の山路」にいるものとされており、終始亡妻を偲ぶ心に貫かれていることを示すものである。連句では第三の句以下は発句の心を離れて自由な付句を続け、揚句の心に及んで始めて軽く発句に呼応するのが定法であるが、ここでは時々死に関する句が途中で見えることがある。その中で亡妻を思う心が明らかに見える句を一、二抜いてみる。もちろんすべて西鶴の句である。

袖の涙力わざではとまるまひ（い）（第一）
死にやろとは思はず花や惜むらん（第二）
春三月歎くにあまりの花惜《おし》や（第七）

妻こひの猫より人は歎くらん　（第八）

ちる花や今に死んだと思はれず　（第九）

悲歎の中でも一日千句を独吟するところに俳諧師としての本領も窺われると思う。

先に掲げた百韻の第二以後の発句中の重要語句について簡単に説明しておこう。

第二「まぼろ子規」は「まぼろし」の「し」と「子規」の「子」とを重ねている。子規は「ほととぎす」で、「無常鳥」と同じ。なお色々の異名を用いていて、郭公・お時の鳥・田長鳥《たおさどり》も皆「ほととぎす」の事。先述のごとく冥途の鳥とされているので、各句にこの鳥名を入れている。

第三「かゝがさとり」は妻の悟りのこと。

第四「船後光」は仏像の光背。「声や帆にあげて」は、船の縁での表現で、大声で鳴く事。

第五「聞きはづすなよ」は後生の大事をしっかり聞きなさいよの意。

第六「お時」はお齋（僧に出す食事、転じて法要の意）。

第七「誓願寺」は西鶴の菩提寺（浄土宗）。

第八「籾の内に」時鳥を勧農鳥ともいう事から、時を過すなの意。「本尊」は時鳥の鳴声「ホゾンカケタカ」に擬した。

第九「百八の珠数」は人に百八の煩悩ありというところから、百八の玉のある珠数とした。「カケタカ」は右参考。

第十　「千躰仏」は千の仏像を供養に印判に付すること。

14

衣裳《いしょう》だんす桐の立木の模様哉

部屋の一隅にある衣裳箪笥を見ている。もちろん無地の総桐である。部屋にある大きな木製のものというとこれ一つだけなので、見ているうちに、これが桐の木そのものに思われてくる。然も葉がすっかり落ち尽くした桐の立ち木に思われ、横に走っている木目が唯一の模様であるかのようだ。

【鑑賞】

いささか難解の句である。下五の「模様哉」が「姿哉」となっていたらすっきりするのだが、それでは句が平凡になってしまうので右のように解してみた。模様のないのが衣裳箪笥の模様だとする、前田説には無理があると思われる。要するに「衣裳」の縁語かも知れないが、「模様」をどう解するかが問題である。「立木」の語には落葉した木の意味はないが、ここでは落葉したものと見ざるを得ない。従って「桐」は秋の季語。句としては上出来とは思われないが、どうであろうか。

【参考】

『糸屑《いとくず》』（元禄七年《一六九四》成る。俳諧作法書。宗因門の室賀轍士編）に入集。

15

枝《えだ》おほふ楸《ひさぎ》や山をかくし題

隠し題としては、楸《ひさぎ》の木は葉が繁っていて上の方だけが見え、枝はもっと下の方に見えるということで、楸の「ひ」が上に、枝の「え」が下に、つまり「ひえ」となり、その他に「山」の文字があるので、この句は「ひえ山」（比叡山）という語を隠しているというわけである。それが判ったら此の句はそれでよいのであるが、強いて言えば、楸の木は葉が枝を覆うばかりか山まで隠す程繁っているという意味を利かせ、その楸が山を隠し題にしているということになる。

【鑑賞】

和歌や連歌等でも行われた隠し題と称する一種の遊びの句で、句意は二の次で、句の中に或る語を巧みに詠み込む技巧を利かせる作品。この句では更に「山をかくし」と「かくし題」という別の技巧（掛け言葉）も用いられている。

隠し題の句としては、その他に掛け言葉をも仕組んでいて、技巧的にはよく出来ている。

「楸」が秋の季語。『点滴集』にも入集。

【参考】

隠題の起源は古く、『古今集』にある物名を隠した歌など、奇知滑稽を見せた作品あたりが始まりか。『伊勢物語』の業平の歌、

から衣きつつなれにし妻しあれば
はるばる来ぬる旅をしぞ思ふ

は各句の上の文字で「かきつばた」となる。折句といわれるものであるが、これも隠題の一種である。西鶴の句はこれに似て、五七五の五の最初の文字で「え」「ひ」となるが、これを逆転させる工夫が施されている。「楸」は余りなじみのない木の名前であるが、山野に自生する落葉喬木で、久木とも書き、別名アカメガシワ。『万葉集』にも「久木生ふる清き河原に千鳥しば鳴く」（六・九二五）等の例もあり、以後の古歌にも屡々歌材となっている。

16

日《ひ》高《だか》には能登の国迄やさし《刺》鯖売

まだ日が高く、昼すぎてさほど時もたたないからには、今日中に能登の国まで行き着く

だろうか、多分行けそうだな、あの刺鯖売りは。

［鑑賞］

能登の国は刺鯖を名産とした。この刺鯖の行商人は京・大坂での商売を終え、荷を軽くして能登へ戻るところであろう、という一句の意味であるが、上の五七の句は有名な能「安宅」中の語で諸人承知のところであろう。即ち山伏姿に変装した義経一行が安宅の関の関守の富樫某に見咎められて弁慶が先ず言う言葉、表現が一寸違う所があるが、

腹立や、日高くは能登の国まで指さうずると思ひつるに、（強力に変装した義経が）わづかの笈負うて後に下《さが》ればこそ人も怪しむれ、惣じて此程、につくしにくしと思ひつるに……

と、義経を金剛杖で打ち、こんな所で留められては予定が狂う、というところである。傍線した箇所の「指《さ》」を「さし鯖売り」の「さ」と掛け言葉で転じた、そこが面白い。「さし鯖売」が秋の季語。『糸屑』に入集。

［参考］

「さし鯖」とは背開きにした塩鯖二枚を串に刺したもので、当時能登から京・大坂へ売りに来た。生御魂《いきみたま》といって、七月十五日に父母や親戚などに祝いとして刺鯖や蓮飯を贈る風習があったという。盂蘭盆会の翌日の行事。この句の能登人はその為の商いの帰途で、加賀の金沢辺り迄来ていないと、夜までに能登へ行くのは無理という勘定になるが。

17

朝《あさ》皃《がお》や髪結がしる花盛　知

朝顔は朝早く咲くので早朝が一番美しい。髪結男は商売がら早起きだから、ふつうは誰も知らない朝顔の最も美しいところを、彼らだけが見て知っている筈だ。

【鑑賞】西鶴としては珍しく素直な作の一つで、「朝顔」「髪結」「花盛」という道具立てから、清々しく艶なる風趣が感じられる。句意の最後に「筈だ」と書いたのは、一寸言い過ぎかも知れないが、髪結いは特定の一人を指すわけではないので、こう書かざるを得なかった。また髪結い業は当時男性の職業で、鬢《びん》・月代《さかやき》を剃ったり髪を結ったりする職。朝顔は一輪だけでも賞美されるが、「花盛り」となると数多咲き揃っている様が想われ、よけいに美しい。「朝皃」が秋の季語。

【参考】朝顔というと古くは桔梗、次いで木槿《むくげ》の花を言ったが、平安時代中国から渡来した牽牛子《けんごし》がより美しかったので、現在の朝顔のことになった。藍色赤色など種々の色が美しく、江戸時代から観賞されるようになり、西鶴の『好色五人女』の冒頭には、朝皃のさかり朝詠《ながめ》はひとしほ涼しさもと宵より奥さまのお丶せられて（巻二の二）と、翌早朝の花見の為の毛氈敷き腰掛けや衣服、食物など、細かい指図を早々としていることが書かれている。「皃」は「貌」の略字。

また当時、髪結いには自宅などで行なう床髪結と毎朝町廻りをする町抱えの髪結とがあって、どちらでもよいと思われるが、この句では後者と見た方がよいかも知れない。なお女髪の髪結は当時はまだなく、ずっと後になって現われた。『糸屑』『點滴集』に入集。また板行でない稿本「詞林金玉集」（桑折宗臣編、延宝七年《一六七九》自序）にも。

18

牛《うし》の子や作る鳥羽田《とばた》の作り道

鳥羽の車宿に来て見ると、大概の親牛は京へ仕事に引き出されて、牛の子たちが残されている。京へ通ずる道は元々ある鳥羽街道（鳥羽の「作り道」）だが、その辺り一帯はまだ田畑ばかりである。百姓たちがあちこちで働いている。牛の子たちはじっとしていないで、とび跳ねたり、走り廻ったりしている。それで鳥羽の田畑の中には、その内に自然新しい道のようなものが出来てくる。牛の子たちが、また鳥羽田の作り道を作るわけだ。

【鑑賞】

一つの田園風景が浮び上ってくる。牛の子たちが、「作り道」を作るのと、表現面にない「農夫たち」が作る「鳥羽田」というのとの意味を、二重に掛けてある。下五の「作り道」を、固有名詞と普通名詞と両方に働かせているという工夫が見られ、一見難解である。牛と鳥羽との当時の関係を知ることが肝要である。田を鋤くと見て春、収穫の働きととれば秋、「作る…田」をどう見るかであるが、前者と見たい。『糸屑』に入集。

【参考】

当時は運搬に牛車を用い、牛車の集結所（車宿）は鳥羽にあった。従って日暮れには京から凡ての牛車が鳥羽街道（「鳥羽の作り道」）を通って鳥羽へ帰った。「作り道」は普通では新しく作った道のことであるが、平安時代から鳥羽の作り道が有名で、固有名詞となった。『徒然草』第百三十二段に、

　鳥羽の作道は、とば殿立《たて》られて後の号《な》にはあらず。むかしよりの名也。

として、天慶六年《九四三年》七十六歳で逝去した元良親王の、元日奏賀の声が、大極殿から鳥羽の作道まで聞えた記録があることが付加えて書かれている。なお「鳥羽の作道」は、朱雀大路南の羅生門（この辺四ッ塚町）から南へ九粁、桂川に沿って淀町の宮前橋までを言う。「鳥羽街道」が之である。『好色一代男』巻八の一に牛車の挿絵がある。

19

只《ただ》の時も吉野は夢の桜哉

延宝四年　三十五歳
（一六七六）

「吉野」とさえ言えば何時だって、また何処にいる時でも、桜が、夢で見るように目前に浮んで来る。吉野山の桜花爛漫の春景色はそれほど印象が強いのだ。

【鑑賞】

吉野の桜の見事さを、こういう形で表現している。「夢の桜」とは夢幻に現われる桜という意味で、古人も、

吉野山夢にも花を見る人や春はまさしといひはじめけん（『夫木抄』慈鎮和尚）

等と詠んでいる。「まさし」とは、名声と実際とが一致するものだとの意。桜には「夢見草」という異称もある。この発句は宗因門の片岡旨恕との両吟歌仙（旨恕編『草枕』所収）におけるもので、旨恕の脇句は、「山によい句と明くれの春」。

西鶴はこの発句が余程気に入ったらしく、何度も短冊や色紙等に書き、そのうちの幾つかには発句と、座して桜を眺めている烏帽子狩衣姿の人物を自ら描いてもいる。発句は同

じでも自由に漢字を假名に変えたりしていて、それぞれに前書を付しているが、前書はどれも同趣旨ながら表現に多少の異同がある。その一例、

おもふ事は根から葉から、花なき里にかりねして、現《うつつ》にもまほろしにもわすれ難し（句巻十二ヶ月）

「桜」が季語で春。

［参考］

西鶴は自らが編んだ『古今誹諧師手鑑』（延宝四年自序）に此の発句を入れている。この書は俳人の手鑑の最初のもので、巻頭に荒木田守武、山崎宗鑑の発句を置き、以下貞門、談林の俳人の句を並べ、巻軸（巻尾）は談林の祖西山宗因の句で、一人一句で総べて二百四十六枚の各自の短冊を模刻している。なお先述の旨恕編『草枕』（延宝四年《一六七六》刊）の他、『名所発句集』（寛政九年《一七九七》素外編）にも西鶴のこの発句が入っている。

20

御《み》舟《ふね》山《やま》おも梶の葉の茂りかな

「舟」というからには「面舵《おもかじ》一杯」などいう言葉も思い浮ぶが、吉野の御舟山では梶の葉が一杯に今茂っているよ。

【鑑賞】舟の舵と植物の梶と何ら関係はないのだが、音通の面白さを利かせながら一つの風景を詠っているだけの句であるが、全体に落着いた感じがある。「茂り」が夏の季語。

【参考】「御舟山」は奈良県吉野の菜摘東南方の山で、蔵生堂の東に見えるという。万葉集以来の歌枕で、

吉野川もみぢ葉流る瀧の上のみふねの山に嵐吹くらし（『金槐和歌集』冬のはじめの歌）

等がある。

発句は稿本『詞林金玉集』（延宝七年序）所収『松葉俳林』（延宝四年?）にある。

21

氷《ひ》上《がみ》詣《もうで》跡の祭の肴《さかな》舞《まい》

延宝五年　三十六歳
（一六七七）

熱田神社の末社の一つである氷上社の祭りに参詣すると、神事の終った翌日に、後の祭

として後宴が行われ、酒興を添える舞が舞われる。それはそれとして、そうした楽しみが祭の後でなく、祭の前にあったらよいと思うのは、僻《ひが》みというものかも知れない。

【鑑賞】

句意に書いた前半だけでは、氷上社の祭礼の直会《なおらい》の説明に終ってしまって、俳諧にならない。問題は「跡の祭」をどう解するかにあって、文字通り、後宴の行われる祭の翌日の意味と共に、諺の「時機のおくれたこと」の意味をも生かしたものと見た方がよいと思う。尤も「後の祭七日賑やか」という諺もあるが、ここでは適当でないと思う。要するに「僻《ひ》がみ—後の祭」と見る方が俳諧の面白さではなかろうか。「氷上祭」は五月六日の行事であるから夏の季語。

【参考】

右の句の左に次の如くある、

氷上の御やしろは熱田の末社、あったより南に當て舟路二里、五月六日神わざの頭人、舟にのり、御やしろに詣て精進潔斎をとくるが故に、後に鷹狩あり

(注) 神わざの頭人＝神事の世話人、とくるが故に＝精進潔斎を解くので。

今日この行事が行われているか否かは判らない。句の出典は『熱田宮雀』(樋口兼頼編、延宝五年戌、熱田神宮関係俳書)。以下の七句はこの書の所出。

22

箱指《はこざし》や尾張材木御殿の花

この御殿は井楼《せいろう》組みの建築で、その組み方を拝見していると、ほとほと感心させられる。それも凡て木曽材を用いているので、この建築の凡てが御殿を桜花のように美しいと感じさせる。

［鑑賞］

熱田神宮正殿の東の「土用御殿」を詠んだ句で、句に次の前書があるので、それを参考に鑑賞すべきであろう。

天村雲の御剣のおさまり玉ふ御殿也。故に宮つくりも余社に替りて箱さし也。天地のうごく事ありといふとき、此御殿のゆるぐ事あらざるとかや

要するに珍しい井楼組、しかも木曽産の堅固な材の御殿は、大地震があってもびくともしない、宝剣を収納するのにふさわしい御殿だと、賞賛の眼を以てその作りを眺めている。その心は「花」という結語の重さに表われている。かなり素直な句であるが、それにしては余情がないようだ。『熱田宮雀』所収。「花」が春の季語。

［参考］「箱指」は「井楼組」「箱作り」とも言い、今は一般家庭では用いなくなった蒸し器、蒸《せい》籠《ろ》に似て、木材を井桁に組んで重ねる建築法。校倉《あぜくら》作りの類。「天村雲の御剣」は草薙《なぎ》の剣のことで三種の神器の一つ。「御殿」はここでは神宝を納めおく宝蔵をいう。愛知県西北部から長野県の南部にかけて木曽は檜の名産地。尾州の桧は建築材として第一級品で高貴な建築に用いられる。

23

まことや蝕日《ひ》破《わり》の森の梅暦

本当だ。日蝕が起ったのだが、丁度私が日破の森に来た時からだ。というのは、日破というのは太陽が割れるということだし、日蝕は月が地球と太陽の間に来て太陽が欠けて見えるのだから、地名と現象とがぴったり一致するではないか。これが本当に不思議といわずに何と言おうか。というわけだが、それは梅が咲いたら春だと判ると同様に、日破の森が日蝕を知らせる梅暦の役目をしていることになりはしないか、

［鑑賞］ことばからの一致を面白く思っての作品である。「まことや」と驚いてみせる所に俳意

がある。「梅暦」の季語で春になる。

【参考】

「日破の森」は御所前町にあって、熱田神宮の攝社の一つの日破神社がある。攝社は末社より格が高く、ここには饒速日《にぎはやひ》尊外二座を祭っている。前書に、

南の御門より五丁ほど南に有。

とある。社名は「日破」の他に「日割《さき》」とも言われる。これにても句意は変らない、肝心の日蝕は異説もあるが、延宝四年四月三十日夕刻に始まったものらしい。日月蝕や暦については西鶴の『世間胸算用』にも、

元朝に日蝕六十九年以前に有て、又元禄五年みづのえさる程に此曙めづらし。暦は持続天皇四年に儀凰暦より改りて、日月の蝕をこよみの証拠に世の人是を疑ふ事なし（巻一の二）

とあり、関心の深いことが窺われる。「梅暦」とは暦のない所では、梅が咲くので春だと知ることで、梅が暦の代用をするというわけ。日破の森に梅があるかないかとは関わりがない。句の出典は『熱田宮雀』。

24

桜《さくら》咲《さく》木《き》太《だ》夫《いう》やいつの宮柱

桜が美しく咲いている木太夫神社は、がっちりとしている上に桜のお蔭でなお見事であるが、いつの建築物なのであろうか。

【鑑賞】 神社の名に木太夫という珍らしさに引かれての作。初五を「木」に掛けて「桜咲く木」と仕立てただけのあっさりした句であるが、桜―木―柱という続け方にも工夫があったかと思われる。

【参考】 句の前書に、「喜太夫の宮、西の御門の外、二丁程北に有」とあって、「二丁」とは約二百メートル余。熱田神宮の攝社の一つで、神名帳には「下知我麻《しもちがま》神社、祭神真敷刀媛命」とある由。前田金五郎によると、熱田の地主紀太夫を祭ると俗間に伝えるとあるが、社名からいうと、祭神はこの方が正しいのではなかろうか。但し、作者は「喜太夫」を「木太夫」と洒落れたのであろう。式内社である由。

25

僧《そう》はたゝく春敲門《しゅんこうもん》や日の初め

一人の僧が先刻から頻りに門を叩いている。門は熱田神宮の東の御門の春敲門である。門内は早朝、それも元日の早朝のこととて寂として音もしない。それでも僧は敲き続けている。やがて門内から声がして門が静かに開けられ、僧は迎え入れられることであろう。あたりには元日の、何かしら新鮮な空気が満ちている。

［鑑賞］

よい句である。「僧」「春敲門」「日の始め」という語が、静かで、しかも暖かい感じを醸成している。門内は早朝の故かひっそり静まり返っている。神社に僧が訪れるというのは一種奇異な感じもあるが、神职の者が訪れるというのでは句にならない。社僧としても面白くない。僧はどういう用件で訪れたのであろうか、「敲く」は「叩く」よりも強いと思われるので、この句の場合は前者が適当であろうし。僧の気合も感じられるのであるが、西鶴が上五を「たゝく」と仮名にしたのは句の中は「敲」が二度出るのを避けたのではあるまいか。上五の字余りも含意が深い。

この句で誰しも思い当るのは、中唐の詩人賈島の故事であろう。作者はその故事のイメージを巧みに利用し、表現の一部を借用もしているのである。

［参考］

賈島の作品は『唐詩選』に二篇撰られているのであるが、故事はそれとは別で、或る時賈島が驢馬に乗っていて、次の句が頭に浮んだ。

鳥《ハ》宿《ス》池辺《ノ》樹　僧《ハ》敲《ク》月下《ノ》門

さて、「敲」を「推《ス》」にしたものかどうか、彼はさかんに考えてみるのだが、どうしても決められない。思案に窮して韓愈に意見を乞うた。韓愈は字が韓退之、柳宗元と共に有名文章家。彼は立ち所に「敲」がよいと答えた。「推敲」という語の起源として知られている故事である。西鶴は「春敲門」という門の名からこの故事を想起し、「春」から「日の始め」の句を得たのである。彼の語感のよさがこれからも思われる。「春敲門」の名称については古来伝承があり、中国の玄宗皇帝の命を受けて渡来した方士が案内を乞うた門がこの門で、西鶴は之に依ったのだろうという前田説があるが（『西鶴発句注釈』）、そこまで考えなくてもよいと思う。

26

海《かい》蔵《ぞう》門《もん》二枚ひらきや春の海

熱田神宮の南門である海蔵門は二枚開きである。二枚開きは観音開きとも言って、仏像などを納める厨子の扉にもよく見掛けるが、大きな海蔵門の扉が開かれると、何と、そこにはゆったりと広がる春の海がのどかに見られるではないか。

［鑑賞］

上下の一字が同じ「海」である。その間に「二枚ひらき」という語があって、その全体の句形には何となく伸びやかな感じがある。「海蔵」という語には「海が拘えこんだ蔵」という含みがあって、「二枚びらき」の「ひらき」に、その蔵の扉を開くという意味が込められているようである。又、「カイゾウモン」の「カイ」に貝を感じ取り、蛤の如き二枚貝を、「二枚びらき」の語から連想することも出来よう。

【参考】

この門はもと海上門と言ったそうである。満潮時には門際まで潮が寄せたからだという。今は門前から神幸道を通って海に至る。神幸道という名称は、祭神と海の神とが行き交う道ということであろうか。なお故宮城道雄の作に「春の海」という名曲がある。いかにも長閑な気分を湛えた曲である。

27

呼《よび》次《つぎ》や千鳥の香《こう》爐《ろ》浦《うら》煙《けぶり》

呼次の濱辺には千鳥の群が絶えず仲間を呼ぶのか鳴き交わして居り、浦の苫屋からは夕餉の支度であろうか、炊煙が立ち上っている。その煙の風情はまことに美しく、宗祇・今川氏真・信長・秀吉と次々に受け継がれた、かの呼び声高い名器の青磁の香爐、即ち「千鳥の香爐」から立ち升る香煙かと思われるくらいである。

［鑑賞］

「呼次」は固有名詞と動詞の二様に用いられている。呼次の浦は句の説明に、「南の御門（海蔵門）より廿丁ほど辰巳に有」とあるから、前出の門から東南へかなりの距離にあることになる。西鶴は地誌『一目玉鉾』（元禄二《一六八九》年刊）巻三の「喚継濱《よびつぎはま》」に古歌、

鳴海かた夕浪千鳥立帰り友よびつぎの浜に鳴（く）也（『新後拾遺和歌集』厳阿上人）

を引き、その絵図の「よびつぎの濱」には群れ飛ぶ千鳥も描かれている。但し句の主筋は浦の苫屋の炊煙にあって、これは描かれてはいないで、千鳥は点景の如く扱われている。その場合、「呼次」は動詞「呼び継ぐ」で、千鳥の声にすぐ続くし、千鳥の香爐の著名さを言うにも働いているが、語気からは後者の方に強く働いているものと見たい。名詞としては初五で一旦切れているのであるから、呼次の浦そのもの全体を詠歌しているのである。なお「浦煙」を潮煙や海岸に立ちこめる蒸気に解する説があるが、香爐の煙に似ていないので、いささか無理だと思う。「千鳥」が冬の季語。

［参考］

西鶴は連句にも次の様に扱っている。

○ 送り状数かく浪になく千鳥
　算用残（り）呼つぎの浜（石斎篇『珍重集』独吟百韻、延宝六年成）

○　海舟は目まい心になるみがた

親仁々々と呼つぎの浜（西鶴編付句集『物種集』同年刊）

又、「千鳥の香爐」に係わる「衆道の友よぶ衞《ちどり》の香炉」（『武家義理物語』巻一の三）という作品も西鶴にある。

28

昼《ひる》寒《さむ》の里とや雪にまがひ道

本当は「夜寒の里」と言うのだが、来てみると昼でも恐ろしく寒いから、「昼寒の里」とでも言いたいよ。実際雪が霏霏と降りしきる中を行くと道を間違えそうだ。

【鑑賞】

実感から一寸しゃれてみている句。こういう余裕があることを示す作が西鶴にあることはいささかほほえましいが、俳諧にはこのような余裕が必要であることを改めて思わせるのである。夜さむの里は海岸に近いから、時には風も強いと思われる。それが吹雪となると目も明けられず、自分がどこを歩いているのか判らなくなってしまうものである。この句もそういう状況であろうが、手もかじけそうになり乍ら道を急いでいる西鶴が想像されるようである。

【参考】

句の説明に夜寒里は「山さきの南にあり」とあるが、「春蔵門の北の森あたりをいふ」と野間光辰は言っている。他の説もあるが、『一目玉鉾』巻三の絵図では「ほしさき」の次に「夜さむの里」が「せんにんつか」に接して描かれ、「よびつぎの濱」が少し離れてその西に描かれている。西鶴自身は本文に「夜寒里《よさむのさと》」として、ここでも古歌一首を掲げている。

袖かはす人もなき身をいかにせん夜さむの里に嵐吹也（『夫木和歌抄』巻二十一神祇伯顕仲、他）

「氷上詣」の句からこの句まで『熱田宮雀』所出。この俳書下巻末には、編者樋口兼頼と西鶴との両吟歌仙もある。凡て熱田神宮関係、延宝五年《一六七七》成。

29

阿《お》蘭《らん》陀《だ》の馬つなぐ也君が春

オランダと言えば日本を離れること一万三千二百里、異国も色々と多いが、その中でも最も遠い国である（『一目玉鉾』巻四参照）。その異国からわが国に渡来して商いをする業務の長崎商館の長、即ち加比丹《カピタン》が、一行を引きつれ、献上物を馬に積んで、何と、江戸の将軍に拝謁し敬意を表しにやって来る。それが毎年春正月から三月にかけての例となっているのだ。これというのも我等の江戸の将軍様の盛んな御威勢あればこそで、まことにおめでたいことだ。

［鑑賞］

「阿蘭陀」という国名を詠み込むところに、当時としては既にエキゾチックな一種独特の感じがあったことと思う。「馬つなぐ」は実景よりも寧ろ権勢ある人に伺候して御気嫌をうかがうという意味の方が強く、そこに多少の具体性を持たせている。「君が春」は「我が世の春」という言い方と同様に権勢を謳歌するという意に、季節の春の意を重ねている。「君」は当時としては徳川家、江戸の将軍の権勢が身近に感じられるのが一般であった。『俳諧之口伝』（西鶴が豊後の西国に授けた俳諧伝書、自筆、奥書に延宝五年）中の俳句としてあるが作者名なし。次の二句も同様であるが、西鶴作と考えられる。

［参考］

「君が春」を詠み込んだ西鶴の発句にはなお「君が春やまんざいらく万歳楽」がある（「画賛十二ヶ月」、元禄二年頃）。この「君」を天皇と見る説もある。なお西鶴とほゞ同年配の芭蕉にも、「阿蘭陀も花に来にけり馬に鞍」（「江戸蛇之鮓」延宝七年）の句がある。又、西鶴に「こと問はん阿蘭陀広き都鳥」（独吟百韻『三鉄論』延宝六年）の発句がある（後出）。世人が宗因流の俳風を阿蘭陀流と言って嘲ったが、西鶴は自分の俳諧を却って阿蘭陀流と自称したのであった。

30

かたひらの雪をれ竹や枕蚊屋《まくらがや》

子供の顔あたりだけを守ればよい位の小さな蚊張を見ると、竹を一寸組んだ上を麻布で蔽ってある。これはどう見ても、雪で折れた竹の上に薄雪が降ったみたいだ。一寸見には涼しそうでもあるよ。

【鑑賞】見立ての句であるが、帷子《かたびら》は夏着の単物《ひとえ》で薄く、麻などで作るから白っぽい。だから薄くつもった雪を帷子雪という。その雪を「雪折れ竹」の「雪」に掛け、更に「かたびら」は夏のものだから同じ夏使用の「枕蚊屋」と縁語にしている。その技巧が西鶴作であると思わせる。「枕蚊屋」は、幼児用で頭部を蔽うだけのもの、竹の骨組みに麻布を張ってある。夏の季語。

【参考】『俳諧之口伝』（先述）の例句には殆ど作者名がない。この句もそうであるが、西鶴作に違いない。

31

どやきけり聞いて里しる八重霞

たちまち皆が何を言っているのか判らぬような大声でわめき散らすような声がしたんだ。それを私は聞き分けて、濃さが甚だしくて文目《あやめ》も判らぬ霞の中であったが、そこがどんな里であったのかが判ったよ。

【鑑賞】

いきなり「どやきけり」と始まるので、誰がどやいたのかが判らない。自分なのか村人なのか。それが「聞いて」と続くので、聞くのが自分で、どやいたのが相手であることが判明する。八重霞で目先が見えないので、自分が「ここはどこだ」と大声で言ったら、村人がすぐそこにいて教えてくれた、と解することも出来ようが、それでは初五に続く第二句との関係が付き過ぎて面白くない。それで答えた村人がとんでもない大声だったとした。

【参考】

『俳諧之口伝』の例句にあるのだが、他に青木友雪との『両吟一日千句』（延宝七年刊）第一の発句に、西鶴自身に依ってこの句が流用されているから西鶴作に間違いない。友雪の序によると。この両吟は大矢数（延宝五年五月興行）の西鶴に頼んでその刊年の四月に興行したもので、同年五月刊行されている。又、序によると友雪が西鶴に挑んで行ったもので、席上には連俳の作者が多数呼び集められていた。このこと刊行書の西鶴跋文に、

難波は日本名誉の入津、水にすめるめ、雑喉、梅にやどる烏《からす》の声までも所がら也。

爰《ここ》に俳諧檀林青木氏友雪（以下略）

とある、その「すめるめ、雑喉」「烏」は大坂の俳人たちを皮肉視して言っていると私は思う。そのこと等から、この発句を解してみると、「どやきけり」はつまらぬ連中が自分を誇っていること、その声々を聞いて「里しる」、つまりそれらのお里が判る、程度が判るということを意味していて、そこに西鶴の意気込の激しさを示している、と私は解したい。因みに右の西鶴の発句に付けた友雪の脇句は、

日千句の座を烏帰る山

である。「日千句」は西鶴の一日千句興行を言い、「烏」は西鶴のことを言ったのであろう。なお「どやきけり」の句は短冊にも書かれており、『点滴集』にも入集している。

『定本西鶴全集』にはこの後に、

よき連歌二月のなけ松湊舟
沙汰もなし花や木の根にかへるらん
桜咲遠山はまだかげながら

千金と宵だにいふを今朝の春

の四句を『俳諧之口伝』の例句として掲げているが、頭注に編者野間光辰もためらっているし、私も句主不明で他作と思われるので、取り上げない。

32

花《はな》はつぼみ娌《よめ》は子のない詠《ながめ》哉

桜は蕾のうちが長いこと見ていて飽きないものだし、同様に嫁はまだ子を産まないうちの方が初々しく、姿形も見るからに感じのよいものだ。

【鑑賞】桜は勿論花が美しくてよいものだが、咲いてしまうと後は間もなく散るばかり。それに較べて蕾のうちは、これからが楽しみだから見ていても楽しい。それに反して嫁は一旦子供が出来てしまうと、子供にかまけてすぐに身なりを構わなくなり、動きにも初々しさが失せてくるから、以前のような新鮮な美しさがなくなる。どちらにもそれぞれの見頃があるというのであるが、本意は後者の方にある。「花」が季語。

【参考】「近代はただ花と云は皆桜也」（『八雲御抄』三）。「何の花」と言わぬ限り「花」という時は桜の花を言うことは連俳に共通し、西鶴においても同様である。
この句は『大句数』（延宝五年五月興行一日一夜千六句独吟）の第二の発句にも「花は含み嫁は子のなひ詠哉」として流用。脇句、第三は次の通りである。

蝶々とまれ若衆くるひ

猫に一歩合点のゆかぬ春暮て

33

初花《はつはな》の口ひやうしきけ大句数

どの巻にも発句に「花」を詠み込んだ句数の多大な矢数俳諧を、この巻を最初に始めるが、私が口からリズミカルに吐き出す、そのスピイディなリズムのよさを諸君よ、確かに聴けよ。

［鑑賞］

西鶴は二年前の四月に妻を失い、その初七日に追善として独吟で一日千句を手向けた。これは人前の興行ではなかったが、今度は最初の興行矢数俳諧である。普通千句（十巻）は四日間で仕上げる例であるが、一日で千句以上の矢数俳諧は、それまでもないではなかったが、西鶴は、ここで誰にも負けない矢数俳諧興行を、意気高らかに自信満々で始めるのである。その気合いのこもった発句である。

［参考］

この興行は延宝五年五月二十五日、大坂生玉の本覚寺で行われた。千六百句を一夜一日で詠んだのが間もなく出版されたが、下巻六百句は現存していない。一般に千句というと、百韻（百句）で一巻、それが十巻だから、千六百句では十六巻詠まれたわけで、これが世にいう矢数俳諧の最初である。その後、句数でその上を行く者も現われたが、西鶴は『好色一代男』刊行後の貞享元年に、住吉神社の神前で、二万三千五百句独吟一日一夜興行という、空前絶後の驚くべき業績を打ち立てることになるのである。

なお「大矢数」という名称は、もともと京都三十三間堂の西縁で、南端から北端まで六十六間（百二十メートル）の通し矢の数を競う行事を言うので、夕刻から翌日の夕刻までの間に行われた。毎年四、五月（旧暦）に行う例で、寛文九年に尾州藩士星野勘左衛門が八千本。のち貞享三年に紀州藩士和佐大八郎が八千余本で夫々名を挙げているが、西鶴は之を矢でない俳諧で行い、その創始と終焉とを独占したわけである。

この句が『俳諧大句数』の第一の発句であり、前出の「花はつぼみ」が第二の百韻の発句である。

34

ぞちるらん上を下へと花に鐘

下句に「花ぞ散るらん」と置くべきに、「ぞちるらん」をうっかり、上へ持って行ってしまった。これは大変だと、上を下への大あわて。というよりも、

山寺の春の夕暮来て見れば入相の鐘に花ぞ散るらん

という古歌がある筈だが、その結句が上になった上に、「入相の鐘で花が散る」の「花」「鐘」が逆になってしまった。二重に上が下になり、下が上になって、これは大変。だが、折角美しく咲いていた桜の花が鐘で散るのこそもっと大変だ、と大慌てするのだよ。

［鑑賞］

俳諧の真骨頂とでも言える作品。『新古今集』春下の有名な能因法師の和歌の結句は、実は「花ぞ散りける」であるが、これに基づいた作である。実景は落花繽紛たる折から夕べを告げる鐘が響いて来る、その中で落花を痛切に惜しむ心あっての作であろう。それは「ぞ散る」が表現上先におかれていることで考えられる。『大句数』第三の発句。

［参考］

能因法師の歌と結句の表現が違うのを誤伝、又は西鶴の記憶違いかという説もあるが、余りそれにこだわらず、単に基づいたものと見ておく方がよいと思う。

この発句に付けた（西鶴自身の）脇句が、また面白い。

とへほにはねをひろげ行く雁

で、「とへほには」は「はにほへと」の逆で、発句の「上を下へ」に呼応している。

35

花《はな》はあつてない物見せう吉野山

吉野山は言わずとも知れた桜の名所だから、勿論花はあるにきまっている。その吉野山に「あってない物」がある。それを見せてやろう。

【鑑賞】
「ない物」が実はあるのだと、「あって」を上下に掛ける掛け言葉（？）が、この句の味噌。ところでそれは何だろうか。それをこの句は隠している。こういうのを「抜句」というのだが、この句ではそれは「雲」であろう。なぜなら「花の雲」という言葉があるが、花は実在するが、雲はただ形容に添えただけのことだし、文字の上でも「花」はあって「雲」がない。だから実際では吉野山で「花の雲」、つまり雲かとも見える桜の満開を見せてやろうという、『大句数』第四の発句。

【参考】
「よしのの山のさくらは、人まろが心には雲かとのみなむおぼえける」（『古今和歌集』序）

右の句の脇句は、

白うるりとやきゆる白雪

「白うるり」とは世に存在しないものの喩えで、単に語感を生かしただけで、『徒然草』六十段に、ある法師の顔を見て、もしそれがあったら白うるりに似ているだろうと言ったという話がある。この句ではそれを「白雪」の喩えとしている。

36

咄《はな》しの種花ぞ昔の曽呂《そろ》利《り》が居ば

話の種があってこそ話が発展して面白く花と咲く。「花ぞ昔の香に匂ひける」という和歌の文句があったが、昔の曽呂利新左衛門という男は話の名手であった。そういう名手が今も居たら、さぞ笑いの渦が期待できたであろうに。

【鑑賞】

「咄しの種花ぞ」と先ず読み、次いで「花ぞ昔の」と古歌を思い出し、更に「昔の曽呂利」と、最初の「咄しの種」豊富にして、それを吉野山の桜のように「花」と咲かせた「曽呂離が居たらば」と、故人を懐しむ意に転じたと読む、その言葉の続け方の妙に、俳諧の技巧を味わったらどうだろうか。『大句数』第五の発句。脇句は、

御前の景色哂《わら》ふ山口

【参考】

古歌は『古今集』の「人はいさ心も知らずふるさとは花ぞ昔の香ににほひける」（紀貫之）。曽呂利新左衛門は堺、南の荘目口《めくち》町の浄土寺内に住む刀の鞘師であった。細工も咄も名手だったので、秀吉の御前に召出されてお伽衆となった。有名になったので『曽呂利物語』や『曽呂利狂歌咄』等の主人公にされた。咄の上手なことは「壷中に天地をこめ、瓢箪より駒をいだせし術にもすぎたり」とも言われる程であったという。脇句の「山口」は堺の町名。なお西鶴自身も軽口咄の名手であった。

37

酔《よ》（う）た人をかへさや花の雪おこし

【鑑賞】

花見酒に酔っぱらって寝込んだ人を帰そうじゃないか。だって「雪おこし」の雷みたいな凄い大鼾をかいているんだ。雷が鳴ってすぐに雪が降って、折角の花が雪みたいに散りでもしたら、花見がおじゃんになってしまう。

「花の雪おこし」を、花を雪のように散らし始める、という技巧を「花の雪」から感じ

とることもできるが、そうでなくても一句はすんなりと判りよい。脇句が、

　　晝からあたら春の夢介《ゆめすけ》

で、これも同様で、「あたら」は折角花見に来ているのに、花を見ないでぐっすり寝込むなんて何しに来たのか判らぬ。勿体ないことだ、というのである。「夢介」は浮かれ者をも言い、夢太郎とも言う。「春の夢」で、楽しい夢。その夢を「夢介」に掛けている。『大句数』第六。

【参考】

「雪おこし」は北陸方面でよく言う、雪の前の風。「雪降り風」とも言うが、雷鳴して風を伴うことが多い。また乾裕幸はこの句の頭注に「爛酔就臥　鼻鼾如雷」（黄庭堅の「題東坡字後」）を引いている。

38

平樽《ひらだる》や手なく生（ま）るゝ花見酒

平樽には邪魔な把手がないから酒が注ぎやすい。花見の席によく此の平樽が持ち込まれるのはその故だが、だからと言って、誰彼と構わずこの平樽酒を強いる人がよくあるが、そういう人は来世は永久に手のない人に生れてくるんだ。平樽に手がないように。

【鑑賞】「平樽」は角樽や手桶と違って、角や把手がない平たく丸型だから、小さいのは上に注ぎ口が一つだけで、携帯に便利だし、酒を注ぐにも手間がいらない。「手なく」はその手間がいらないという意味と、「手なく生るる」という語との両方に掛かる。「手なく生るる」とは、酒の飲めない人に無理強いすると、五百回手無しに生れかわるという仏罰を受けるということだが、知るや知らずや花見の場ではそういう人をよく見受けるものである。

【参考】『徒然草』に、

世には心得ぬ事の多き也。友有る毎には先づ酒をすゝめて、強ひて飲ませたるを興とすること、いかなる故とも心得ず。（中略）酒をとりて人に飲ませたる人、五百生《しょう》が間、手なき者に生るとこそ佛は説き給ふなれ。（後略）（第百七十五段）

という文がある。酒のみについての長文の中にである。「梵網経《ぼんもうきょう》」下に右の文の出典があるが、五百生とは五百回生れ変るという事である。

39

花《はな》にきて《来》や科《とが》をはいちやが折《ば》ますする

お庭の桜が咲いたから見にいらっしゃいよ。おいでになったらきっと花の枝を折ってほしいと仰るでしょうから、私が折って上げますよ。誰が折ったのだとお咎めがあったら、私が折りました、お許し下さいとお詫びをしますから大丈夫。

［鑑賞］

「来てや」の「てや」は希望を表わす連語（接続助詞+間投助詞）である。「や」を単独に感動を表わす切字と取らない方がよい。「いちゃ」とは乳母か下女のことであるから、お邸のぼっちゃまか、お嬢様に声を掛け誘い出しているのであろう。桜を大切にする御主人のお咎めを想定した上で誘い出しているので、誰よりも先に開花を見付け、花を賞でているのは当の乳母又は下女なのであろう。「科はいちゃが負う」は、女奉公人が主家の子女の過失を自分のせいにするという諺であるが、これを利用して、「花を折《お》る」を「科を負《お》う」と同音を重ね、直ちに自分が手を下して折って上げるとした所に技巧がある。

［参考］

西行の「花見にと群れつつ人の来るのみぞあたら桜の科にはありける」（『玉葉集』春下）がこの句の説明によく引用されるようであるが、余り当らない。『大句数』第八の発句。

40

茶《ちゃ》屋《や》餅屋暫《しば》し砂糖ある花の山

桜花爛漫の山には茶店や餅屋が店を並べて大賑わいを呈する。花見というと酒が付き物だが、人々の中には酒を飲まぬ人（下戸）もいることだから、砂糖気のある甘いものをも売っている。勿論花の満開のしばらくの間だけれども、山は大ぜいの人で楽しい雰囲気だ。

［鑑賞］

「茶屋、餅屋」はリズミカルで、先ず浮かれた気分を出しているが、それがすぐ「暫し」に続く。そして「砂糖ある山」というのは、「里ある山」（人里のある山）の「里」を「砂糖」と代えた洒落である。

尾花ふく穂屋のめぐりの一村にしばし里ある秋のみさ山（『玉葉集』雑）

「穂屋」は薄葺きの神事用の小屋。

［参考］

「花の山」も平常は淋しく、茶屋餅屋は先ずないのが普通である。『大句数』第九の発句。

41

八重葺《やえぶき》の花おし春の槫《くれ》とゞめ

八重桜の枝を幾重にも軒端に差し飾った屋根があるが、他の桜より少し遅く咲く八重桜を、そんな風に使うなんて惜しいと思う。なぜなら、桜は八重桜が見納めで、春も暮れて行くのだから。だからその屋根の屋根板を打ち止める釘のように、花の春の暮れるのを止める釘があったらなあ。

【鑑賞】「八重葺」とは元々屋根板を何枚も重ねて屋根を葺くことだが、八重桜を思わせ、「葺く」は軒端に草木などを差して飾ることでもあるから先の様に解した。「おし」は「をし」とあるのが普通、「春の榑」は「春の暮」を掛けているし、「榑とゞめ」(一語)は初五の「葺」の縁語。「榑」は薄板、「榑とゞめ」は、それを散らぬように打ち付ける竹釘。以上かなり技巧的な句である。「花」「春」いずれも季語、季重なり。

【参考】『大句数』第十の発句であるが、短冊にも書かれていて、その一つには、「よし野にて」の前書がある。また短冊では「榑」を仮名書にしており、前書のあるものでは「花おし」を「花惜」としている。

以上で『大句数』の発句は終る。その千六百句のあとの六百句は現存しないことは、先述した通り。

是《これ》沙汰ぞ風の吹《ふく》やうに今朝の秋

世間では今朝、誰が伝えたのでも言いふらしたわけでもないのに、皆口々に秋が来たと言い合っている。その一様なことは、恰も風がさっと吹き渡るように速いのだが、実際に風が昨日までと違ってひんやりとして、さほど大きくないにしても、草木に吹く風の音が違うことにふと気が付かずにはいないので、「あ、秋が来たのだな、そう言えば今日は立秋の日だったんだね」と世間の誰しもが斉しく言い合っているのだ。

【鑑賞】

初五で何か大きな変事が起ったらしいと思わせ、続いてそれが、ありふれた事件とは全く違うことをはっきりさせ、「今朝の秋」で落着かせるという運びになっている。そして「風の吹くやうに」で、それが「是沙汰」（専らの評判）の状況の比喩であると共に、あるか無いか微妙な風であり、さわやかな話題であることを思わせて、下五の「秋」で有名な古歌、

秋来ぬと目にはさやかに見えねども風の音にぞおどろかれぬる（『古今集』秋上、藤原敏行朝臣）

を想起させるのである。「今朝の秋」が季語。

【参考】

『俳諧三部抄』（延宝五年十一月刊）を出典とする。「自画賛十二ヶ月」にも出ていて、前

書に、
梢声ありて人をおこす。目覚して初けしき。
とあり、句の左に、風に靡く芒群の前に立つ烏帽子、狩衣の人物を描いている。又、「句巻十二ヶ月」には前書、
きのふに替りてやらさむし。目は見えねども風の声におどろき、かくれなき朝寝坊も枕の夢を覚しける。
がある。「やら」は感動詞では「おゝ」とか「あゝ」とかの意であるが、ここでは接頭語として「意外に何となく寒い」と見るべきであろう。これで見ると西鶴は朝寝坊だったらしい。

43

さくわけや難波について豊後梅

延宝六年（一六七八）（三十七歳）

梅が美しく開花するには、然るべき道理というものがなければならぬのだ。というのは、

豊後という一地方の梅が遥々と、古来梅の名所である難波に到着してこそ美しい難波の梅と同化するという、ちゃんとした道理が存在することを言っているというのだよ。（地方の俳人が談林俳諧の本拠である難波に来ることで立派な俳人になることができるのは、難波に宗因や西鶴がいるからだという意を含む。）

【鑑賞】

難波の梅と言えば、『古今集』序に、

　難波津に咲くやこの花冬籠り今は春べと咲くやこの花

とある和歌が古来有名である。豊後梅も肥後梅と共に古くから称されているが、ここでは豊後梅に大分県（現）日田の俳人中村西国をなぞらえている。従って「難波の梅」は大坂住の西山宗因を準えているし、暗に西鶴自身をも言っている。西国は商人であって屡々《しばしば》大坂に来て居り、前年西鶴から『俳諧之口伝』を受けているのである。こういう関係を知った上で、句中の「ついて」をどう解するかが問題である。

「ついて」は「ついで」とも読めるが、意味は両者同じではない。「ついて」には「着いて」「就いて」「二つが一体化して」等の意味があるに対して、「ついで」には「次いで」「継いで」の意味があり、どちらにしても句意は通るが、後者は難波梅の方が優っているのも尤もだということにもなって、豊後梅がその次だということで簡単明瞭にはなるが、いささかまずいように思われる。私は前者の方だが、第一に西鶴の発句に対して亭主役として

挨拶の心をもって之に素直に応ずる筈の脇句が、

三津（みつ）の川口きいた鶯　西国

である。即ち「大坂に着船した時に既に難波梅に鳴く鶯の美声を聴きました」という意であるから、「豊後から大坂に着いた。これからは難波の我々先生方に就いて学ぶことで談林俳諧を体得してあなたは、立派に談林の徒として花を咲かせるのだ」と「さくわけ」を言っているのが師匠格の西鶴の発句だと考えたいのである。つまり「ついて」の語が先に並べた三つの意味を含んでいて、それが大坂に着くことによって凡て可能なのだから、「着いて」が他の二つの意味をも代表していると見る方がよいと考えるのである。「豊後梅」が季語で春。

［参考］

『胴骨』三吟の最初の百韻の発句である。『胴骨』は西鶴・西国・由平の百韻三巻で、発句はこの三人の順に次々と交代している。執筆は西吟。発句者それぞれがその百韻を自筆巻子本にしたものが後に出版されている。由平は大坂の人で宗因門。この興行は西国が催していることとは、最初の巻の脇句作者であることから推測される。従って西国は大坂に別邸を持っていたのかも知れない。

盃《さかずき》やなるとの入日渦《うず》桜《ざくら》

目の前に置かれた盃、朱塗のかなり大きい盃で、内側に珍しい図柄の蒔絵が施してある。鳴戸の海の入り日に名物の渦潮、それに鞍馬山の渦桜まで描き添えてあるよ。(下戸の自分でもこれには見とれてしまう。)

【鑑賞】 西鶴は下戸で酒は殆ど飲まず、餅が好きらしいのだが、絵は巧みで、絵図には目が利く。この盃の図柄は、一種の名物の取り合わせ描きだと考えられる、「渦桜」は「渦・桜」と分けて見るべきで、鳴門は入日もよいが渦潮も有名。それに鞍馬の渦桜、どちらも他にない名物である。従って「渦」はその両方を掛けている掛詞で、「渦桜」が春の季語となっている。

【参考】 『西鶴織留』巻二の五「当流のものずき」に、ある法師が「自分は猩々の化身だ」と称して、ある店に立寄って「武蔵野」という大盃がないかという。店主がそれはないので大盃を幾つも見せたが、

いづれを見ても蒔絵に菊水・立田川、又は伊勢ゑび、是らは目にしみてふるし

と言う。結局「切子の灯籠上に釣り、下に節季候の舞っている図柄」を高蒔絵にした盃を

見せたら気嫌よく帰ったという挿話がある。又、『西鶴名残の友』巻四の五に、酒樽に餅をつめたものを受取った西鶴が、

呑ぬをしりて此の気の付所、当流（注、談林俳諧の西鶴流）の作意

と賞したことが書かれている。

『大坂檀林桜千句』（青木友雪編、延宝六年五月刊、大坂談林十二人の、桜を発句とした百韻十巻）の「追加」で、「渦桜」を題とする十二人十二句の発句である。渦桜は正しくは「雲珠《うず》桜」で、雲珠とは馬具の一種。鞦《しりがい》の所につける宝珠に似た飾り。「鞍」に接続させるものなのであるが、「桜」に接続させて、鞍馬山の八重に咲く桜のことを言ったにすぎない。鳴門の渦潮を言外に判らせている。

45

三《みっ》つかしら鶉鳴《うずらなく》也《なり》くは（わ）くくわいく

［鑑賞］

巨頭とも言うべき我々三人（京・江戸・大坂の談林俳諧の雄の三人をいう）が、今頭を寄せ合わせて、それぞれすばらしい句を吐いた三吟百韻を興行するぞ。恰も三羽の鶉が何れ劣らぬ美声で鳴き合うように。

「かしら」（頭）と、三人の中の一人西鶴自身が言うのであるから、自信満々である。三人が三人とも同じ力倆ではないにしても、意気高らかに三吟を行うのだということが窺われる。「くは〳〵くわい〳〵」（かか、かいかい）は鳴声を模したもので、よく似た先例に、京の任口上人の「鳴きますかよよよよ淀にほととぎす」（前掲）が思い浮ぶ。「よよよよ」は時鳥の鳴声を模したのである。当時は鶉の飼育が流行していたようで、「ききりくはい」「ちちくはい」等と鳴くのは下品で、「くは〳〵くわい〳〵」は上品な鳴声とされていたそうである。美声の鶉は高価に売買されていたということである。三十五両の鶉を焼鳥にて太夫の肴にしたという話が『好色一代男』巻八の四「都のすがた人形」にある。「鶉」が秋の季語。

【参考】

「三つかしら」とは大坂西鶴、京都は江雲即ち那波葎宿、江戸は田代松意の三人を言う。但し松意は当時まだ末輩で「俳道修行」の為に京阪の地に来遊していたので、巨頭とは言えない存在であった。然し西鶴の発句の脇をつとめ、「口拍子よき野辺の秋風」と脇句を付けているのは、歓迎されてのことであろうか。とに角以上の三人が京都の那波葎宿亭に会して三吟の百韻を三巻興行しているのである（『西鶴名残の友』巻三「ひと色たらぬ一巻」参照）。この三巻に西鶴と定俊（対馬の人）との両吟歌仙一巻を付したものが『虎渓の橋』と題して出板（延宝六年と推定）されている。このタイトルは、慧遠法師・陶渕明・陸修静の三人が虎渓の橋で大笑いをしたという中国の「虎渓三笑」の故事に基づくものである。なお松意の脇句は俊成の名歌「夕されば野辺の秋風身にしみて鶉鳴くなり深草の里」を踏まえている。

46

烏賊《いか》の甲や我が色こぼす雪の鷺

【鑑賞】

子供が喜んで玩《もてあそ》んでいる、烏賊の甲に二本脚をつけた鷺様の手作りのものを、面白く見ている。と、ふいに正徹の名歌が浮んで来た。

飛び消ゆる雲井の鷺の羽風より我が色こぼす雪の曙（『草根集』）

というのだが、明け方の光の中に降る雪の白さは、空高く飛んで雲に隠れた鷺の白さが雪となって散りこぼれるかと思われる、というわけだ。だが私西鶴の見ているのはそれとは違って、玩具にされた烏賊の甲の色である。それは降る雪の中を飛ぶ鷺の白さがこぼれてその色になったように私には思われる。正徹の歌とは違うが、余りにもその歌に感銘せざるを得ないので、表現を借りたわけだ。中七はそのまま、それに「雪の鷺」と続けたのがそれだ。

一句の中に清涼感があって、いささか難解であるが捨て難い。それは微妙な色彩感覚で統一されているからであろう。『俳諧百人一句難波色紙』（天和二年刊、土橋春林撰、西鶴画）の巻軸に西鶴のこの句（「こぼす」が「滴す」とある）が、肖像を加えて出ている。その同書中に、

鷺の行嵐も黒し雪の松　　浅沼宗貞

というのもあるが、雪と鷺は同じ白でもその色に微妙な相違があることであるから、「雪の鷺」の色と烏賊の甲との色が同じ白とはいっても、微妙に違っていることは推して知れよう。また同じ句を西鶴は短冊や「句巻十二ヶ月」の一つにも書いていて、そこでは何れも「我色洒す」となっているが、「滴」は「こぼす」と読んでよいとしても、「洒」は「そそぐ」「あらう」の意だからそう読むに無理がある。正徹の歌の表現を借りたことは確かであろうから、やはり「こぼす」と読ませる積りであったと思われる。「こぼす」という用例に、「雪こぼすがごと降りて、ひねもすにやまず」（『伊勢物語』八五）がある。なお「句巻十二ヶ月」の方にはこの句に次の前書がある。

雲ゐの鷺といふ名歌の言葉をかりて、俳の一句になす事よしなし、是は子どもも細工にしておかし。

これは解釈上大きな手懸りになる。

【参考】『珍重集』（延宝六年成、独長庵石斎編）所載の西鶴独吟百韻の同発句に「汀の氷はりぬき細工」の脇句は「烏賊の甲」の細工に応ずる。発句に長い前書があるが、要は「古流当流のまん中」を行く西鶴流を具体的に説明したものであるから略す。なお『日次紀事《ひなみきじ》』「八朔」の「人事」に、次の如く書かれている。

今日童児戯《ニ》以《テ》松笠《ヲ》造《リ》雉鳥《ヲ》、或《ハ》以《テ》烏賊魚甲《ヲ》作《リ》鷺鷥《ヲ》、或《ハ》以《チ》糸《ヲ》緊《ク》括《リ》金燈籠草《ホウツキ》《ノ》実《ヲ》作《リ》瓢《ノ》形《ヲ》、又以《テ》桃仁《ヲ》製《ス》松虫《ヲ》。是等《ノ》類自《ラ》玩《ビ》之《ヲ》、或《ハ》互《ニ》相贈《ル》。是《ヲ》謂《フ》頼《ミ》合《ヒト》。

八月一日（陰暦）に子供らは松笠で雉を作ったり、烏賊の甲で鷺を作ったり、糸でほおずきの実を堅く括って瓢箪を作ったり、桃の種で松虫を作ったりして、遊んだり、人にやったりする、それで互いに親しみ合うのである。

47

のり浮む妙の一葉の舟路かな

手向の句

養珠寺日演聖人は、今身《こんしん》より仏身に、和歌は目前の彼岸、無常の秋風吹上の海、生死のふたつひとつに極りて、はや世になき面影をうつして、手向の一句に是こそ。

紀州養珠寺の日演上人は生きながらの仏身で居られたが、今や現世の御姿は見られなくなった。「妙法」の「妙」の一字は柳の一葉の舟と化し、その舟に仏法そのものにおなりの上人がお乗りになった弘誓の一葉の舟が、和歌の浦の海上に幻と浮んで、今や遠い遠い舟路の旅にお就きになる。心からのお別れを申し上げることである。

【鑑賞】

「のり」は「乗り」と「法」との二意を兼ね、「妙の一葉」は「妙の一字」の意を兼ねる。技巧を施しながら敬虔の思いを籠もらせた一句である。

【参考】

この句大阪高安家蔵の軸「自画賛」にあり。日演上人の寂年は延宝六年五月六日、享年六十七。無季の句か、或は「一葉」が夏の季語か。

阿蘭陀流といへる俳諧は其姿すくれてけたかく、心ふかく詞新しく、よき所を今世間に是を聞覚えて、たとへは唐にしきにふんとしを結ひ、相撲といはすに其句に聞え侍るは、一作一座の興にありやなしや。

48

こと問はん阿蘭陀広き都鳥

昔の業平は、旅先で「わが思ふ人はありやなしや」と都鳥に問い掛ける歌を詠んだことはよく知られているが、私は私で、都鳥よ、一つ訊ねたいことがある。噂に聞くオランダという国は広大な国だそうだが、私たちの俳諧を世間では阿蘭陀流と言って嘲っているけれど、とんでもない、いろんな点で世に行き渡っている広いものだ、その点オランダの広さみたいものだと自負している積りだ。そうではないか。お前さんは何でも広く知っている筈だから、さあ答えてくれ。

【鑑賞】 業平の歌は、

名にし負はばいざこと問はむ都鳥わが思ふ人はありやなしやと（『伊勢物語』九段）

で有名。江戸の隅田川での詠で、前書の「ありやなしや」もこれに借りたものであることは明瞭である。西鶴中心の新派群の詠風を貞門俳人たちが当時さげすんで阿蘭陀流と言ったのだが、西鶴は却ってそれを逆手にとって自負したのである。

【参考】 「広き」はオランダが広いと、オランダ流との二つを掛ける。都鳥は一名「ゆりかもめ」で、寒い国からの渡来鳥である。『都鳥』が冬の季語。

西翁・西鶴・西夕の各独吟百韻一巻ずつを収めた『三鉄輪』の西鶴の発句。脇句は、

六町一里につもる白雪

他国では、日本の六町を一里としている、という俗説に依っている。

延宝七年（一六七九）（三十八歳）

翁の言葉にも、君が代は久しきまつに鶴もいはひて、

未のとし元日

49 吉書《きっしょ》也天下の世継（ぎ）物かたり

これは私の書き初めの発句であるが、貴殿の歳旦の句も大いに参考になった。というのは、将軍家では近々お世継御誕生とのことであるが、貴殿が世継翁物語のことを取り上げて居られることが私の発句の助けになったので喜んでいる。能の「翁」にあるように、私も将軍家の御誕生をお祝い申すのが他でもない、この歳旦句である。世継の物語はこの時

に当って誠に「吉書」と言わなければならない。

【鑑賞】

「吉書」は元々年始に将軍家等で儀礼的に見る書物のことであるが、年始に受けとる文書のことでもあり、書き初めのことでもある。この言葉を初五に置いた事は、単に一つの意味の為だけではなかろう。それに発句は、俳友下里知足から歳旦の句を送って貰っていて、西鶴は三月廿二日付の返書の追而書に、

御歳旦承事ニ奉存候　私儀も当年ハ元旦仕中候　世継翁物語　私発句ノためになりよろこひ申候　自筆ノ翁一ふく進上申候（後略）

と認めているから、句意にその趣を加えたのである。なお「天下の世継」「世継物かたり」と掛詞の技法も用いられている。「吉書」は春の季語。

【参考】

「世継翁物語」とは『大鏡』『栄華物語』等を指す。延宝六年十月から四代将軍家綱に世継出産の兆があり予祝も行われたが、翌七年六月流産している。この発句は「自画賛」にあるもので、画は中央に、禿頭の翁（下里知足か）が松の一枝を手に、書物を前にしている。これが知足に贈られた「一ぷく」であろう（天理図書館蔵）。松は長寿の象徴であると共に松平氏の象徴でもあろう。なお短冊や「俳僊影鑑」にも句が書かれていて、短冊には下五が「物語」とある。前書の「翁の言葉」とは、

君が千歳を経ん事も、天の乙女の羽衣よ。千歳ましませ松の梢に、鶴や住むなり。ありうとうとうとう。（能の「翁」二日目）

等とあるもので、前書の文中の「鶴」は、西鶴自身のことである。追而書の書簡本文には、前々年の千六百句独吟の事や、近く一日一夜三千句独吟をやりたいという事などが書かれている。

50

狼《おおかみ》や出て我（が）まゝの野べの花

狼という獣は、自分の巣の中ではそうでもあるまいが、一旦山野に出ると野性の本領を現して、思いのまゝの粗暴千万、野の草花でも何でも踏み散らし、押し潰して臥し、それこそ狼藉の至極を尽くす。（「狼藉」という言葉はこの振舞から始まったとも思われる。）

【鑑賞】

「狼藉」という語は落花狼藉、杯盤狼藉等々使うが、「籍」は敷物にするという意だから、狼が草を敷いて寝た跡の乱雑さから出来た語だという。それを具体的に描写しているから、この語から思い付かれた句であろうか。「藉」には乱れるという意もある。狼と野の花との取り合わせが面白く、一種の美感を生じている。「野べの花」が季語で秋。発句にかかる荒々しい光景を詠んだのは珍しいと思われるが、何らか事情がありそうである。

［参考］

『太郎五百韻』（岡西惟中編、三種類の百韻、併せて五巻、延宝七年一月序）中の西鶴・惟中両吟二巻のうち。惟中は一時軒とも号し、談林の代表的論客、極端な言説で知られる。西鶴の発句に付けた維中の脇句は、

句躰《クテイ》も秋も千里同風　　一時軒

何も彼も同様という意味のようであるが、発句の狼藉に応えたものとすると、狼は惟中の衒学ぶりを皮肉ったもので、惟中はそれを察してやり返したものか、それとも卑下したものか。西鶴は大言壮語する彼に対して、余り好感を持っていなかったようである。

51

関《せき》こすや六歳が引《ひく》朝霞

［鑑賞］

あなた（井筒公木氏）は遥々東方の諸方を巡るといって、先ず江戸へ向って、六歳が引く馬に乗り、濃い朝霞の中を逢坂の関を越え、旅立って行った。朝霞が余りに濃くて馬さえはっきり見えない中を行くあなたを、私は思い描いている。

「六歳〈馬子の通称〉が引馬」とあるべきところを、「馬」でなくて「朝霞」を引くとしたところが巧みである。朝霞がどんなに濃いかが判るからである。

【参考】

始めて東下する俳諧の好士井筒氏が、先ず京都に着いて、そこから便りをよこしたので、「志ある」大坂の四人〈西鶴・友雪・遠舟・正察〉が関送りしようと態々京都に来たが、本人は出発した後であった。それで四人は、正月廿一日に百韻一巻を興行して本人へ送ったという。その百韻が『六日飛脚』で、その発句である。脇句は、

追付仕合世ざかりの花　友雪

52

曲水《きょくすい》の水のみなかみや鴻《こう》の池

【鑑賞】

毎年三月三日の嘉例である曲水《ごくすい》〈「きょくすい」とも〉の宴で、曲水を流れる水の水源を尋ねて行くと、何と、大きな白鳥が遊んでいる池だったではないか。いや、そうじゃない、あなた鴻の池さんでお造りになる名酒が曲水の流れの源なのでしたよ。

三月六日から三日間、鴻池邸〈本姓山中〉に招かれて俳諧を楽しんだ時の挨拶の発句で

ある。曲水の宴は流れに酒盃を浮べて和歌を詠み合う宴であるから、俳諧は、それに準えた趣向を楽しんだのであろうか。発句は「水」の語を利かせて鴻池の池との縁語にして、相手の亭主に礼を尽くしている。亭主は勿論鴻池を名乗る山中氏である。「曲水」は春の季語。

［参考］

鴻池はもと山中氏のいた村名である。野間光辰によると、尼子十勇士の一人山中鹿之介の次男新六が鴻池村に逃れて醸造を始めたのが鴻池の始祖で、二代目鴻池善右衛門（山中西六）が大坂に移ったのが延宝二年、酒造業の他に両替商をも始め、三代目には両替商一本になった。延宝七年のこの俳席に一座した面々は、二代目と一族の山本西友（何れも遊俳）、西鶴の側では水田西吟と松井西花（この四名は皆西鶴門）。従って以上五名で、各々が発句を出して共々百韻を楽しんだのである。それを板にしたのが『西鶴五百韻』で西鶴篇、西鶴の発句はその第一の百韻におけるものである。亭主山中西六の脇句は、

挽置なれど霞たつ山　　山中西六

この「山」はろくろ挽きの置物の山だが、それに霞が棚引いていると表現したもので、発句の「水のみなかみ」に応じたものであろう。句論春霞である。

なお発句の「みなかみ」は「水の神《み》」とも読めるから、造酒によき水の意を込めているかも知れぬ。又、曲水には後世お祓いの具として人形を流すこともあり、それが雛祭の起

源にもなったと言われる。

53

花《はな》が化《ばけ》て醜《ミニク》い人もさかり哉

花はもともと草の化けたもの、その花が桜の花となって、見る人々を酔わせるものに化けると、花見に出かけたいものだから、普通は不器量な女でも不細工な男でも、お化粧をしたり、着飾ったりして、つまり化けて出掛ける。桜も最盛期なら、どんな人でも最盛期なのだ。

［鑑賞］ 浮かれる一時期というものは、自然界も人間界も異常になって、凡てが一種の化物の観を呈することを言っている。句意に女のことを主に言ったが、男にしても同様である。「化けて」は花にも人にも掛かり、花も人も「さかり」という文脈である。「花」が春の季語。

［参考］『両吟一日千句』（友雪編）青木友雪が大矢数の作者（西鶴）に挑んで興行した、十の百韻の第三の発句。脇句は役者の変装で応える。

柳の鬘《カツラ》名高ひ役者　友雪

54

雲《くも》の峯や山見ぬ國の拾ひ物

空には入道雲がむくむくと立って、さながら峰に見える。広い世界には山を見たこともない国だってあることだから、そういう国では山というものは想像するよりない。たまたま入道雲の形を見て、山というものはあんなものだろうなと喜ぶ人がいてもおかしくない筈だが、忽ち雲は崩れて、一望千里の平原にその人は立っている、そして今雲の峰を見たことをよい拾いものをした、と喜ぶのである。

【鑑賞】

雲の峰を見ながら、あんな国もあるだろうと想像している人を描いたのである。もともと優れて視界の広い西鶴にして可能な想像であることを思うべきである。この発句は『両吟一日千句』第五の発句であるが、作者はその後何度も短冊や画賛に書いており、その一つの前書に、

世界広し、海見ぬ国有、山なしの国。花も紅葉も鯛も都、酒もなくて、何か楽しみにはなりぬべし。（句巻十二ヶ月）

と書いており、他にもこの前半だけの前書のものがある。右は広い世界の中で、今自分の

棲んでいる都の幸いを述べているので、そのことからも余計に発句の「拾いもの」の意味がよく汲み取れるであろう。「雲の峯」が夏の季語。

【参考】

「画賛十二ヶ月」には左端上に雲の波打つ形、中央には句が書かれていて、その左下に野に立つ二人の老唐人が描かれているから、「山見ぬ国」とは唐国を想定したのであろう。西鶴著の地誌『一目玉鉾』四に「南京迄三百十五里」（一里は約四キロ）とあるが、西鶴が実際渡海したわけではない。然し「しらぬ山しらぬ海も旅こそ師匠なれ」（『懐硯』序）、「三保崎の雁も田子の浦の鰹《かつお》魚も喰ねばしれぬ」（『一目玉鉾』序）等と、実際の見聞を広めるべきだと説いた西鶴にこの発句があることは面白い。『両吟一日千句』（前出）第五で、次に脇句は鎖国の事を言ったのだろうが、

諸事御法度のことに夕だち　友雪

なお『近来俳諧風躰抄』（惟中編）、『點滴集』にも所収。

55

惜《おし》みなれて梢の月や二度びくり

仲秋の名月の皎々たる輝きには、毎年のことながらびっくりする程に感歎し、今年も又

びっくりした。あの美しさが頭にいつもあるのだが、今また九月十三夜の、いわゆる「後の月」が枯枝の梢にかかって輝いている月を見て、新しい発見をしたと、その見事さに又又驚歎した。

【鑑賞】

「びくり」はびっくりで、やや誇張気味であるし、仲秋の名月と後の月との美しさを言うのも常識的であるが、「びくり」という語で救われているように思われる。蕉風であったら「梢の月」そのものを対象として詠むところであろうが、談林は奇抜な可笑しさに主眼があるので、初五と「二度びくり」の語に巧みさを見るべきであろう。「月」が秋の季語。

【参考】

『両吟一日千句』（前出）第七の発句。脇句は、

　降てはあがるあがっては露　　友雪

発句の「二度」に応えたものであろうが、余りよいとは思えない。友雪の序文に「出たらば出がち、一をしに押ひしがんとおもひ侍れども、もとより小腕、わづかの力草を種とするものか」と正直に言っている。

　なお『毛吹草』（松江重頼編、俳諧作法書、寛永十五年《一六三八》自序）の「二度びくり」の語の説明に、「後姿の美しさに驚き、顔の醜さに又驚く意」とあるのは面白い。

56

しゝくし若子《わこ》の寝覚の時雨かな

「坊っちゃま、まだ出ませんか」とばかり、抱っこして小便《おしっこ》の出を促す乳母の声が「ししししし」。眠っていたのが一寸むずかり出したので、「おしっこがしたいのだな」と庭の縁先に連れ出して、まだ十分目が覚めていないのをだっこして声を掛けている。そのうちに少々出て、庭の草葉に音を立てる。本人はまだ半眠りである。

【鑑賞】

乳母の掛ける声を思い切って初五にしている。そこが談林俳諧である。しかも全体が下卑なものになっていないのは「若子」や「時雨」の語があるからであろう。「乳母」としたのは「若子様」即ち良家の男の子は大切にされていて乳母付きであり、乳母が添寝をしていて、絶えず気を配っていると考えられるからである。また便所まで連れて行かぬと考えたのは、良家では便所まで遠いから、途中で洩れてはいけないし、それに特に寒い夜中でもある。それに「時雨」は家の中に降らないからである。「時雨」は冬の季語。

【参考】

先に任口上人の時鳥の声を中七に詠み込んだ「鳴きますかよよよよど《(淀)》にほととぎす」という句があった。任口上人は貞門の松江重頼の門であるが、談林派の人とも親しかったから句は談林調を帯びたのであった。この句は然し鳥の擬声であるが、西鶴は、人語をそのまま初五としている。その点珍しい。

『両吟一日千句』（前出）第九の発句。脇句は、「月寒うしてとく〳〵と　友雪」。下句が「しゝ〳〵し」に応じたのであろうが、これでは「べた付」となって余韻がない。擬音語そのものもまずい。それはそうとして、西鶴はこの発句をその後短冊にも書いているから、かなり気に入ったものと見えるが、更に三年後の天和二年（一六八二）十月刊の処女作『好色一代男』の巻頭に此の句の趣向を取り入れている。そこでは、「若子」は世之介七歳になっている。夜中に世之介が態と大あくびをして、次の間で宿直している女にそれと知らせて小便の案内をさせ、濡れ縁で放尿をする。有名な場面だから略するが、折角の燈火を消させて世之介が「恋は闇といふ事をしらずや」と言うところである。七歳の子供だからここでは「しゝ〳〵し」とは言っていないが、人語や俗言を使った作が現代にあってもよかろうと思っていたら、「三月の甘納豆のうふふふふ」（坪内稔典）が目に入った。これぞ現代の談林俳諧西鶴流、更に発展されんことを切望する。

57

花《はな》に鐘や暮れて無常を観心寺

境内の桜の花に暮六つの鐘が寂しく響き渡ってくる。もう人影も見えなくなった。ひっそりとして空気も冷えて来た。稀に散る花びら。いかにも夕暮れの心となって、何となく世の無常をしみじみと思う心が湧いてくる。所も観心寺だからだろう。

【鑑賞】「山寺の春の夕暮来て見れば入相の鐘に花ぞ散りける」（能因法師、『新古今集』）を想起させて、談林派の作とは思われない程に句全体に落着きがあるが、ただいささか道具立てが過ぎた感がないでもない。「観心寺」の「観」は「無常を観ず」の「観」と掛詞になってよく収まっている。「花」が春の季語。

【参考】『河内鑑名所記』（貞門の三田浄久著の地誌、延宝七年刊）所収。以下四句も。短冊に「花に鐘やくるる無常を観心寺」とあるが、右に掲げた句の方がよい。観心寺は大阪府河内長野市にある真言宗の寺、楠木正成の菩提寺。

58

月代《つきしろ》のあとや見あぐる高屋ぐら

やがて月が出ようとして空一面が白んでいる。ここは昔城を築いた趾なのだ、と思いながら空を振り仰いで見る。と、その城の物見の高櫓が見えた、と思ったのは、一瞬の私の幻覚であった。

【鑑賞】

場所は河内守護畠山氏の高屋城趾（現羽曳野市古市町の城山）。作者は回顧の情に浸っている。城は築後暫くで落ちたそうであるから「高矢倉」は既にないのである。「月代」は月出前に空がしらんでみえること。月そのものをも意味するので、そうなれば「荒城の月」と言ったところであろうが、その感慨はここではふさわしくない。「月代」は築城《つきしろ》の意を兼ねていると考えたい。従って「月代のあと」は、月出の後というよりも築城の趾ということになる。「月代」は秋の季語。『河内鑑名所記』所収の発句。

59

むくげうへ(え)てゆふ(う)柴垣の都哉

木槿が咲いている。美しい花だ。淡紫色のも白色のも美しい。朝に咲いて夜にはしぼむが、可憐な花だ。この木槿を態々植えて柴垣に結うことが多いが、折れにくいからでもあろう。太古第十八代反正天皇の宮殿を柴籬宮と言ったというが、この木槿を生垣にされたのかも知れない。今私の立っているのがその宮殿の趾らしい。

【鑑賞】「むくげうへてゆふ柴垣」で一つの纏りをなし、「柴垣の都」に続けたものと考える。それによって「柴垣の都」のイメージを素朴ながら美しいと感じさせることができるから。又「都」とあるが、当時のこと、天皇の宮殿の所在地であっても素朴で、ごく狭小だろうから、ここでは宮殿そのものと考えてよかろう。そこは小高い所だったという。「むくげ」が秋の季語。『河内鑑名所記』所収。

【参考】反正天皇の多治比柴籬《たじひのしばがきの》(垣)宮《みや》は記紀所出。今の大阪府松原市上田町辺りらしく、延宝頃には天神の社(現芝籬神社か)があったと出典に言う。

60

神《かみ》の梅北條九代のつぎ木哉

【鑑賞】北條天神(志紀の天神)の神木の梅は、何代にも渡って接木し続けられて来た尊い名木である。北條神社の名の北條氏は、時政から高時までが俗に「北條九代」と言われるが、この梅の木もそれと同様に、長年生き継いで来たものだ。

「北条」という神社名と鎌倉幕府執権の氏名とが偶然同じであることと、神木と北条氏とが同じく長年継承されて来たこととに興味をもって詠まれた句である。「梅」が春の季語。

［参考］

北條神社は現在の黒田神社で、大阪府南河内郡美陵町北條にある。天神とは元々天界の神を言うが、一般には菅原道真を祭った天満宮を言う。梅と言えば勿論後者で、周知の飛梅伝説に基づく。この句の「神」もそれか。句は『河内鑑名所記』所収。

61

絶《たえ》て魚《うお》荷《に》とふ（問）や渚の桜鯛

瀬戸内で捕れる桜鯛などを夜間、大坂から京へ陸上で運んでくれた魚荷飛脚が、水上輸送業者に押されて中絶してしまったので、これ迄魚荷飛脚に頼っていた京都の客は困却した。そして業平が渚の院で桜を詠んだ和歌のことから、「渚」とは海辺、「桜」は桜鯛の事かと思っていて、「渚の桜鯛」は捕れないのか、捕れたら持って来てほしいものだがと、飛脚に訊ねる半可通もいる次第。

［鑑賞］

業平の歌「世の中に絶て桜のなかりせば春のこゝろはのどけからまし」（『古今集』春）

に拠っている。「渚の桜」から「桜鯛」に「桜」を掛けたもの。渚は大阪府枚方市にあり、桜の名所であった。惟喬親王の院があった所で、業平は親王に従ってここに遊んだのである。「魚荷飛脚」は天秤棒で魚類を運んだ他、普通の飛脚をも兼業した。日本海の魚は小浜から京へ運んだ。「桜鯛」は春の季語。瀬戸内海の名産であった。『河内鑑名所記』所収。

62

ひろまるや三千世俗随《ずい》一《いち》花

（大淀三千風の三千句独吟の大矢数の事実は）世に広く評判されつゝあり、今後益々賞賛の輪は、この広い世間に大きく広がって行くことであろう。何しろ三千世界で第一等の記念すべき大事業で、花の中でも随一とされる桜の花にたぐえてもよいのだから。

【鑑賞】

「ひろまるや」が「三千」「随一」と下へ行く程その度が高まって行く。「三千世俗」は仏語の「三千世界」のもじりで、三千風の三千句独吟の意を寓し、「世俗」は世の中というぐらいの意味で別に「俗っぽい」の気持はない。要するに中七には、二重の意味を持たせているのである。三千風の号は、この度の興行以後に称せられるものとなるのである。

「花」が春の季語。『仙台大矢数』跋文に添えられた独吟歌仙（二十六句現存）の発句。

【参考】

西鶴は脇句に「孔子の十哲その春此春《この》」という脇の句を付けて、発句と共に甚だしく賞賛している。三千風は伊勢の人で三井氏。西鶴より三歳年長。延宝七年三月仙台でこの矢数俳諧を興行した。独吟三千句を志したが、実際は二千八百句。然し西鶴は、その前々年に紀子が奈良で催した千八百句独吟に、惣本寺高政が賞賛の序と評点とを付して刊行した事に不信感を表明した。その意を三千風の『仙台大矢数』の跋文に記し、「(三千風に) 誰か肩を並べんや」等と口を極めて賞賛したのであった。矢数俳諧における自己の競争意識から、三千風を実力以上に賞めたものらしい。西鶴自身はその後四千句独吟、更に二万三千五百句とボルテージを極点まで上げている。

三千風はその後七年間国々を遊歴し、『日本行脚文集』その他を刊行したが、この紀行文が有名である。「寓言堂」等とも号し、六十九歳で没した。『仙台大矢数』の原本は現存しない。

63

大《タイ》鵬《ホウ》ははね也奇《き》瑞《ずい》は神の梅

誰も信じようとしないだろうが、大鵬という大鳥は翼を広げると空を蔽う雲のよう、大風に乗って飛ぶと、北の果ての海から南の果ての海まで一飛びだという。驚くべきことだが、それは翼があってのことで、まだ「奇瑞」とは言えない。「奇瑞だ」「不可思議な瑞兆だ」と言えるのは、翼も羽根もないのに、京の都から九州の太宰府まで瞬く間に飛んで行ったという天神さまの梅のことだ。

【鑑賞】

大鵬と比較して、真の奇瑞が天神の飛び梅だというのである。西鶴が俳友や門下の十三人を誘って大坂の天満宮の菅公の廟庿前で興行した、一日千句『飛梅千句』百韻十巻の第一の発句である。「梅」が春の季語。脇句以下、門下知友の付句が連なる。西鶴の発句はこの第一の百韻においてだけ。

【参考】

延宝七年十月の興行であったが、この翌年五月に西鶴は二度目の矢数俳諧、一日一夜四千句の興行を生玉社南坊で行っている。約半年後のことであるから、右の発句には西鶴の大望への思いが込められているかと思われる。「大鵬」の「鵬」は大鳥の意で今は用いられるが、元は中国の太古、戦国時代の『列子』第五に初出の鳥の名で、次いで『荘子』の巻頭に現われる。『列子』によると夏の禹王がこの大鳥を見、伯益が聞いて「鵬」と名付け、夷堅が始めて誌したという。『荘子』では幾千里もある大魚が化したのが鵬で、飛び立つと空一杯に広がる大きさで、北の果の海から南の果の海まで一とびだという。然しそれよりも神の梅の方が奇瑞だというのであるから、以て西鶴の気宇の程が知れるというものであろう。囲みに『荘子』は談林俳諧に従う者の必読書だったが、大抵は最初の方の表現の奇抜さだけに着目していたらしく、西鶴のような読み方をする者は稀であったと思われる。『飛梅千句』は延宝七年判、西鶴編。「梅」が春の季語。

なお此の句は自畫賛にも書かれており、画は鳥居の前に梅と松とがあしらってあるということである（天理図書館蔵）。未見。

64

花《はな》は恋をまいた種也初芝居

正月二日に始まる歌舞伎の初舞台に立った年少の役者の花姿はまことに魅力的である。世間に恋する男女が随処にいるが、この若衆の美しさに魅せられた、つまりその性的アピールの影響なのだ。初芝居の花が世間に男女の恋を広めたのだ。

［鑑賞］

「花」とは若い役者の美しさのことである。花が種であると見るのは逆、種から花が生ずると見る方が普通は順当なので、「花」即ち歌舞伎若衆の花姿が、人間の撒いた恋の種で生れたのだ、と解する向きがあるが、句の構成が「花は種也」というのであるから、それは誤りで、逆にしたところに談林俳諧の奇抜さ面白さがあるのだと考える。歌舞伎の顔見世興行は今では十二月であるが、当時は十一月、正月興行はこの「替り」といった。初芝居は正月二日から始まるから、一層浮き〱と楽しく、花の姿も一段と艶麗に感じられたことであろう。「花」が春の季語。『道頓堀花みち』所出。

【参考】

『道頓堀花みち』は狂言作者富永平兵衛、俳号辰寿編。役者間に俳諧が流行したので、談林の作者（西鶴門多し）や役者たちの付合を多く集めた異色の俳諧撰集。西鶴も芝居好きで、役者評判記『難波の皃《かお》は伊勢の白粉』の著（天和三年《一六八三》刊）がある。又元禄元年《一六八八》には役者嵐三郎四郎を扱った『嵐無常物語』を著してもいる。他事ながら坂田藤十郎・芳沢あやめ等が活躍したのもその頃である。富永平兵衛には『芸鑑』の著もある（『役者論語』所収）。

65

顔《かお》見《み》世《せ》は世界の図也夜寝ぬ人

歌舞伎の顔見世は大繁昌で、観客は未明から始まる舞台を見る為に、夜を徹して開場を待つ。その光景を見ると世界地図が連想せられる。というのは世界地図には、昼は寝て夜通し起きている夜の国があるからである。まことに異様な光景がここにある。

［鑑賞］初五・中七で端的な表現をしているので驚くが、その光景が余りに異常だからのことであろう。その解決が「夜寝ぬ人」で、この語は当時想像せられた夜国の風習であるが、ここでは芝居小屋の前に、寝ないで未明の開場を待って犇く群集のことを言っている。「顔見世」が季語で冬。前に続いて『道頓堀花みち』所出。

［参考］顔見世は当時毎年十月に役者を入れ替え、十一月一日から興行を開始した、その興行を言う。劇場は京・江戸・大坂の三都にあった。ずっと後の句であるが、

顔見世や夜着をはなるゝ妹が許　　蕪村

で、顔見世を見ようとして妻を置き去りにして夜深く出掛ける男が詠われている。

西鶴が世界地図を見ていたことは確かと思われる。当時の世界地図には、女人国（羅刹国）が『好色一代男』の女護嶋で、伊豆に近く描かれていることや、「世界の図に見し牛鬼嶋」（『一代男』四ノ二）、「世界の島はづれに住みし夜を昼にする国」（『椀久一世の物語』下）等の用例等からも考えられる。

66

不《ふ》便《びん》や桜とつて押へて板《ハン》木《ギ》摺《スリ》

（一六八〇）
延宝八年　（三十九歳）

かわいそうなことだよ、桜の木はね。なぜなら、「とって押えて」というと昔の一騎打ちのようだけれど、桜の木は切り取って板木にされると、（墨を一面に塗られ）その上には和紙を置かれ、馬連《ばれん》というもので押えつけられ、印刷用にされてしまうのだから。

【鑑賞】
桜というと人々は花を美の対象にして賞でるのだが、こんな一面があるのだというのである。桜の木は堅いので、板木にして何度摺っても仲々磨り減らない。それで重宝されるのだが、桜にとっては迷惑なことだろう、と同情してみせた句である。「とって押えて」という文句は戦記物に屡々見られる表現なので、これを用いたところに滑稽味がある。

【参考】
「板木」とは木版用の板で、これに文字や画を掘りつける（逆さにして）。そしてその上に一々紙を置いては万遍なく摺って印刷するのが近世までの方法であった。何度も数多く刷ると板木がすり減るので、中国では専ら梓の木を用いたという。堅い木が必要だったのである。「とつて押へて」の用例によく引かれるのが謡曲『忠度』の「両馬が間にどうと落ち、かの六弥太を取つて押さへ、すでに刀に手をかけしに」。一の谷の合戦の場面である。「桜」が春の季語。『太夫桜』（遠舟編、桜の発句のみ収録）所出。

67

しれぬ世や釈迦の死跡《しにあと》にかねがある

「釈迦の私銀《わたくしがね》」とか「釈迦も銭ほど光る」などいう諺があるが、どうも世の中というものは判らぬものだ。釈迦は金銭とは全く無関係の方だとばかり思っていたが、その亡くなった跡にお金があるなんて。

【鑑賞】

一般の思わくを裏切る様な事がある、と、変に思わせると同時に、おかしみをも誘っている。一体それはどんなことなんだと思わせもする。ところが、この句が書かれている西鶴の画賛の、左記引用文にある大蔵経八千巻の「巻《かん》」と「貫《かん》」（当時の金銭の単位を表わす語）との音通（かん）と判ってみれば、成程ということになる。勿論大蔵経は釈伽の遺教の一切経で、六千巻から七千巻近くもあるのを、八千貫目（一貫は一千文）ともじった可笑味なのである。つまりお経の巻数を金額にした奇抜さなのである。八千貫といえば、今の約

一億円強なのだが、この数字は西鶴が二、三この発句を書いた画賛の前書にあるもので、

仏の一代に八千貫、衆生は皆〳〵子供にとらすぞ（画賛草稿十二ヶ月）

夫（れ）西方は十万貫目、仏の御一代に八千貫目、衆生は皆〳〵子供にとらすぞ（画賛新十二ヶ月）

釈迦御一代に八千貫目、衆生は皆〳〵子供にとらすべし（画賛十二ヶ月）

衆生だったら子供への遺産にする筈のものだというのである。画は何れもこれらの前書の次に句が中央に書かれていて、左方に行脚僧が描かれている。

［参考］

「釈伽入滅（二月十五日）」が春の季語。出典『白根草』（神戸友琴編、亡父追悼句を諸国の貞門・談林の俳人に乞うて延宝八年に刊行したもの）。『点滴集』『堺絹』にも所収。

68

天下《てんか》矢数二度の大願四千句也

先に延宝五年五月、生玉の本覚寺で一夜一日独吟千六句を興行して以来、諸国に模倣者が現われ出して、日本一を競うようになったが、大淀三千風が二千八百句独吟を果した他はインチキで問題にならない。今度私は四千句独吟の二度目の矢数俳諧で天下一になる。

そういう大きな願いを持ったのだ。

【鑑賞】

それは生玉社の南坊で行われたのであるが、延宝八年五月七日の夜から一夜一日の興行に先立ち、四十巻各百韻の表八句は、主に同志の俳諧師から寄せられたもので用意せられたが、その第一の発句が右「大願」の句である（第二以後は凡て西鶴が脇句）。賦物（句に詠み込むよう予め決められた「何」に代えらるべき物の名）としての兼題が「何泰平」だったから「天下泰平」という発語になったわけであるが、この語で既に気宇絶大なることが堂々と示されている。

【参考】

四千句というと百韻（懐紙四枚）四十（懐紙百六十枚）ということになるが、西鶴のこの発句に続く脇句、第三句は次の通りである。

百六十まい五月雨の雲　　梶山　保友
郭公《ほととぎす》八わりましの名を上《あげ》て　　西山　梅翁

つまり師西山宗因が加わって、郭公に西鶴を寓し、大変なことをやるんだなと言っているのである（脇句は懐紙の多さを言っている）。この後六月の下里知足宛書簡に西鶴は、この興行を自賛した後に、師西山宗因が「日本第一」と世間に推奨したことを報じている。

翌九年にこの作品は『西鶴大矢数』と題して出板されるが、それに付された西鶴の跋文によると、その三日前から数千人の聴衆がおし寄せたということである。また、巻頭には興行実施の為の諸役とその人名がずらりと書き並べてある。役名の幾つかを紹介すると、執筆八名、千句毎に神前に幣を奉る者四名、成功祈願を代参する者三名、医師二名、体調の変に備える後見人五名。単純に計算して一分間に二・八句という、とに角大変な劃期的な一大パフォーマンスであったことが知られる。

69

身《み》がな二つ吉野も盛《さかり》金龍《こんりゅう》寺

体が二つほしいものだなあ。吉野山も今は桜が真盛りに違いないが、私は今金龍寺《こんりゅう》の満開の桜に見とれている。吉野へも行きたいけれど、そんなわけに行かなくて残念だ。

【鑑賞】

金龍寺の桜は嘗て能因法師が「山寺の春の夕暮来て見れば入相の鐘に花ぞ散りける」（『新古今集』巻二）と詠んだことで有名である。「金龍寺」と言えば、当時の人々はその事を知っていたであろうから、座五をその寺名でさっぱりと切って余韻を残している。西鶴はここに来て能因を偲んでいるのだが、吉野の桜にも心が惹かれている。それで、いきなり「身がな二つ」と切り出したのである。桜の名所に憧れる西鶴の気持がよく出ている句読んで判るから、この句は「桜」の抜け句である。

である。「吉野も盛」が春の季語になっている。「桜」の語は句は用いられていないが、

【参考】

金龍寺は大阪府島上郡高槻市成合にある天台宗の寺で、山頂近くにあるので山寺と言ってもよい。西鶴は短冊にもこの発句を書いていて(文字に多少の違いはある)、その前書に「山寺の花に」とあるから、金龍寺の桜を目の前にしていることは確かである。尤も吉野山に蔵王堂という寺もあるが、これは「山寺」と称するにはふさわしくない。又「吉野もさかり」と句にあるから、吉野での作でないことは明らかである。この「さかり」は座五にも響いているが、吉野も金龍寺も花盛りとだけ訳して済ますのは、右の前書を無視していて不徹底である。なお金龍寺は平成になってから惜しくも焼失して現存しない。又、や、離れた古曽部に、林羅山の碑文の文字ある能因墳(塚)がある(金龍寺関係については高槻城趾歴史館の御示教)。句の出典は『阿蘭陀丸二番船』。宗因の独吟百韻二巻に談林諸士の発句・付句を収めており、木原宗円編。貞門派から阿蘭陀流と誇られたのに、その語をタイトルに用いているのは面白い。

70

冨士《ふじ》は磯《いそ》扇流《ナガシ》の夕かな

富士山だって空から見たら磯と同じくらい平たく見えるだろう、つまり富士山の高さも大したことはないという諺があるが、その富士山の形をしているのが扇で、その扇に金銀の箔を置いたのを仲秋の名月の夜に川に幾つも投げ込んで、月の光でキラキラするのを見て楽しむという、夜の風流な遊びは絶対に最高のものだ。

【鑑賞】

上五は諺であるが、富士と扇との形の相似、「磯」と「流」との縁語を表現にしている所に工夫がある。

【参考】

扇流しは室町時代に始まったという（「広辞苑」）。出典は前に同じく『阿蘭陀丸二番船』、他に『点滴集』に所収。又、短冊にも書かれている。短冊は三枚、文字遣いにそれぐ〜多少の違いがある。

71

鯛《たい》は花は見ぬ里も有《あり》けふの月

魚類の最も美しい鯛、花の中で最も美しい桜、どちらも当然人々が珍重し賞美するものだが、こういったものをば見ることのない村里や山里もあることだろう。だが、そういう村里や山里の人たちも、今日八月十五夜の月ばかりは振り仰いで、綺麗だなあと見るに違いない。（実際その名月を見ていると、そんなことが思われてならない。）

【鑑賞】

傑作である。句全体に品があって美しい。「鯛は花は」と畳むように言って「けふの月」で止めているところが、「けふの月は」つまり中秋の名月ばかりは、という感じになる。途中に「見ぬ里も有」と否定形があることで一層「月」が美しく極立っていて、特に逆接の語なしに十五夜の月だけは特別である、と言っているのである。「鯛」「花」「月」の道具立てが明るく美しく、それが「里」で落着いている。平常粗衣粗食に甘んじている素朴な里人たちを想像している心の広さ床しさにも好感が持たれる。

【参考】

蕉門随一の其角が、白楽天「三上夜中新月ノ色、二千里外故人ノ心」という詩の文句を引いて、此の句を「類《たぐ》いなし」と賞美しているというが、尤もと思われる。「けふの月」が季語で秋。出典は『阿蘭陀丸二番船』（風里編、天和二年《一六八二》刊）、『句兄弟』（其角編、元禄七年《一六九四》刊）、『真木柱』（挙堂著同十年《一六九七》刊）、その他多くの俳書類にも入っている。

72

今《いま》思へば雪に二度咲《さく》梢哉

梢に雪が降り懸って花のように美しい。思い返せば、同じ枝に、過ぎし春には美しい花が咲いたっけ。つまりこの梢は花が二度咲く梢ということだ。

【鑑賞】何でもないような句であるが、嫌味のない句であって、春の花の美しさを想起している所に作者の主たる思いがある。白雪の美も又捨て難いのだが。「今思へば」が少し重い表現であるが、それ丈に春を回顧する作者の強い思いが、そこに見られるように思う。「雪」が冬の季語。出典『阿蘭陀丸二番船』。

73

花《はな》ぞ時元日草やひらくらん

花にはそれぞれ咲き散る時節がある。だから今日は正月元日ゆえ、野には元日草の花が開いていることであろうか。

【鑑賞】元日草とは福寿草の別名である。作者は元日草というその名称に興味を持って一寸戯れてみたのであろう。らん〔らむ〕は目前に見ていないことを推量する場合に用いる助動詞であり、「や」は疑問の助詞。但しここでは軽い疑問で、殆ど疑問の意がないに近い。だから「多分開いていることだろうな」というくらいのところである。福寿草は正月用の草であるが、野生のものの開花はもっと遅く、実際は三月以降ごろである。「元日草」が春の季語。

［参考］『点滴集』（西鶴序、俳諧発句集）所収、以下同書所収の句が多く続く。

74

天《あま》の岩戸ひらき初《そめ》てやいせ暦

天照大神が身を隠した岩戸が手力男命によって開かれ、世の中が再び光を取り戻したという神話があるが、その時のような嬉しく清々しい気分で新年を迎え、新しい伊勢暦を始めて開くと、何となく森厳《しんげん》の気が身辺に満ちてくる。

［鑑賞］伊勢暦は折本であるから、本の頁を開くのと違って巻物を開くにも似ている。その「開く」を「天の岩戸」の開くに掛け、しかも初めて暦を開くことが年が開けることにもなっ

て、そこに天地が改まる新年の引き緊った感じが生れる。又、「天の岩戸」は「伊勢」と関係が深いから縁語ということになる。伊勢暦は伊勢神宮から発行されるもので、下級の神職である御師《おし》が諸国の信者に配って廻った。「や」は間投助詞で、疑問ではない。暦を「ひらき初め」が季語で春。佳句である。『点滴集』所収。

75

はじまりは聖徳太子の蹴そめ哉

「はじまり」という言葉には「まり」という語が含まれている。そこから考えると、正月二日に蹴鞠祝めが行われるが、そもそもこの「はじまり」という言葉そのものが聖徳太子の「まり」の蹴り初めから始まったのだ。又、「まり」は大小便のことでもあり、「はじ」は「恥じ」でもあるから、大小便などを見られることも口にすることもはずかしく思うというのも、同じ起源から始まったのだ。

【鑑賞】

一種の言葉遊びで、「はじまり」という語の「はじまり」は何かということで、先ず「まり」に着眼して「けまり」の始まりは聖徳太子、という俗説に結び付けた。然し「はじ」が残っている。ところが蹴鞠の蹴るには足を用いるのだが、「はじ」は手を使って「はじ（弾）く」

とも言う他に、又「恥じる」「恥じろう」の「恥じ」と音通でもあることを思うと、これと「まり」とがくっ付いて一語になったとすれば、「まり」には「大小便をする」との意味もあるので、前者が表現面の蹴鞠の始まりと関係するのに対して、後者は可笑味を誘い、俳諧的になる、こじつけのようだが、これを単に蹴鞠の元祖は聖徳太子だと解するだけであると俳諧にならない。「蹴ぞめ」が春の季語。『点滴集』所収。

［参考］

蹴鞠が聖徳太子の蹴始めを起源とするというのは当時の通説で、諸書にもあるが、実際は中国伝来の遊戯であって、本邦では皇極天皇の御宇に中大兄皇子と藤原鎌足とが法興寺で行ったのを最初とするのが普通。但し四代遡って用明天皇の御宇に、皇子聖徳太子の徒然を慰める為に初めて行われたという説があって、通説はここから出たのかも知れない。蹴鞠は平安時代から盛んになって、現今でも神社などで時々行われる。藤原を祖とする飛鳥井家が代々師範となっている。

76

あびにけり水は逆《さかさ》に老《おい》女房

水をぶっかけられて頭からずぶ濡れになっちまったよ、新聟より年上だったばかりに女房の方が。普通だったら前の年に結婚した花聟の方がぶっかけられるのに、逆に女の方がだよ。

［鑑賞］ 逆なことで意外なので、いきなり「あびにけり」と被害者（？）の方の受身のことを先ず表現した。事は「水浴《あび》せ」又は「水祝」と称する俗習で、元日に、前年結婚した花聟に祝いとして水を浴びせる行事だが、多くの場合は男の方が花嫁よりも年上なのが普通である。ところがその逆なので、女の方が水を浴せられてしまったというのである。それも少々の年上だったらそんなこともなかったろうに、女の方がずっと年上なので特に「老女房」と言ったのである。普通、二人のうち年上の方が祝われるのであろうか。水を掛けるのは災を除くという心かららしい。特に季語とすべきものはないが新年の行事なので、春の句。『点滴集』。

［参考］ 友人らが仮装して花聟の顔に墨などを塗って囃しながら水を浴びせ、祝われた家では返礼に酒食などを供したという（『広辞苑』）。『日次紀事』ではこれを「水懸け振舞」といって、孝徳天皇の頃にその先例ともいうべきことが行われたとある。又『西鶴諸国はなし』巻三の三「お霜月の作り髭」に、これに類似した笑話がある。

77

年中《ねんちゅう》行事《ぎょうじ》是《これ》はなをのる白馬《あおば》哉

年中行事として白馬《あおうま》の節会《せちえ》というのがある。馬は節会の度ごとにその名が告げられることはないのだが、正月七日のこの白馬の節会に限って、天皇の前に牽き出される白馬は、一々その名前が牽き役の者によって大声で告げられるのである。

【鑑賞】

宮中の白馬の節会は元日、七日、十六日の三節会中、七日の行事を大節という。夜に行われるのが三節会の例で、左右馬寮《めりょう》の白馬を天皇が御覧になる行事である。青は陽の色なので、此の日に青馬を見れば一年間の邪気が避けられる、ということで行われるのであるが、元は青馬と書いたものが平安時代後期から白馬と表記されるようになったという。古式では二十一頭で、次第に減少した。純白でなくて灰色でも白馬と書き、「あおうま」と読ませたのである。句の「名を宣《の》る」の「のる」は「乗る」と音通。馬の縁語で、ここに工夫がある。「是は」は、それに限っての意。「あおば」と訓ませたのは語調上、「馬《ば》」（競馬・馬車など）からであるが、音通の「青葉」には一々名などないが、と見るのも一解か。「白馬」が季語で春。『点滴集』。

【参考】

馬名を大声で告げると解したが、そうでなく、白馬の節会そのものの名称をはっきり示す点で特別の節会だと解するもの、大阪住吉神社の神事で、「名をのる」を馬役の者の名をのると解するもの等の説があるが、何れも採らなかった。但し馬に名付ける事が何時から始まったかは不明。

78

二《に》の富や一もり長者箕面山《みのおさん》

箕面の滝安寺の富突《とみつき》で二の富を得たら、最初の一番銛《もり》で鯨を突きとめた者が、伝説の市《いち》守《もり》長者の如き長者になったという伝説もあって、そのような長者になり得ることもあるのだ。

【鑑賞】

二―一―三（箕面《みのお》）という数字の語呂合せに工夫がある。富突というのは、近世に行われた現今の宝くじ様のもので、箕面の、弁才天を紀《おさめ》る滝安寺の一月七日の年中行事として行われる富突が有名であった。これは参詣人が寺僧に書いてもらった木札に自分の名前を書き、その木札を弁才天女の前に置かれた櫃《ひつ》に入れ、これが数千枚溜ったら、寺僧が櫃をぐる〳〵廻したのち小穴から長い錐で突き刺し、最初に突き当てた札の名前の者が福徳を授かるというもの。榎が三つあって、二番目の榎で当ったのを「二の富」と言った（『日次紀事』「正月」）。「市守長者」とは市場を管理して運上金を取り立てる権利で富有になった者で、伝説の主人公を言う。この「市守」を音通で「一の銛《もり》」と掛けている。「初鯨つけば一もり長者かな」（松山玖也）という句もあるので右のように解した。「二の富」が春の季語。『点滴集』。

【参考】

西鶴作『椀久一世の物語』上巻の一「夢中の鎰《かぎ》」に箕面山滝安寺の富突の紹介が冒頭にある。但し椀久は富突で富有になったのでなく、弁才天女のお告げで金持になるのである。

79

梅《うめ》の花にな荷ひおこせよ植木売

植木屋さんよ、匂いよく咲いたあの梅の花をかついで届けておくれ。

【鑑賞】

誰しも知っている菅原道真の飛梅伝説とその和歌「東風《こち》吹かば匂ひおこせよ梅の花あるじなしとて春な忘れそ」（『拾遺集』）、この歌の「匂ひおこせよ」を「荷《にな》ひおこせよ」と、一字違えただけで植木売りに呼び掛ける歌にしてしまった。その可笑味を味わうべきである。「梅の花」が春の季語。『点滴集』。

80

春《はる》の野や鶉《うずら》の床《とこ》の表かへ《え》

野原に春が甦った。雪が消えたばかりでなく、枯草が全く見えなくなり、若草が野原一面を蔽ったので、見渡す限り緑一色の鮮やかさ。恰も古畳の表を新品にとり替えたようだ。夜も晝も草叢にいる鶉の寝床も表替えされたわけだ。

【鑑賞】鶉は草原に棲み、さびしい所で鳴く小鳥であるが不作法な鳥で、「鶉の床」というと一般に、むさ苦しい臥床のこととされた。また度々臥処を変えるので、転居の多かった上田秋成は鶉居という号を持ったくらいである。野が枯色一色から緑一色に変わると、春が来たという喜びが満ちる。上五の表現にその感を与えた上で、そのことを具体的に句にした下句の比喩以外に特に工夫はない。「春の野」が季語。『点滴集』。短冊にも書かれている。

81

かり銭《ぜに》や去年《こぞ》の初午にまし駄賃

去年稲荷神社へ初午詣でをした時に、神前の御簾《みす》に投げた賽銭が留まったのを幸運の印として請い受け、借りて帰って家の宝とした。それを今年の初午の日に何倍かの金額にしてお返しするのだ。（それは丁度泉州の水間寺の、翌年に二倍にして返す当時の仕来《しきた》りに似ていることだが。）

【鑑賞】「初午」というと、二月の最初の午の日に、全国の稲荷神社で祭礼が行われるのをいうのが普通である。京都の稲荷神社に神がこの日に降臨した、という伝説に始まると言われるから「初午」の語に重きを置いて考える方がよいと思う。「駄賃」は駄荷（駄馬につける荷物）の運賃のことだが、「午《うま》」の縁での表現、「まし駄賃」は割増運賃ということで、これには水間寺と同様の決りはないと見るべきであろう。「初午」が春の季語。『点滴集』。

【参考】「初午詣」は「福参り」ともいう。『日次記事』「二月」の説明では、散銭が簾に掛ったのを福を得る印として請い受けて「家珍」とするとだけあって、翌年返金の決りについては書かれていない。それを「まし駄賃」としたのは、当人の志による金額と考えられる。水間寺の「借銀」（今はない）のことは『日本永代蔵』巻一「初午は乗てくる仕合」に記事があって、「是観音の銭なれば、いづれも失墜なく返済したてまつる」として、規定の「利息」

をきっかり返さねばならないことになっており、「利足程おそろしき物はなし」としていて、「まし駄賃」という程の呑気なものではないようである。

82

是《これ》はみゆるよるの錦や薪能《たきぎのう》

闇夜に錦の着物を着ても、誰にも判らぬから全く無駄である。それで何の役にも立たないことを言うに「夜の錦」という諺があるのだが、これは全く逆で、読んで字の通りの「よるの錦」である。というのは、薪能で見る能役者の装束の美しさである。薪の篝火にキラキラと映えて、その美しさは晝見るのとはまた格別である。

【鑑賞】

「夜の錦」という諺の意味を逆に生かそうとした句で、「是は」と、こればかりは格別だと、その意外性を先ず上五で表現している。「薪能」が春の季語。『点滴集』所出。

【参考】

貫之の「見る人もなくて散りぬる奥山の紅葉は夜の錦なりけり」(『古今集』秋)が「夜の錦」の例歌としてよく引かれる。「薪能」は奈良興福寺の修二会に、南大門前の芝生上で二月七日から四夜行われた。近頃は、諸社寺での夜の演能を薪能と言うようになった。

83

妻《つま》恋《ごい》の夕《ゆうべ》はねこの枕かな

死別した妻が恋いしくてたまらぬ夜は、猫の皮を張った三味線を枕にして寝るばかりだ。猫は鳴声で異性の猫を呼んで恋をするから、そのように猫皮の三味線枕だと、妻が夢にでも出て来てくれるかも知れないから。

【鑑賞】「妻恋」は何も死別した妻を恋うとは限らないが、「ねこの枕」からそう考えてみた。生きた猫は枕になるまいから、「ねこ」と態々仮名にしているのだろうが、「ねこ」と称するのは、猫皮を張った三味線のことか、三味線を弾く芸妓の異名でもある（辞書）。しかし、芸妓と解すると俳諧にならない。また「根子」（建築上の小木片）では妻恋との縁がない。「妻恋」を猫の妻恋と考えると、中七の「ねこ」とダブる。それで句意の如く考えてみた次第。そうとすると表現に意外性があって面白いのではないかと思う。「恋」と「ねこ」とで「猫の恋」とすれば春の季語。「点滴集」所出。

【参考】「猫の恋」は現代でも季語になっている。蕉門の徒に「羨し思ひ切る時猫の恋」という句もあって、猫の発情期の声はうるさい位である。「妻恋や」を猫の妻恋として、中七の「ねこ」を芸妓と解したら、猫が芸妓に抱れていることになるが、無理であろう。西鶴自身五年前に若い妻を亡くしているから、初五は人間の妻恋と解したい。あるいは作者自身の思いを今はユーモラスに表現した、と見ることもできようか。

84

きけん方《ぼう》是も庭鳥あは《ゎ》せ哉

「奇験方」とは、漢方で山帰来という植物に種々の薬用植物その他を取り合わせる、梅毒の特効薬である。これに更に特種の鶏肉を調合して用いると、完治すると言われるから、奇験坊も「鶏合わせ」ということになるじゃないか。実は「鶏合わせ」とは斗鶏という遊びなんだがな。

【鑑賞】

言葉遊びの句である。漢方の一つの調合法の名称を、斗鶏という一種の遊びに転換させてみせた機知が見事である。「鶏合せ」が春の季語。『点滴集』所収。

【参考】

闘鶏は、三月三日宮中の清涼殿南階の前での行事であった。その鶏は殿上人から出される定めであったという（『日次紀事』三月）。民間でも時日を定めず行われ、単に「とりあわせ」とも言った。「トリあわせ」という以上は、特に鶏肉をまぜなくても、奇験方だけで既に「取り合わせ」だった。それを承知での句である。なお奇験方は山帰来を主にして、当帰・黄連・地黄・人参・甘草その他を交ぜ合わせ、粉末にし、煎じたものを服用するのだという。

85

人《ひと》の嫁子常《じょう》見られうか花盛《はなざかり》

よその家のお嫁さん、女盛りである上に、お化粧をし、着飾っているから、正に花盛りと言ってもよい。こんな美しい見ものは平常とても見られるものではない。それが特に桜の花盛りの時とあっては、両両相俟《ま》って最高だよ。

［鑑賞］

「花盛り」という語を、嫁さんと桜の花との両方に生かしている。「人の嫁子」と、特に「人の」（他人の）と表現しているところからは、花見に出かけている新婚早々の嫁さんを群集の中に見ている趣を感ずることも出来る。「花盛」が春の季語。『点滴集』所収。

［参考］

「嫁子」は「嫁御」と書く方が正しい。「嫁子」は当時の慣用か。

86

小盞《こさかずき》や山めぐりして遅桜

山の桜を見めぐるに酒は欠かせない。それで瓢箪に此の小さな盃携帯ということになるのだが、満開は麓の方の桜、少し登ると中咲き。あちらこちらと桜を見ながら酒を楽しんで山めぐりして飽きない。遂に奥山まで来たが、ここは遅咲き。それでも小盃を傾けて楽しむ。思えばこの小盃は、自分と山巡りを倶にして。その都度口に当てた、いとしい奴、少しも離せなかった、うい奴よ。こいつが山巡りして、ここで遅桜に逢ったようなものだ。

【鑑賞】

愛用の小盃を擬人的表現して、それへの愛着を示している。また「山めぐりしてて遅桜」で、そこに至るまでの景観と時間の推移とを、省略することによって想像させている。巧みな手法であるが、特に擬人法の奇抜さが談林俳諧的である。「遅桜」が季語。『点滴集』。

【参考】

現在の吉野山が此の句から想像される。「山や落花よしまだ奥は遅桜」（松山玖也）が心情的に参考になろう。また謡曲『山姥』に「春は梢に咲くかと待ちし花を尋ねて山めぐり、秋はさやけき影を尋ねて月見る方にと山めぐり」の詩句がある。

87

水《みず》の江《え》のよし野成《なり》けり桜苔《のり》

桜というと吉野が先ず名所とされるのだが、桜苔となると違う。とにかく水中の産ではあるが、この産地は別の所なんだから、「水の江の吉野」とも言うべきだ。桜海苔の色は桜の花の色に似ているので「吉野」にこだわるだけのことだが。

【鑑賞】「桜」という語が海苔の名に付いていることに興味を持っての作。桜海苔の産地は「壱岐産の海苔。桜色で美味」（『広辞苑』）とあるのを参考にすれば、淡水の入江ではなさそうである。美豆《みず》の入江（巨椋池西部）という説があるが、ここに桜海苔を産したかどうか不明ということであるから、適当とは言えまい。京都市北方の伊根町の説にしても同様であろう。そこで「水の兄《え》」のもじりを考えると、十干十二支の壬《みずのえ》が思い当る。「癸《みずのと》」に先立つ壬である。壬は方角にして北で、壱岐は吉野の西北西で北ではないが。桜海苔が「海藻の一種、西海に産して美味」（岩波『古語辞典』）という説明によれば、壹岐が「水の江」であるとするのが寧ろ適切かと思われる。「桜苔」が春の季語。『点滴集』所収。

【参考】

同作者によるこの句の改作らしい次の句がある。

水の江やよし野見に行《ゆく》桜苔

中堀幾音編の俳諧撰集『家土産《いえづと》』（天和二年《一六八二》序）中のもの。中七は「桜」だけに係ると思われ、上五に重点がおかれているようだが、私には前掲句がよいと思われる。勿論句意は全く違う。「水の兄」を先には壹岐としたが、壹岐は「江」（入り江）でないから、依然問題ではある。

88

落《おち》にけり風なまくさき坊主烏賊《いか》

空高く楊がっていた凧が見ているうちに落ちてしまった。風がなくなったせいかも知れないが、近くで見たら「坊主烏賊」の形の凧だった。道理で風が生臭かったわい。生臭坊主が堕落することだから、落ちるのが当り前だ。

【鑑賞】

凧のことを「いかのぼり」（関東）、「たこのぼり」（関西）ともいう。何れも紙の足の多い形状からであろうが、「坊主いか」とは足を付けないのを言ったものか、それとも凧絵が坊主なのを言ったものか。「落ちにけり」は風と坊主に掛けたのである。「落ちる」とは、風だったら無風状態になること、坊主だったら堕落して生臭物をも食う坊主を言う。従って「なまくさき」は直接「坊主」に掛かる他「風なまくさき」ということにもなる。上五にいきなり「落ちにけり」と言ったのは、一体何が落ちたのかと先ず思わせ、その後の表現で「なーんだ」と笑わせる仕掛け。「いか（のぼり）」が春の季語。『点滴集』所収。作者は短冊にも書いている。

89

毛《け》が三すぢたらいでそれか呼子鳥《よぶこどり》

人間より毛が三筋足りないのが猿だと誰もが言っているけれど、実は猿でなくて、古今伝授にもある呼子鳥というのがそれなんだろうか、そうかも知れない。

【鑑賞】俗説をはぐらかしてみせた可笑味の句である。「呼子鳥」というのは鳴き声が人の子供を呼ぶ声に似ているので名付けられた鳥の名で、今では郭公《かっこう》のこととするのが普通であるが、嘗ては古今伝授の三木三鳥の一つになっていた。三鳥とは呼子鳥、百千鳥（又は都鳥）、稲負鳥《いなおおせ》で、秘事とされていたものである。ところが三鳥には呼子鳥の他にもホトトギス・ヌエ・ツツドリ・ワシ・猿などをいうとの諸説があって、呼子鳥も猿もその中に同居しているのである、作者はその事を承知しているからこの句を作っているのであるが、猿と言わずに「毛が三筋たらいで」と言っている所が面白い、そして最後に「呼子鳥」とはぐらかしているのが奇抜である。呼子鳥を猿とする説があったのは、理由は判らないが、声が似ていると思われたからか。「それか」を「それが」と読んでしまうと断定的になって、それでもよかろうが、「か」を疑問の「か」にしておく方が面白くなかろうか、「呼子鳥」が季語で春。『点滴集』所収。

【参考】「三疋の猿の事也よぶこどり」（中堀幾音）という句もある。掲出句は『反故ざらへ』（梨節編、元禄頃刊か）。『類題発句集』（蝶夢編、明和七年自序 一七七〇）等にも所収。

90

夢《ゆめ》の夜《よ》や裸で生れて衣がへ《え》

妙に夢見ることの多い夜だ。夜半に寝覚めて布団の中でつくづくと思うことは、この世は全く夢のようなものだ。人間生れる時は真裸なのに、死ぬまでは着物を着て、時節が変る毎に衣更えまでしている。明日は四月一日、これ迄の厚着を袷に着替えるんだなあ。

【鑑賞】西鶴の夢は何だっただろうか。五年前には愛する若妻に死なれてもいる。しかも四月三日の日だ、はやいものだなあ、夢のようだ、などとも寝覚には思ったかも知れない。とに角「夢の夜や」には深い感慨が籠っているように思われる。そして句全体には、人間のいとなみの凡てをはかないものと思う作者の心が流れているように思われる。従ってこの句には西鶴の人生観がおのずと出ているようで見過し難い。つまり句の「夜」は「世」でもあるのだ。「衣がへ」は夏の季語。『点滴集』所出。

［参考］

衣替えは当時、年二回が通例で、ただ「衣替え」という時は四月一日に綿入れを袷に着替えることで、十月一日にその逆の衣替えをするのを「後の衣替え」と言った。今でも更衣《ころもがえ》の句は詠まれている。例句「新劇の切符二枚や更衣」野中丈義。

91

鞍《くら》かけや三日《さんにち》かけて水屋能

［鑑賞］

いま大工や係の者たちが、せっせと鞍掛を作っている。それは三日がかりで能見物の席を用意しているのである。これから三日間に渡って此処で水屋能が行われるからその準備である。

92

参《まい》る人《ひと》かふ（こう）はとがめじ浅間が嵩《たけ》

「鞍掛」とはもと鞍を置く台なのだが、左官や大工の作業上の踏み台にしたり、椅子として用いたりする四足の台で、ここでは後者。この「かけ」が中七の「かけて」とリズムをなす。「三日かけて」は三日間に亙っての意。「水屋能」とは奈良春日神社の攝社水谷《や》社の神前で行われる神事能で、四月三日から三日間にわたる。上五に感動の中心があると考えられるので、単に鞍かけを見ているよりも、観覧席を作製中の場面を見ていると解すべきであろう。観覧席作りが三日がかりで、これが出来上ってから三日間の演能が始まるのだ、と「三日かけて」の中七を上と下との両句に掛けているので、句意にもそのように記したが、むしろ下五の方によけいに働いているように思われる。実際に演能は三日続きであっても、座席作りの日数は不定であろうから。「水屋能」が季語で夏。『点滴集』所収。

【参考】

鞍掛（懸）は四足で、『日次紀事』（正月）によると高い所に上る踏台をも言うし、坐る為にその上に小床を置いたりするという。小床とは小さい畳様のものか。又鞍掛を数多く並べる所を鞍掛場という。

四月八日は山開きとて、浅間神社に祭礼があって参詣人が多い。浅間嶽と言えば「信濃なる浅間の嶽に立つ煙遠近《おちこち》人の見やはとがめぬ」という古歌を思い浮べるが、この日の参詣人に限って、此の古歌のように「危険だから登山は止めたらどうだと咎める」ことはしないだろうな。

【鑑賞】「かふ」は「此の様に」ということであるが。何を指し示すかは表現されていない、然し「浅間嶽」というと、『伊勢物語』（八段）の有名な古歌は当時の俳人はすぐに想起した筈で、咎る咎めぬは活火山の故に危険だからであった。「浅間詣で」夏の季語。『点滴集』。

93

二条番《にじょうばん》や吾妻《あづま》に下りさぶらひ衆

京都二条城警護の為の御城番の旗本のお侍衆は、一年間の任務が終って、これから懐しい江戸へお出発です。江戸ではそれぞれ奥方がお待ちのことですな。

【鑑賞】「吾妻」は東で、江戸のこと。京から江戸へ行くことを東下りという、それを「吾妻」と表現したのは、それぞれの「わが妻」の意を重ねたものと思われる。「さぶらひ衆」は「侍衆」であるが、「さぶらひ」は「候」（丁寧語）の連用形で、それを「東下りをなさる」と兼ねた掛詞。「二条替番」は毎年四月なので、これが季語で夏。『点滴集』所収。

［参考］

『日次紀事』四月十四日の項の「二條御城番替り」に、「今日ヨリ十九日ニ至ル。今朝第一《ノ》番頭《ラ》出京、十九日《ノ》朝第二《ノ》番頭《ラ》交替」とある。二組の出京が六日間に渡って行われたのである。

94

馬《ウマ》市《イチ》は常にも池《ち》鯉《り》鮒《ふ》泊り哉

馬市は毎年四月に池鯉鮒（知立）で行われるのが例であるが、馬市の四月でなくても、東海道を通る男たちは、「別の馬」を買う為にここで泊る。別の馬とは傾城のことだ。

［鑑賞］

「馬」に二つの意味を持たせている。四月の馬市には、軍事や農事の為の馬の売買に知立（現愛知県知立市）に大勢の人が集まるが、知立は宿場でもあって遊女がいる。遊女のことを馬とも言うので、それを目あてに泊る人も旅行人には多く、市をなすほどの賑わいである。勿論定例の馬市に参集する人にしても例外ではない、というのである。「馬市」

は四月三日から五月五日まで行われていたらしいので夏の季語。『点滴集』所収。

【参考】西鶴の地誌『一日玉鉾』三に池鯉鮒の記事があって、その中に「毎年四月に馬市立て芝居もの傾城（芝居の役者や遊女）爰に集る」とある。馬市は四月三日から五月五日まで続いていたという。

95

此《この》雪ぞ時をしらざる山《やま》卯木《うつぎ》

「時知らぬ山は富士の嶺《ね》」云々という古歌があるけれど、この雪、即ち冬でもないのに雪のように白い小花の群れ咲く卯の花こそ、時しらぬ雪なのだよ。

【鑑賞】古歌『伊勢物語』九段の「時知らぬ山は富士の嶺いつとてか鹿《か》の子《こ》まだらに雪の降るらむ」を利用して、ただ「卯木」と言ってもよい所を「時をしらざる山」と、富士山の「山」を掛詞にしている、卯木の花は卯の花で、山野に自生するが、白い小花が可憐で垣根によく植えられる。花は初夏に咲き球形の乾果を結ぶ。従って「時をしらざる」とは季節を通しての意でなく、雪降る冬でもないのに、つまり「その季節でないのに」の意となっているのである。つまり作者は卯の花の美を賞しているのである。「山卯木」夏。『点滴集』。

【参考】

「もはら月雪に見なせば雪月花一度に見るともいへり」（北村季吟の語『山の井』正保五年《一六四八》）

96

娌《よめ》突《つき》はれんりの枝の手鞠哉

「ひとみ、ふたみ、みあかし、よめご」と数えながら羽子板や手鞠をつく「嫁突」遊びは、あの「長恨歌」にある連理の枝に咲くであろう「手鞠花」をつく遊び、ということになるんだな。「嫁突」の「嫁突き」という言葉からそう考えられるんだが。

【鑑賞】

言葉遊びの句である。「長恨歌」の連理の枝は、二本の木の木目《もくめ》が一つに接合している枝ということで、男女が堅く契り合うことの比喩である。もしそういう枝があったら、「みあかし嫁御」と歌う数え唄にふさわしい花がその枝に咲いて、その花が手鞠花ということになるだろう、というのである。手鞠花は「大手鞠」とも言う。紫陽花に似て小花が群がって手鞠のように見える花である。これが四月頃に咲くので夏の季語。『点滴集』所収。

【参考】

「（此女）独《ひとり》はねをつきしに、それは娌突かと申せば、男ももたぬ身を娵《よめ》とは人の名を立給ふと、切戸おし明てはしり入」（『西鶴諸国はなし』三「紫女」）。

97

しちくさの著莪《しゃが》の前置《まえおき》ながし哉

著莪（射干・胡蝶花）という草を大瓶に生けるのに、その前に低く、横に長く流した枝を生けておくことにしたのだが、その前置の「流し枝」を質種《ぐさ》にした。ところがその質種を流してしまったよ。

【鑑賞】「著莪」とはあやめ科の草で、樹下など陰湿地に群生するが、庭園にも植える。葉は剣状で、春、淡黄色を帯びた白い花が咲く。花には黄色の斑点がある。「前置」も「ながし」も立花の用語であるが、「ながし」に「質を流す」と、「質草」の縁語にしている。つまり質に入れたが、後で受け出せなかったということで、言葉を弄んだ句。「著莪」が季語で夏。『点滴集』所収。

【参考】「貧家によらず、人の内證さしつまりたる時は質種也。昔日立花《そのかみりつくわ》の家より鳶尾《しゃが》の前置を金子百両の質に入《いれ》られける」(『西鶴織留』五「具足甲《かぶと》も質種」)。「立花の家」とは池ノ坊の如き花道の家柄のこと。

98

松《まつ》前《まえ》舟《ぶね》所の人のわたり候か

松前舟(の舟人)よ、舟の中に御当地の方はいらっしゃいますか。

【鑑賞】 句全体が質問の形になっている。先ず「松前舟」は呼び掛けの言葉であろう。舟に呼び掛けるとは漠然としているが、湊の役人が、到着した舟の乗組員に何かを尋ねようとして声を掛けた、と見たらよかろう、「所の人」の「所」は寄港地か、到着した目的地のことで、松前又は大坂か、このまゝでは判らないが、そのことよりも「わたり候か」という、謡曲によく用いられている語をそのまま使い、しかも舟の縁語としているところが工夫である。「松前渡《わたり》」夏の季語。『点滴集』所収。

【参考】 謡曲の一例「いかに此屋の内に静《しずか》の渡り候か」(船弁慶)、「御身はいづくの人にて渡り候ぞ」(花月)。「松前舟」とは当時大坂—松前(北海道)内を日本海沿いに運航して、土地の産物を交易した舟。途中に寄港地が何か所かある。

99

佛法僧《ぶつぽうそう》浮世の闇をさとり哉

深山の闇夜に仏法僧鳥の鳴く声がしきりに響いている。あの鳥は此の世の煩悩の闇を悟り切っているものと思われる。何故って、澄み切ったあの声は、仏と法と僧との三宝を声としてこの闇の中で鳴いているとしか思えないからだ。だからあの鳥は「さとり」の「とり」だよ。

【鑑賞】

本当は木葉木菟《このはずく》と言うのだが、鳴く声が三段に切れて「ブッ、ポー、ソー」ときこえるので通称「仏法僧（鳥）」と言う。深山の夜、静寂の闇で鳴くので、いかにも神秘を感じさせる。この句も夜の「闇」の語を人間界の心の闇（迷い、凡悩）と掛詞にしている他、「さとり」に「とり」を含ませているのだが、余り技巧を感じさせない。「さとり」とは、凡ゆる人間界の執着から離れて真の自由の境地に達した状態を言う。「仏法僧」が夏の季語。

【参考】

『点滴集』所収。

この鳥の繁殖他としては主に、高野山・身延山・日光が有名である。

100

からすめは此（の）里過《すぎ》よほとゝぎす

ほとゝぎすの声をうるさいと歌った有名人がいるが、私はそうではない。烏の奴の方がよほどうるさいのだ。烏めが群れて汚い声で鳴き立てるので、早々に此の里からどこかへ行ってくれ。お前らがやかましくて、ほとゝぎすが来ない。私はほとゝぎすの声を聞きたいのだ。

【鑑賞】

山崎宗鑑の作と伝える「かしましやこの里過ぎよ郭公《ほとゝぎす》都のうつけさこそ待つらん」という狂歌を逆に、郭公の声を待ち焦がれるとした句で、そこに烏らの下卑た声を持って来た所に面白味がある。「うつけ」とは愚か者のこと。狂歌は「郭公が余り鳴くのでうるさい、私はもう沢山だから、さっさとこの里から飛び去ってくれ。京都では馬鹿な連中がお前の声が聞きたくて、さぞ待ち焦がれているだろうから、都へ行った方がよいぞ」という意味であるが。実は都の風流人が郭公の声を珍重したのを、宗鑑はわざと右のように詠んだのである。「郭公」が夏の季語。『点滴集』所収。

【参考】

ほととぎすは古来冥府の鳥と言われたが、平安朝以来その声を賞でて、初夏になると、この声を聞いたか聞かなかったが貴人たちの挨拶の常套語にさえなった。

宗鑑は室町後期の連歌師で俳諧の祖とも言われた。京都の山崎に住んだが近江の人。『西鶴名残の友』二「昔たづねて小皿」に宗鑑の狂歌の事が書かれている。

101

夏《なつ》の夜はそこの寝姿や小人嶋

夏の夜は短い。「夏の夜はまだ宵ながら明けぬるを雲のいづこに月やどるらむ」という『古今集』夏の歌があるくらいだ。そこに寝ているお前さんの寝姿も、それを思って見ると、小人嶋の小人になって見えるよ。

【鑑賞】

「そこ」とは「そのあたり」に「そちらさん」の意を掛けたもので、ひょっとすると、西鶴は自分の幼な子の寝姿を見ているのかも知れない。とに角「夏の短か夜」という言葉から、人間でも何でもが短小になっているように思われるという、ユーモラスな言葉の上からの心理面の面白さからの作であるが、いささか理屈っぽさも感じられないではない。

夏夜の短さは「小人」との縁語か。「夏の夜」が季語。『点滴集』所収、他に短冊に書かれてもいる。

【参考】

「小人嶋」は『三才図会』「外夷人物」によると、小人国は東方にある竫という国で、身のたけが九寸で、海鶴に食われることを恐れて常に群れて歩くという。中国の魏の時、風に吹かれて庭に落ちた小人が八九人いたのを、ある王子が見たが、かなりの物識りだったという伝説があるとのことである。当時の世界図に小人国の記載もあったらしい。

102

よるの雨尻へぬけたる蛍哉

蛍見に出たが、夜空から雨が降って来た。さて困ったなと思った途端に、さっと降り止んだ。さて蛍はと見ると、まばらにはなってはいるが、雨の降ったのをすぐ忘れたように相変らず光って飛んでいるもの、草葉に止って光っているもの、様々だ。雨が蛍の尻の方へ抜け去ったのだろう。（それで余計に蛍の光が冴えてもいるようだ。）

【鑑賞】

「尻へ抜けたる」が上下両方に掛かっている。この語は、諺の「尻から抜ける」が「見聞してもすぐ忘れてしまう」「物事にしまりがない」という意味であるのと多少違って、雨ならさっと止んでしまう、蛍なら、けろっとしているということになるであろう。又、蛍の光は尻の方が光るので、「蛍」と「尻」とは縁語。「蛍」は夏の季語。『点滴集』所収。

103

古里《ふるさと》や蚊に匂ひける栢《かや》のから

「古里は花ぞ昔の香に匂ひける」(『古今集』春)という古歌の文句があるが、私が故郷に帰ってみたら、花の香どころではない。昔通り蚊が多く、蚊いぶしに燃やしている栢の木屑の燃えがらの匂いが強く漂っているではないか。(それが懐しいのだ。)

【鑑賞】 古歌の上句は「人はいさ心も知らず」で、紀貫之の歌。百人一首にも入っていて有名。その梅の花を「栢のから」に変え、「香」を「蚊」に音通で変えている所が奇抜で面白い。「蚊に」とは「蚊のために」の意。「古里」は歌では嘗て訪れた所の意であるが、ここでは昔棲んだ所と見た。昔は蚊が多く、蚊柱と言って柱状に群がったりして、その羽音さえ懐かしかったものである。寝る時にはもちろん蚊帳《かや》を吊った。「蚊」が夏の季語。『点滴集』。

【参考】

蚊とり線香さえ今は余り用いなくなったが、戦前頃までは蚊いぶしに杉の葉、密柑の皮、木片や鋸屑、榧《かや》の実の殻や葉等を燃やした。「柏」は桧、さわら、このてかしわ等常緑樹の総称で、「かしわ」と訓むのが普通であるが、ここでは榧の俗字として「かや」と訓ませる。

104

眉《まゆ》をなをす蠶（蚕）や見せぬ部屋住居

蚕は次々と形を変える。前後四回眠った後、脱皮するが、その時頭部に黒く見える二つの眉形があり、やがて繭を作る前に全身黄色に透き通る。つまり眉を然るべき状態に改めるのであるが、この時簇《しいし》に入れ、滅多に蚕室には人を立入らせない。つまり世話する者以外には蚕を見せない。これは人間で言うと、娘、又は暫く里帰りした若嫁は、実家で一部屋貰って暮らして、眉作りなど化粧する所は、戸を閉め切って人に見せないのと同じだ。

【鑑賞】

「眉を直す」「部屋住居」となると、里帰り中の若嫁の行動のイメージであるが、「眉」を「繭」との音通と見ると、簇の中に入れられて、眉様のものがすっかり消えて繭を作る蚕のことになる。その場合「部屋」とは簇の意味となる。人事の表現と蚕の表現とを巧みに重ねた句で、人事の表現の方の字数が多いが、「蠶や」の「や」に感動の意があるので、蚕を主体とした句と見るべきである。「蠶」が季語で春。『点滴集』所収。

［参考］

蔟《しいし》は、笹竹のことであるが、蚕飼《こがい》では器の中に柴を束ねた上に藁をかぶせたもので、蔟を作らせる装置。蚕がここに上ることを上蔟《じょうぞく》という。上るとすぐに蔟棚の蚕蔟《まぶし》に移す。蔟を「まぶし」と言うこともある。又、ふつう「しいし」と言うが「しんし」とも。

105

化粧田《けはいだ》や付けてよびぬる裸麦

裸虫とも言うべき貧乏男が、化粧料として麦畑付きの嫁さんを呼び迎えた。これがその田圃だよ。何と、うまい話ではないか。

［鑑賞］

「化粧田」と「裸麦」とは縁語。「化粧田」は持参金代りの田地だから、嫁さんは農家の娘であろう。「裸麦」は「裸（一貫）」を効かせた貧乏男で、田畠を持たぬ男なのだろう。貧乏人を裸虫とも言う。「裸麦」は本来大麦の一変種で、殻がとれ易くて実だけになるので裸麦というのだが、実の表皮の残ったのや実の線条を、俗に褌と言うのだそうである。

それで「化粧田」に富裕な家の女、「裸麦」に貧乏男を対比させている所におかしみを感じさせる。小話的な面白さもある。「裸麦」が夏の季語で、「麦秋」の句。『点滴集』所収。

【参考】

「呼びぬる」の「呼ぶ」は妻として迎える意、「ぬる」は完了の助動詞だから、「呼び迎えちゃった」ということになる。「や」は感動を表わす助詞で、疑問の意ではない。

106

雲《くも》をはくや樗《おうち》の枝に捨わらぢ

雲を吐き出したかと見える高い樗の木、その淡紫色の小花群は仰げば紫雲のようだ。ところがその木の枝に旅人か誰か判らぬが、履き棄てた草鞋《わらじ》が掛かっている。この草鞋を履いて雲の上を歩けと言うかのように。

【鑑賞】

樗は梅檀《せんだん》の古名、異名を雲見草という。喬木で香気がある。雲見草という所以であろうか。「雲を吐く」という語と縁もある。この「吐く」は「履く」の語を掛けて「わらじ」を履くということになり、雲上を草鞋を履いて歩くという奇想天外な発想。「樗」は「楝」とも書き、夏の季語、花が四、五月に咲く故。『点滴集』「画賛新十二ヶ月」。

【参考】馬方などが冗談に、駅路の木の枝に草鞋などの履物を掛ける風習が当時はあったらしい。地名に沓掛《くつかけ》という所があるが、馬の草鞋（沓）を取替え、古いのを木の枝に掛けて旅の安全を祈る風習があったところから地名になったという説がある。

なお、「画賛十二ヶ月」には、同句に次のような前書がある。「六蔵」とは馬方の通名。

大津の六蔵も、関の岩角踏ならし、あしたには、

107

五月雨《さみだれ》や淀の小橋は水行灯《みずあんど》

【鑑賞】さみだれが降って空が暗いことを五月闇《さつきやみ》というが、梅雨《つゆ》の暗い夜、雨で水嵩が増して流れも速くなった淀川を下る三十石舟では、さぞ不安なことであったろう。その時唯一の頼りになるのは、淀の小橋では水路を示す行灯である。これあってこそ、水路もいささか心も安まるのだ。いま五月雨の暗い川を、心細く車仕掛けの川舟が下って行く。京に鮮魚を卸して帰って行くのだろう。

宇治川と木津川とが淀城のある当りで合流して淀川となる。宇治川には小橋、木津川に

は大橋が掛かっているが、宇治川の小橋は七十間余（約百四十メートル）で、中央の橋桁の間は特に広く大間と言い、四角で鉄の蔽いのある標識灯（水行灯）が吊ってあった。その「行灯」に「安堵《あんど》」（安心）を掛けている。「五月雨」が夏の季語。『点滴集』「画並入活字で十二ヶ月」。

【参考】

「画讃十二ヶ月」に水行灯の絵図があり、次の前書がある。「車の音」とあるので右のように訳した。

闇はあやなし、川舟の車の音、浪の声をしるべぞかし

108

蕗《ふき》とぢよ蜘《くも》の通ひ路おのが糸

蕗の茎には繊維の糸があるんだから、蕗よ、お前のその糸で、蜘蛛の巣のような網を作って、蜘蛛の通り路を塞いだらどうだ。蜘蛛の振舞は恋人の来る前兆というが、「雲の通い路を風に吹き閉じさせて乙女の姿を留めよう」という古歌があるように。但しここでは閉じさせるのが雲でなく、蜘蛛の通い路である。それを閉じたらどうなるか、さて……。

【鑑賞】

「天つ風雲の通ひ路吹きとぢよ乙女の姿しばしとどめむ」（『古今集』雑上）、「わが背子が

来べき宵なりささがにの蜘蛛の振舞かねてしるしも」（『古今集』序）の二首の古歌のもじりで、特に前の古歌が表立って利用されている。「さて」と考えさせているが、そこは読者の想像に任せ、何よりもそのもじりに可笑味を感じさせる句である。言う迄もなく「蕗」は「吹き」を掛けている。可笑味の他に、蕗の広い葉の上に蜘蛛が這っている現実の観察眼も作者に働いているようである。「蕗の葉」と見れば夏の季語。『点滴集』所収。

109

御田植《おたうえ》や神と君との道の者

住吉神社の神事の御田植では、遊女が早乙女役として神田に下り立って苗を植えている。「住吉の大神も国家を治める大君も、真直な道を歩み安穏無事な御代であれかし」と祈る心を持って、馴れた手つきで、つつましくせっせと植えている。

【鑑賞】 やや難解の句である。初句が「神」と係わることは当然として、後の七五が問題である。「道の者」には、その道の達人という意と、遊女との二つの意味があるので、住吉神社の御田植は堺の遊廓の遊女が勤めることになっているというから判るが、「神と君との」がそれに掛っている所が一寸苦しい。ところが謡曲「高砂」に「神と君との道すぐに都の春に行くべくは」、「弓八幡《やはた》」に「神と君との道すぐに歩《あゆみ》をはこぶこの山の」、「妥女《うねめ》」に「神と君との道すぐに国家を守る誓とかや」等とあって、何れも「すぐに（真直に正しく）」に続いているところから、それが「道の者」の形容句になっていることが判明する。つまり謡曲の語を用い、「道」の意を、先述の「達人」「遊女」の意と、「直《すぐ》なる」道を思わせる為との二様に生かしたのである。「御田植」が夏の季語。『点滴集』所収。

［参考］ 御田植の神事は五月廿八日の行事。三種の謡曲のうち「妥女」が「国家を守る誓」とあるから、これを出典の一つとする方がよかろう。

110

僧《そう》はたゝくなまぐさ坊主の水鶏《くいな》哉

［鑑賞］ 「僧は敲《たゝ》く月下の門」という有名な詩句があるが、今さかんに戸を叩くような声を立てて水鶏が鳴いている。水鶏が鳴くのは交尾期のことだというから、「月下の門」を叩くというような清らかなものでなく、譬えてみれば、生臭坊主が水雞を料理しようと庖丁でまないたを叩いていているような音だ。

セクシャルな想像を巡らせて、清潔な詩想と対比させたおかしみの句である。「なまぐさ坊主の水鶏哉」の中七を形容語と解するとそうなる。但し、坊主を主体と解すると、僧が叩いている音は、水鶏を食べる為に水鶏を叩き切っている音なのだ、ということになる。何れをとるかであるが、私は水鶏を主体とする方をとりたい。「水鶏」が夏の季語。『点滴集』。

［参考］「鳥宿《ハル》池中樹《ノ》　僧敲《ハク》月下門《ノ》」（賈島）。「五月あやめふくころ、早苗とる頃、くひなのたゝくなど、心ぼそからぬかは」（『徒然草』十九）。水鶏は濕地の叢などに棲む。鳩大で、鳴くのは初夏。

111

吉野川や水の出ばなはおもしろ簗《やな》

［鑑賞］吉野川に来てみると、瀬に簗を作ってある所があって、杭を並べ打って水の流れを堰き止め、その一ヶ所だけに簀《す》といって、水の流れ出る所に細い竹か葦を隙間を作って並べてある。そこに落ち鮎が引っ掛る所を捕えようというわけだが、簀の隙間隙間から勢よく水が吹き出るように流出しているところがとても面白いのだ。

吉野川は大和の吉野川で、上り鮎をとる簗打ちで有名だそうであるが、この句では上り鮎とも落ち鮎とも判らないが、落ち鮎を捕える為のものであろう。また簗は川の一部分に作るもので、「水の出ばな」が面白いというのは、簀の開きから出る水勢は他の所より激しいから、そこの面白さであろう。又、句の「簗」は、「やな」という感動の助詞を掛けている、その巧みさである。「簗」は秋の季語。『点滴集』所収。

【参考】

簗は魚簗とも書き、ふつう夏の季語であるが、落ち鮎は秋なので、敢えて秋とした。落ち鮎は簀《す》に引掛るところを捕るのであるが、上り鮎（春）は「上り簗」を構えてとる。落鮎をとる簗は「下り簗」というが、吉野川は「下り簗」が主であるらしい。古くは阿太の辺りにも作ったようで、

阿太人の簗打ち渡す瀬を速み心は思へど直《ただ》に逢はぬかも（『万葉集』巻十一・二六九九）

という古歌がある。現在は専ら五条の辺りだという。次の句は『草田男季寄せ』に依る。

上り簗の上《カミ》は平らか下流急（但馬美作）

下り鮎どっと来て簗匂ふほど（室賀映字朗）

以上吉野川の簗については、和歌山県五条市役所の観光係の方の教示による所が多い。なお阿太の地も現存するということである。

112

しほざかいもるやちくらが沖膾《なます》

潮境の巨済島《トクラ》沖でとれたての小魚を、簡単に酢に浸して船中で食うが、その盛り付けにしても大雑把で、いい加減のものだろう。場所が国境不明瞭で、どっちつかずの海上であるだけに、それも尤もだ。沖に出たこの釣舟での即席料理もその類だな。

【鑑賞】

「ちくら」も「ちくらが沖」も、どっち付かずの曖昧なことを言う。「ちくら者」（どこの者か判らぬ者）という言葉もある。実は「ちくら」は韓国領地の「コジェ島（古名トクラ）」であるが、その沖となると対馬に近いのか、コジェ島に近いのか判らぬ海上のことである。それで「ちくらの沖の膾」を「盛る」のを、「潮境」の判らぬと同じように、よい加減の盛り付けをする意とした。但し上五を重く見て、沖の舟の上で食うのか、そうでなく、たゞ目前の沖でとれた魚の盛り付けを言ったのか、それも「ちくら」（あいまい）である。ここでは前者と見た。「沖」は「ちくらが沖」と「沖膾」と、上下の語に掛かる。「沖膾」だけだったら、たゞ沖へ出た釣舟で食う即席の膾料理である。潮と沖とは縁語。「沖膾」夏の季語。『点滴集』所収。

113

品《しな》をかえ毛をかえよむや鷹百首

一首ごとに鷹を詠み込んだ「鷹百首」というのがあるが、正に「手をかえ品をかえ」て、作者によって色々の趣向が見られる。丁度鷹の毛が夏に生え替るような工合だ。

【鑑賞】「よむや」は俳諧で「毛をかえ」が「鷹」の関係で「手をかえ」のもじりになっている。「なく、和歌の世界でのことであることを表わしている。「夏鷹」で、これが季語。「夏鷹過ぎ鷹」は冬の季語であるが、この句では鷹の毛が四月頃から次第に生え替るのだから「夏鷹」で、これが季語。「夏鷹過ぎぬ羽音自ら聴く眼して」（中村草田男）という現代句もある。『点滴集』所収。

【参考】「鷹百首」は個人が百首詠むので、鎌倉時代から室町時代にかけて歌人たちによく作られた。

毛を変へば変り行くべきはし鷹や鳥屋《とや》ぎはまでの赤斑《ふ》なるらん（定家「鷹三百首歌」）が、この句との関係があるのかも知れない。

114

車《くるま》ぎりにかたわ有《あり》けり東寺瓜

東寺瓜という甜瓜（真桑瓜）、それは横にやや長い円柱状の瓜だが、手でこれを抑えて輪切りにしたら、切り離して転がった方の切り口が丸くて、それがさながら二つの車輪の片方が転がっている、と見えたんだ。

【鑑賞】「車」と「片輪」とは縁語だが、「片輪」は不具の「片端」を掛けている。「車切り」とは輪切りのこと。「有けり」は一寸驚いてみせた語法。当時は東寺境内に不具者（身体障害者）がよく集ったらしい。それで「東寺瓜」の東寺と縁語にした。「東寺瓜」が夏の季語。『点滴集』所収。

【参考】甜瓜（真桑瓜）は文字通り甘い瓜。昔はよく出廻ったものだが、今はメロンに押されたか、殆ど見掛けない。小さい種子が中に沢山あるのが難。多くは黄色か黄緑色の瓜である。東寺瓜は京都の東寺領内の田畠でとれ、六月には御所の上の蔵の役、下の蔵の役、立入氏と多氏とから禁裏と仙洞に献上されたという（『日次紀事』）。

115

まいりては実《げに》や山上《さんじょう》の物がたり

「山上参り」という言葉があって、大和国吉野部の大峰山の山上ヶ岳の蔵王権現に参詣する修行のことである。そこは修験道の霊場で、容易に参加できない困難な行事であるが、行者が帰っての談話は、いかに山上参りが辛いものであったかが、真に迫ったように聞かれるのである。

［鑑賞］

「実《げ》にや」は「本当にもう」という間投助詞で、ここでは、本当に行った者では判らない程辛く凄いものであった、という感じを持つ。「まい《(ゐ)》りては」の「は」がその感じを含んでいる。「山上参り」がそれで、この事を「峰入」とも言い、四月から六月ごろにかけて多く行われたので夏の季語。『点滴集』所収。

［参考］

山上ヶ岳の岩上、絶壁百丈に臨む所で、横たわった行者（在俗の信者も）の体を頭を下むきに突き出して、懺悔や孝行を先達が促し強制する行事がある。この土産話がこの句の裏にある。謡曲「実盛」に「げにや懺悔の物語、心の水の底清く、濁を残し給ふなよ」の句がある。この語がもじりになっているのであろう。

116

晝《ひる》顔《がお》にあはぬ恋草や夜るの殿

夜毎に逢って恋心がいや増しに激しく燃える。しかし昼には、美しい晝顔の花のように可憐なあの女性に会って顔を見たくても、逢うことが叶わぬ。なぜなら、夜だけしか男に化けられない狐のことだから。

［鑑賞］

「昼顔」を女の顔と解すると右のようになる。その花は可憐で美しいから、その方がよいと思うが、男性の顔と解すれば、女の恋心が夜ごと通ってくる貴公子に対して激しく燃えるけれど、あのお方は昼の顔を決して見せては下さらぬ、男の正体は狐だからだ、となる。夜に女の所へ来るのは男だから、この方の解も可能かと思う。「夜の殿」は関西で言った狐の忌詞。「恋草」は草の繁茂する様に激しい恋。単なる草にもいう。「殿」は男の貴人。「昼顔」は夏の季語。『点滴集』所収。

117

夕《ゆう》顔《がお》の宿や火がふる夕煙

光源氏が訪れた五条の、乳母の家の扉が聞くのを待つ間に、その隣の夕顔の花咲く貧家で、図らずも見て心ひかれた可憐な女の棲む家は、折しも夕餉の炊煙が立ち昇っていて、その煙の中に火の粉が盛んに飛んでいる。成る程「火が降る」ほどの貧家である。

【鑑賞】必ずしも特定の女性の家と解さなくてもよかろうが、『源氏物語』の「夕顔」の巻は余りにも有名だから、夕顔の名で呼ばれた女の家と見る方がよいかも知れぬ。夕顔の花はやゝ大きくて白く美しいが、夕方咲いて昼はしぼむ。光源氏は、憂いを感じさせる美しい女を見初めてひどく魅かれ、愛するが、女は早く死ぬ。「火が降る」は文字通りの実景と、「火の雨が降る」「火が降る」という極貧の暮しを譬える語との掛詞。「宿」とはここでは「すみか」のこと。「夕顔」が夏の季語。『点滴集』所収。

【参考】当時、京の五条のその辺りは小家が多かった。

118

穴《あな》師《し》吹《ふく》海ほうづきの鳴門《なると》かな

穴師という季節風、即ち西北西方向から突然吹く強風が吹く海は鳴門の海峡だ。その風の音は子供が吹いて鳴らす海酸漿《ほおづき》の音に似たところがある。

【鑑賞】「穴師」はアナシともアナジ、アナゼとも言い、季節風で乾風。瀬戸内で吹いて航行の難となった。中七「海ほうづきの」の語の句の上下の文字が「吹」「鳴」で、各々その文字を含む語が「海ほうづき」の特性に通っている。しかも「穴師吹く」と「鳴門」とは不離の関係を持つ。その語法の巧みさを見るべきである。又、「海ほうづき」が螺類《にし》（巻貝）で、「にし」寄りの風、「穴師」と語法上の関係を持つことも考えられる。「海ほうづきの鳴門」は、螺が鳴戸海峡の両岸に浅瀬があるとしたら、そこで採れたことを意味するのかも知れない。「海ほうづき」を吹くと、小さく「ギュッ」と「ピッ」との中間の音が出る。「海ほうづき」が夏の季語。『点滴集』所収。短冊にも書かれている。

【参考】海酸漿は陸上の植物の酸漿《ほおずき》（鬼燈）の代用として、子供が口に入れて鳴らす玩具。但し普通のよりも堅くて破れ難かった。戦前は両者ともによく見られ、東京では鬼燈市もあったが、現在では、それよりも近代的な玩具が氾濫して顧みられなくなった。両者とも実は「吹く」のではなく、唇に乗せて上歯で押し、キュッ〳〵という音を楽しんだものであるが、外からは吹くように見えたのである。但し「穴師」の音とは比較にならぬ小さな音である。海酸漿は巻貝の種類によって形も異なるが、何れも巻貝の卵巣に穴をあけ、中の液を出して着色したもの。「あなし吹く瀬戸の潮合に船出して」（『後拾遺集』五三二）。

119

抱《だき》籠《かご》やうまずに極《きはま》る女竹《おなごだけ》

抱籠は竹夫人とも言って、男が涼しく寝る為に抱いて寝る竹製の筒形の籠のことだが、いくら女竹で作ってあっても、抱擁して寝たって、それは子を産まないに決まっているさ。

【鑑賞】言葉あそびの句。「女竹」は真竹。筍が苦いので苦竹《にが》とも言う。「女竹」というのは竹が柔軟だから。「抱籠」が夏の季語。『点滴集』所収。

【参考】子供のできない女性を石女《うまずめ》と言った。「女竹」は笛、竿、きせる等の材料ともなる。垣根に使うこともある。

120

編《あみ》笠《がさ》は牢人かくす小家かな

編笠は一般人も被りはするが、殊に牢人がかぶると、顔がよく見えないから、氏素性が判らない。従って牢人たることを隠す小さな隠れ家とも言えるが、どうだ。

【鑑賞】編笠は菅、藺、麦藁で編んだかぶり笠で、普通は夏に暑さを避ける為にかぶるが、浮浪人や浪人、又は囚人がかぶり、遊里に通う者は大編笠をかぶる。「牢人」とは武士の浪人のことでもあるが、ここでは特に牢入りの者を言うか。大抵は髭伸び放題でむさいし、人相も悪い。浮浪人や浪人はふつう貧家に住む。「編笠」が夏の季語。『点滴集』所収。

121

面《おもて》八句神《じん》祇《ぎ》恋せじ御《み》祓《そぎ》川

連歌や俳諧の百韻では、表八句に神祇や恋の句は詠み込まない定めがあるが、古歌に「恋せじと御手洗川にせし御祓神は受けずもなりにけるかな」（『伊勢物語』六十五段）とあるように、私も恋はすまいと誓って御祓をする。その川だ、この川は。（けれど、神が受けてくれそうにない。）

【鑑賞】百韻を懐紙に認めるとき、四枚のうち最初の初折の表に八句書く。その八句の中には神祇（神事関係の語）、釈教（仏事関係の語）、恋、無常、名所等の用語は詠み込まない事になっている。「御祓川」は、禊《みそぎ》（水辺で身を洗い清めて悪を払う行事）をする川。「恋せじ」（恋をすまい）で切っているが、「恋せじ（の）御祓」は、恋をやめようとする為の祓を意味する。その川というので「御祓川」とした。「御祓川」夏の季語。『点滴集』所収。

【参考】行事としては六月十九日・晦日、下賀茂神社の六月《みなつき》の祓（夏越《なごし》祓）が有名。

一《いち》葉《よう》の舟に竿さすや竹箒

竹箒で落葉を掃いている。落葉の一枚一枚が舟の形なので、竹箒をリズミカルに動かしている様は、船頭が小舟を竿で操っている、その動きによく似ている。竹箒もこうして見ると、その動きの面白さよ。

【鑑賞】下五の「竹箒」に焦点があり、それ用いている人物は陰になっている。落葉を掃いている所を見ていて不図浮んだイメージが、上の五七である。扁舟に棹さす船頭の自由な棹さばきは、面白いように棹自体が働いているとも見えるのだ。「一葉の舟」という語は、桐や柳の落葉が水に浮んで流れているかの如き扁舟をいったものであるが、ここでは落葉をそれに見立てた。この語が秋の季語。「一葉」「竿」は「竹箒」の縁語。『点滴集』所収。

123

秋《あき》風《かぜ》に出《で》見《み》世《せ》をたゝむ扇哉

「目にはさやかに見えねども」秋風が吹き初めたので、夏の間は盛んに使っていた扇をたたんで仕舞い込むことにした。夏の間出していた露店を仕舞い込むようなものだ。

【鑑賞】右と違って、景気がよくないので支店などを閉鎖するのを、秋に用がない扇に喩えたと解することも可能であろうが、上五と下五の在り方から、右のように解すべきであろう。「たゝむ」は「扇」にも「出見世」（出店・露店）にも掛かる。「目にはさやかに……」は『古今集』巻四の「秋来ぬと目にはさやかに見えねども風の音にぞおどろかれぬる」を引いてみた。「出見世」は人出の多い所に夏の間出していた水茶屋などを想定するも面白かろう。「秋風」は秋の季語。『点滴集』所収。

【参考】「秋扇」は飽かれて価値がなくなったもの、愛を失った女などの意にも用いられる。

124

日《ひ》ぐらしの聲やこけぬる歌念佛《うたねぶつ》

一日が終って日暮れになると、カナカナカナと蜩《ひぐらし》が鳴く。その声を聞いていると、一本調子なので、その日暮しの門付《かどづ》けが唱える哥念仏の声が、力を失って細々とした声になってしまったのを聞くようだよ。

［鑑賞］

「日ぐらし」は蝉の蜩と、その日暮らしの貧しい人との両意を掛け、下五との縁語になっている。更に「日暮坊」と呼ばれ、伏見城の御成門の美しさに、一日中見とれていた人物がいたこと、その子孫と思われる「日暮《ひぐらし》」を姓に名乗る、門付けの芸人たちが当時いたこと、見とれる程美的を尽くした大名や高家の門を「日暮しの門」と称したこと等が思い合わせられる。「哥念仏」とは、念仏に節を付けて歌う様に唱えたのが最初で、後に浄瑠璃、説経節等を鉦鼓の雑子で歌って廻ったものをいう。この句では前者で、貧しい門付けの芸人がその人たち。「こけぬる」は「こけてしまった」ということで、それを蜩の声の比喩にした所が面白い。「こく」（「こけ」の終止形）にはころげるの意もあるが、もの恋しく心が引かれるという意もあって、ここでは、その感じをいうものと見るべきであろう。実際に蜩の声はどこか淋しさを思わせるものである。「蜩」が秋の季語。『点滴集』所収。

伏見城の日暮し門を一日中見ていた日暮坊のことは『日本永代蔵』巻三の三冒頭に詳しい。「蜩の鳴き代りしは遥かかな」（中村草田男）　［参考］

125

あふ時は重一《でっち》うつたり二ッ星

牽牛・織女の二つの星が逢うのは毎年一度だけ、七月七日の夜と決まっているのだが、その夜が晴れればよし、雨天ならお流れになる。それで二つの星は予め賽《さい》ころで占うのだ。双六では二つの賽ころ二個を筒に入れて振り出すのだが、二個とも一が出るのが最上。それを重一《でっち》というのだが、その確率は先ず尠ない。もし重一が出たら「やったァ」と言って喜ぶ。首尾よく逢えるのだから。

［鑑賞］

「重一うったり」が「やったァ」という感じの語法。「二ッ星」が勿論牽牛（男）織女（女）の二星。擬人法でユーモラスに作っている。句中に「一」「二」の数字が出ている。それが縁語。「二つ星」が秋の季語。『点滴集』所収。「西鶴句集」（穎原退蔵編）所収の同句の前書に、

紅葉の橋（天の川の橋）は年にまれなるかけろく（かけごと）。互にねがひものは是、
一六七日の夜の事ぞかし

【参考】

銀河を挾むようにして、鷲座の首星アルタイルが「牽牛」で彦星とも言い、琴座の首星ベガが「織女」、七夕姫《たなばたひめ》とも言う。七夕の行事は中国伝来の風習が元で、奈良時代から行われ、江戸時代民間にも広がった。

水《みず》垢《あか》やかえてきこゆる聾《つんぼ》井《い》戸《ど》

【鑑賞】

井戸に水垢が随分たまってしまった。水を汲む時に声を入れてみても殆ど反響しなかった。これでは正しく聾井戸だ。それを、七月七日の井戸替えで水垢を浚ったら、よく反響するようになった。

井戸を人間の耳に譬えて、叫んでみても何もきこえないやら、響かない井戸をこのように言った。「水垢」も「耳垢」の意を利かせている。井戸替えは当時上方では七月七日に決められていた。聾井戸を水が涸れてしまった井戸と解する向きもあるが、それでは上五

の「水垢や」と下五「聾井戸」との関係が無視されることになる。「水垢」で反響がなくなることも普通はあるまいが、それ程の古井戸を誇張して言ったものと見たら、おかしみも一段であろう。「井戸替え」で秋の季語。『点滴集』所収。

［参考］
聾井戸を固有名詞として、秀吉の頃、茶の湯に用いた堺にあった名井と解してもよかろうが（前田氏）、普通名詞と取る方が無難であろう。名水の井戸は西鶴の当時水量も尠く、その上水垢がたまりにたまっていたと見ることも強ち棄て難いのであるが、それが井戸替によって元通りになったとは考え難い。井戸替の様子については、『好色五人女』巻二の一「恋に泣輪の井戸替」に詳しく、挿絵もある。

127

大坂《おおざか》番手《ばんて》明《あき》やかはる大鳥毛

江戸から大坂城守護を命ぜられて隔年交代で勤番に来ていた武士が、すっかり勤めが終って、今度交替するのであろうか、退城してゆく様子だが、行列の槍持ちが持つ槍の大鳥毛の飾りも、新任の武士の行列では代ることであろう。是非見物したいものだ。別に、大鳥毛の槍が重そうだ。そのうち、行列中に手ぶらでいる者が槍持ちを代るかも知れないな、と解することもできようが、それでは上五が活きないように思われる。

【鑑賞】「手明」は勤めが終って手のすいた者の意。「かはる（代る）」は、大坂番が代るのと「大鳥毛」が代るとの両方に掛かる。「大坂番」は大坂城守護の大番衆のことで、一組が大番頭以下数十人の多勢。交代は七月。後に八月になったが、四、五日中に二組ずつ交代したという。その折の城出入の様子は仲々立派で見ものであったというから、この句では行列の槍持に焦点があったわけである。槍の先端に鷹などの羽毛を大きく毬状に作ったものを付けて飾りとした。槍は武士のもので、槍持はその武士の後に従った。「大坂番」が秋の季語。『点滴集』所収。

128

荒《あれ》し宿やびんぼうまねく花薄

【鑑賞】人が棲んでいるとは見えない荒れ放題の家の周囲は、穂に出た薄が我が物顔に生え茂って、秋風に絶えず靡いている。それはいかにも貧乏を招き寄せているかの様だ。この家が荒廃したのも、そのせいかも知れぬ。

小説中の一風景の如き作。「花薄」の動きが「荒れし宿」と対照的に華やかさを持っているようで、それが貧乏を招くとした所に一寸した滑稽味もある。「宿」には前庭・戸口との意味もあるが、ここでは家屋の意。外観では人が住んでいそうにない程のガタピシの家で、或いは病身者の老人が一人いるのかも知れない。「花薄」が秋の季語。『点滴集』。

【参考】「花薄」を貧乏神の持つ渋団扇《うちわ》と見立てたかという解もなされている（野間氏）。貧乏神が渋団扇で招くと貧乏になるという俗説が句の下敷きになっているとも考えられる。

129

風《かぜ》にちるや欠《かけ》を尋ぬる桔《き》梗《きょう》皿《ざら》

桔梗の花の形を模した皿の一部分が欠けている。その破片が見当らないのは風で散り失せたのだろうか。丁度桔梗の花が風で散るように。まさか、そんなこともあるまいが、とに角その破片がどこへ行ったか、捜しているんだ。

【鑑賞】「風にちるや」の「や」は疑問の助詞。「桔梗皿の欠」がひょっとしたら「風に散るや」と尋ねているのである。この「散る」は「桔梗（の花）」に掛かっているのであるが、皿の破片が風で散るわけはない、一寸とぼけている。そこが面白い。皿自体が破片を捜している、とも解したいが、一寸ムリ。「桔梗」が秋の季語。『点滴集』所収。

【参考】

桔梗皿は、その花の形のように底がや、深く、聞いた口の縁《ふち》が浅く五つに分れている。花は秋の七草の一つ。似た句に「割れたるを散るとやは見ん桔梗皿」（西田氏臣常）があるが、寛文十二年刊『大海集《だいかい》』所収句だから西鶴以前。

130

仲人口《なこうどぐち》にかたるな女郎花《おみなえし》

女郎花よ、お前は昔から凄い美人だとよく言われて来たが、それは仲人口と言うものだ。つまりお世辞で、誇張や嘘まじりのほめ方なんだから、その気になって、「私は超美人よ」という言い方など絶対するなよ。

【鑑賞】

『古今集』に、

名にめでて折れるばかりぞ女郎花われ落ちにきと人に語るな（僧正遍昭）

という古歌があるように、女郎花そのものが美しいから手折ったのでなくて、その名称のよさに引かれて折っただけなのだと詠んだ人もある。それに賛成だ、と言わんばかりの句である。つまり、女郎花が美しいという定評（?）からくる自慢の鼻をへし折った趣の句である。「仲人口《なこうどぐち》」で、女を紹介して結婚をうまく纏めようとして、やたらに美人だ美女だと賣り込もうとするのが仲人の常なのだから、女郎花自身その積りでいるのは誤りだし、まして仲人の言う通りのことを他人に言ったら笑われるぞ、という気持ちである。「女郎花」が秋の季語。『点滴集』所収。

［参考］

「女郎花」は「おみなめし」とも読まれ、秋の七草の一。女に見立ててよく詠まれた。山野に自生し、一《メー》《トル》くらいの高さで、技先に黄色の小花を笠状に多数つける。

131

鷹《たか》（鵜）うまつ（祭）る鳥おどろかぬ宮雀

神前に生贄《いけにえ》として鷹や鵜《う》を高い棚に供え奉ると、これらの鳥は従順にして少しも驚くことなく、神慮に従っているし、社内に棲む小さな鳥の雀たちも、従って自分よりも大きな鳥の鷹や鵜が生きたままでそこに供えられて居るのに、驚くことがない。又、下級の神職たちも、大小の鳥たちがそんな状態でおとなしくしていることを当然のこととして驚かない。

「鷹うまつる」は、「鷹や鵜を祭る」と「高う祭る（高い棚の上に供える）」とを掛けている。【鑑賞】

「仕《つか(え)》うまつる」のもじりか。「鳥」は「鷹鵜」と「宮雀」との双方を意味し、「宮雀」は「神社に棲む雀」と「下級の神耾」の意味との両方を掛けている。このように随分工夫が凝らされた句である。「鷹鳥祭」は秋の季語。『点滴集』所収。

【参考】
謡曲「鵜祭」に「神前に供ふる生贄の真鳥（立派な鳥の意）もこゝに現れたり（中略）此鳥少しも驚かず（後略）」とあるのが下敷になっている。

132

迎《むか》ひ鐘《かね》はや突《つき》たりや後世《ごせ》の為

あれ、京都六波羅の珍皇寺の精霊迎えの鐘を、まだ盂蘭盆でもないのに、早くも突いているよ。いや、もっとも寺の鐘だから不思議ではないさ。人々の死後の極楽往生を願ってのことだからな。

【鑑賞】
鐘の音を聞いて一時は不審に思ったものの、思い返して当然のことだと思ったのである。

中七「はや突きたりや」は謡曲「三井寺」に、「入相は寂滅為楽と響きて菩提の道の鐘の声（中略）夢の世の迷もはや尽きたりや（後略）」とあるのを巧みに利用した表現。「迎ひ鐘」が珍皇寺で旧暦七月九、十両日に、参詣人によって撞かれるものであるので、秋の季語。『点滴集』所収。

［参考］盂蘭盆前の七月九、十日に珍皇寺に参詣することを、六道参りという。寺は京都六波羅密寺の近傍にある。

133

冨士《ふじ》のけぶりしかけて廻り灯籠《どうろ》哉

廻り灯籠は面白い。ぐるぐる廻る絵に冨士山があって、その噴煙がどこまでも棚引いて、高くなり低くなり、やがて消えて行くのを見る楽しさ。ひょっとすると、冨士山の煙の熱気の仕掛けで此の廻り灯籠が廻っているかも知れぬ、という気がしてくるよ。

［鑑賞］冨士は当時休火山で噴煙が出ていないのだが、古典に屢々火山当時の有様が書かれているので、それを廻り灯籠の絵にして、見る人を楽しませたのであろう。この句を単なる細

工での仕掛けと解するとつまらない。「しかけで」と読めばそうなるが、「しかけて」と読めば、絵の趣も加わり、噴煙の熱気で廻るということにもなって、誇張されたスケールの大きさが笑いを誘う句となると思う。「廻り灯籠」が夏の季語。『点滴集』所収。

［参考］

やや厚い紙で風景や金魚や馬などを切抜いて円型の内枠に貼り、中心に灯を点すとその熱を上部の風車が受けたせいで回転する。すると、円型の外側に貼られたものの影が映って動いているように見える仕掛け。行燈風の一種の影絵。「走馬燈」。紙または布で作る。現代では余り見掛けることがないが、近代まではよく用いられた。子供用のものはごく簡単な作りであったが、家庭用のものは絵にも趣向を凝らしてあって、夕涼みの縁先に吊って楽しんだものである。

134

送《おく》り火やまことに後生が大文字

迎え火で呼んだ精霊を、盂蘭盆会が終って又、冥土へ帰って貰う為に各戸の門前にて火を焚く。七月十六日の宵である。また京都の東方如意ヶ嶽の山上では大型の送り火として巨大な大の字型の送り火を焚くが、これが壮観である。民衆のこれらの送り火を見るにつけて、心から来世の極楽往生が人間としての一大事だと思わずにいられないことだ。

【鑑賞】初五は下五にも直接するが、送り火は各家庭の行事でもあるから、これを含めて中七を味わう方がよい。「送り火」「大文字」が秋の季語。『点滴集』所収。季重なり。

【参考】門前で焚くのは苧殻《おがら》（麻の皮を剥ぎとった後の茎を干したもので、白く軽い）が普通。迎え火（十三日の夕）も同じ。「大文字」は要所々々の何箇所にも薪を積んで焚き、燃えて大きな火の「大」の字になる。京都の各所から見える。『日次紀事』によると、「大」の字の一劃の長さが百五十間余りで、五尺間隔に薪を積むが、四百八十余ヶ所で、これらを同時に点火するのである。この文字は弘法大師筆らしい（大文字を焚くから如意ヶ嶽を大文字山ともいう）。大文字以外に殆ど同時に「妙法」「船形」「鳥居」「左大文字」も点火する。類句に「送り火は頓生菩大（提）文字哉」（豊実、延宝七年序の桑折宗臣編稿本『詞林金玉集』所収）がある。

135

捨《すて》小《こ》舟《ぶね》われ（割）に成《なり》けり相撲なだ

相模灘ならぬ相撲灘で、乗り捨てられた小舟が、とうとうバラバラに壊れてしまった、というように思わせるが、実は相撲取の浄捨と小舟というのが土俵の際まで組み合ったけれども、引分けになってしまった、というわけ。

【鑑賞】「捨小舟」を相撲取の醜名《しこな》とする説が専らであるが、縁起のよくないそんな名を醜名とする者はいない筈なので、通称「ステ」と呼ばれる力士と、「小舟」と呼ばれる小柄な力士との両力士と見て、それが引分けになったと見る方が適当であろう。「相撲なだ」の「なだ」は上五「捨小舟」の縁語で、灘は海の難所のことであるが、「相撲灘」となると土俵の難所、つまり土俵際のことであろう。「われ」は割れ、「二つに分れる」で、引分けの意と砕けるとの意とがあり、小舟が割れるとの掛詞になっている。「相撲」が秋の季語。『点滴集』。

136

あたご火のかはらけ（土器）なげや伊丹坂

伊丹坂から池田の愛宕山の神社へ万燈を点《とも》して参詣する人々の、その万燈の火の光を遠望している。あそこでは火の神を祭る為に投げ松明《たいまつ》が行われる筈だ、と思いながら見ていると、同様の千日詣が行われる、同名の京都の愛宕山での土器《かわらけ》投げが思い出されてくる。

立っている所が伊丹坂だから、伊丹の名酒諸白《もろはく》、その土器で飲めるんだなあと思ったりもするのだ。

【鑑賞】

池田は大阪の北北西にあり、現在は兵庫県に入っている伊丹はその南で、約五キロメートル隔たっている。池田、京都に、同名の「火伏せの神」を祭る愛宕山があるが、行事は京都の方の千日詣が元で、池田の方の山名もこれに準じたのであろう。句はその両方に、同名同様の行事があることを踏まえながら、やゝ外し、更に「かわらけ投げ」の「かわらけ」から酒の縁で伊丹を出している。当時から伊丹は諸白で有名であった。かなり凝った技巧の作である。「あたご火」が七月二十四日夜の行事だから秋の季語。『点滴集』所収。

【参考】

当時攝津には各地に愛宕神社があり、同様の神事が行われたようであるから、或いは伊丹でも同様だったのかも知れない。とすれば、句意も「遠望」でないことになるが、伊丹に京都の愛宕山の土器投げをするような山があったとは思われないので、敢えて池田とした。但し池田に高地はあるが、山という程高かったとは思われない。京都愛宕山は市の西北方にあり、かなり高くて（九二四メートル）、それこそ登るに足が「痛み坂」である。この千日詣は旧暦六月二十四日で、その前夜、松明や挑燈を持って登山するが、山下から遠望すると、蛍火が絶えず続く様だったという（『日次紀事』）。伊丹諸白は、麹《こうじ》も米も共に精白したもので造った上等の清酒である。土器投げは谷へ向って投げ、舞うように遠方へ飛ぶのを楽しんだもので、今も行われている。

137

山《やま》もさらに小家《こいえ》がち也穂屋祭

信州の上諏訪・下諏訪の両方の明神社で同時に行われる御射山祭《みさやま》では、神主たちがその間籠る為の仮小屋である穂屋が多く目に付く。祭場の御射山が多くの穂屋で新しく蔽われて、山のようにも見えるので、穂屋祭と言ってもよいことだ。

【鑑賞】「山もさらに」は当時俳人によく用いられた語で、『伊勢物語』七十八段に、文徳天皇の女御多賀幾子の葬儀における多くの供物が「木の枝につけて堂の前に立てたれば、山もさらに堂の前に動き出でたるやうになむ見えける」から出たものである。「さらに」は「事新しく」の意。「山」はここでは御射山を言うが、それは両社の祭場の称で、真実の山ではない。「穂屋」は穂の出た薄で屋根を葺いた神事用の小屋で、これが多いので薄の山に見立てたのであろう、それで穂屋祭とも言った。この祭が旧暦七月二十六日から五日間行われるので、これが秋の季語。『点滴集』所収。

138

はたの面白《おもて》ぐ〳〵と見ゆるや神楽綿《かぐらわた》

神楽綿の花が白く咲き盛っているので、その畠の表面全体が白々と見える。その景色は譬えてみるならば、神楽歌の面白さに岩戸を少し開けて、中から天照大神が覗いて見られたところが、暗闇であった所へ光が洩れたので、神楽を奏する人は勿論、その側に並みいる八百萬《やおよろず》の神々の顔が一様に白々と見えたというのに似ているようだ。

【鑑賞】

神楽綿の畠の実景に、岩戸隠れの神話の一場面を重ねている。「はた」は畠と端（傍）とを掛け、「神楽綿」は神楽歌をもじっている。神楽綿は、枝に実が鈴なりになる形が、神楽で巫女《みこ》が振る鈴に似ている草綿の一種。「綿の花」が夏の季語。『点滴集』所収。

【参考】

岩戸神楽については、謡曲「三輪」に「八百萬の神たち岩戸の前にてこれを歎き、神楽を奏して舞ひ給へば（中略）日月光り輝けば、人の面白々と見ゆる、面白やと神の御声の妙なる始の物語」とある。

139

からくれなゐ地をくゝるとや茜堀《あかねぼり》

「からくれなるに水くくるとは」という古歌があるけれど、「水くぐるとは」と間違って読んだら、紅葉が水を潜るということになる。水でなくて「地を潜る」のはそうではなくて、茜草の根なのだ。茜掘りというのは、唐紅色の茜の根が地下を潜っていて、それを掘って取ることなんだよ。

【鑑賞】

『古今集』秋下の「千早振る神代も聞かず龍田川からくれなゐに水くくるとは」（在原業平）をもじった所に可笑味がある。「水くくる」は水で絞り染めにすること、「地をくゝる」とすれば、何かの根が地下を這うことになり、これを掘って紅色の染料にするということになるのである。業平の歌は、紅葉の色で水が唐紅色に染められた様に見えることを歌ったものである。唐紅《からくれない》は深い紅色で、韓渡来の色だという。「茜堀」が秋の季語。『点滴集』。

【参考】

「地をくるとや」と、わざと「地を括る」とふざけてみせたと解するも一興。

140

唐《とう》辛《がら》子《し》泪《なみだ》枝《し》折《をる》や鬼の角《つの》

唐辛子の余りの辛《から》さに、流石の鬼も角を折って涙を流し、参ってしまうことだ。

【鑑賞】唐辛子の色は赤鬼のように赤いのだろうし、鬼の角の形は唐辛子に似ている。「枝折」の枝は鬼の角でもあって、これを折るというのは、強いものが脆く降参することを意味する。「しおる」は「しぼる」と訓みが近いので、その点も工夫されたか、つまり涙を絞るというわけだ。「唐辛子」が秋の季語。『点滴集』所収。短冊他。

【参考】「畫賛十二ヶ月」にも、西鶴自画でこの句を書いている。句は「唐からし泪枝折そ鬼の角」。画は鉄棒を横に投出して、角を持った鬼が仰向きになって、手に持った唐辛子の枝に向って眼をむいている。又、句の前に次の前書きがある。

世の有様を見るに蛇のすし蓼喰ふむしも有

同「畫賛新十二ヶ月」の絵は、大鬼が鉄棒立てて、右手に唐辛子の枝を持っ傍に、小鬼二匹。前書に、

世の中に蛇の鮓も残さじ蓼すくむしもあれど

141

足もともやみには見ゆる月夜哉

月光の明るい夜更けに、月を賞でつゝそゞろ歩きをしている。真上にある月を見上げていて、一寸立ちどまって下を見ると、自分の体の前から足もとの方までが暗い。足元あたりが闇夜に見えるというわけさ。（自分の影法師も前に黒く短く見えている。）そんな月夜だよ。

【鑑賞】

「やみ」は月ばかりを見ていてその明るさに対して、足もとがひどく暗く見えるその対照を誇張して言った。「足もとも」は「足元さえも」で、足元だけではないことを示す。月は満月とは限らない。天頂を少し過ぎた頃であろう。つまり真夜中のそゞろ歩きであると思われる。「月夜」が秋の季語。『点滴集』所収。

【参考】

余り月が明るくて周りが暗闇でも足もとが見える、と訳したくなるところだが、それでは月が明るいのに暗闇とは不審で、何の事か判らない。すぐ判るようでいて、一寸ひっかけて迷いを生じさせる。難句である。

142

ふみならし人形つかひや駒むかへ（え）

人形芝居で駒迎えの場が演じられている。見ていると人形遣いが床板を踏み鳴らし、逢坂の関に役人が、東国から送られて来る馬を、逢坂の関に出迎える所を勇ましく演じている。

【鑑賞】 踏み鳴らすのは、人形遣いが履く高下駄で音を立てるので、恐らくは馬たちの蹄《ひづめ》の音を模してのことであろう。「駒むかへ」は毎年八月の行事であったから、これが秋の季語。『点滴集』所収。「短册」三点。

【参考】 「逢坂の関の岩かど踏みならし山立ち出づる桐原の駒」（『拾遺集』、秋、藤原高遠）が踏まえられている。駒迎えは平安時代の行事で、八月十五日（のち十六日）に献上馬を宮中馬寮の役人が出迎えるのである。

短册の一つには「八月十五夜に」の前書あり、何れも「人形つかひも」の句形。

143

おくり膳もかへるはし（箸音）をとや燕椀《つばめわん》

祭礼や法事などの宴に出られない人に届ける料理に、燕口椀を用いるのだが、それが戻される時に、先方の人の箸を置く音がする。それは秋になって帰る燕が、巣を造ってくれていた家の主人たちに別れを告げに来る時の嘴の音の感じだ。

【鑑賞】 二つのイメージを巧みに重ねている。人事と燕と。それを繋ぐのが「燕椀」という語で、黒漆椀の内側が朱色のものを、燕の口が赤いので言う。燕に縁があるのが「くちばし」で、嘴《くちばし》と箸とが掛詞になっていて、「箸音」と「嘴音」とで音通。「おくり膳」は燕の場合では、燕の南に帰るのを送って家庭で特に祝杯を挙げて食事をするのか、又は燕に特別の飼料を与えるか等が考えられる。「帰燕」が秋の季語。『点滴集』所収。

【参考】 「のど赤きつばくらめ二つ梁《はり》にゐてたらちねの母は死に給ふなり」（茂吉『赤光』）

144

野《の》の宮の別（れ）や旅と恋の外

京都の嵯峨野の野の宮に三年間籠られた皇女が、いよいよ斎宮として伊勢へ赴く為に参内して、天皇との御別れをなさる。これは普通の旅立ちの別れや恋の別れとは全く別《べつ》のものであり、羇旅の部にも恋の部にも入らない、神祇に入るべきものである。

【鑑賞】和歌・連歌・俳諧の部立《ぶだて》論の趣がある。「野の宮の別れ」は九月の行事なので秋の季語。『点滴集』所収。

【参考】斎宮には未婚の皇女が定められる。天皇との暇乞には、別れの櫛を賜わる定めで、伊勢下向には数百人の扈従《こじゅう》があった。斎宮の居処は伊勢神宮の境内でなく、少し離れた森の中にあり、年に何回か神宮へ参拝なさることになっていた。但し斎宮は後醍醐天皇以降は断絶された。

145

恋草《こいぐさ》や女舜挙《おんなしゅんきょ》か菊の花　書

恋心をその繁茂に喩えられた恋草という草が、もし実際にあるとすれば、中国元代の銭舜挙という名人の画風を継いだ、女舜挙と呼ばれた女流画家が描いた菊の花がそれだよ。

【鑑賞】女舜挙と呼ばれた画人が実際に居たかどうかは不明であるが、舜挙は実在の画家で、牡丹の絵を能くしたという。もと宋代の郷貢進士だったが、元代になって官途に就かず、詩画を専らにした舜挙は銭選の字《あざな》である。「か」の右傍に小さく「書」の字が添えられている（作者自筆かどうか不明）のは「描く」の意。「菊の花」が秋の季語。『点滴集』所収。

【参考】菊は奈良時代末か平安時代初期に中国から輸入され、江戸時代に大いに改良された。菊が何故恋草なのか、女舜挙と菊の花がどんな関係なのか等は不明。

146

華の頭《とう》や数有《ある》中の椿の房《ぼう》（花《はな》）

【鑑賞】花には色々と数多くある中で、最も優れているのが椿である。その様に、石清水八幡の神事「華の頭」は各房で行われるが、「椿の坊」での神事が最高である。

「華の頭」は神事の名称で、石清水八幡宮では、九月に社僧の弟子が剃髪して僧の仲間入りする加入式に、社僧を饗応する。この時、色彩美しい紙で草花を造って台を飾り、酒宴の興を添える為に神前や廻廊の傍に置くので、花の頭と言うのである（『日次紀事《ひなみきじ》』六月）。「坊」というのはここでは僧坊で、僧のいる宿所。「華の頭」が秋の季語。『点滴集』

［参考］

「此ノ月（九月）八幡ノ社僧花ノ頭ヲ修ス」（『日次紀事』）。（この九月の行事の説明は、六月の記事の後に、日を定めぬこの月の諸方の各種行事の記事の最後に出ているもので、この前に富士山の長い記事がある。そのついでか。）

147

念《ねん》佛《ぶつ》會《え》来《らい》世《せ》は遠し難波寺

難波寺、通称四天王寺でいま念仏会《え》が営まれている。信徒の衆が熱心に念仏を唱えて、後世の安楽を祈っているのだが、後生の極楽浄土は遠くて、そう簡単に行けるものではない。何しろ寺の名が難波寺で、救いの舟で彼岸に渡ろうにも波を凌いで行くことが難しいとあるように。

［鑑賞］

大坂の四天王寺の西門は極楽へ通ずると言われているが、中七の「来世は遠し」ということから、ここでは別称の「難波寺」としている。「難波」は難破を思わせもする。来世は死後の世界のことであるが、ここでは仏教でいう極楽浄土の意で、それは西方十万億土にあるという。「念仏会」は九月十五日この寺の六時堂で、創建者聖徳太子の霊を迎えて行われる法会。これが秋の季語。『点滴集』所収。

［参考］「来世は遠し難波寺」に似た語句に「初瀬も遠し難波寺」（謡曲「三井寺」）がある。念仏には「南無阿彌陀仏」と六字の名号を唱える。

148

木食《もくじき》の坊主おとしか姫くるみ

木食僧と言って、肉食を避け、五穀以外の木の実などだけを食べて修行する真言の僧たちがいるが、「姫胡桃」は名からして女っぽいだけでなく、強精の効があるので、折角禁欲の修行僧を堕落させるものかも知れないよ。

［鑑賞］「姫くるみ」は胡桃《くるみ》の一種。形美しく脂肪多く美味。実の形から特に姫くるみと言ったが、当時「くるみ」と言ったのはこのこと。「坊主おとし」とは僧を堕落させるものの意。「姫くるみ」が秋の季語。『点滴集』所収。

「名にめでて折れるばかりぞ女郎花われ落ちにきと人に語るな」（僧正遍照）を踏まえた作か、趣きが似ている。この作品辺りになると、技巧もかなり単純化され、作意が判り易くなっている。【参考】

149

足《あし》もとの朱《あか》ひ《い》時見よ下《した》紅葉《もみじ》

木の下の方は、日が暮れると上の方よりも早く暗くなるから、折角の紅葉見物なら、下の方の紅葉は、足もとが明るいうちに見なさいよ。

「足もとの朱ひ時」とは、足元の明るい時の意であるが、「下紅葉」との関係で、深赤色の意の「朱」の字を用いている。「足もとの明るい時」というのは諺で、物事は手遅れにならぬうちにした方がよい、というわけである。「下紅葉」が秋の季語。『点滴集』。次の【鑑賞】

草稿の西鶴筆「画讃十二ヶ月」二種には「あし元の赤ひ時見よ下紅葉」と書かれている。【参考】

「画賛草稿十二ヶ月」の画は、楓樹の下に烏帽子狩衣の二名が描かれ、前書に、呑くらしては間鍋に名残、山は夜のにしきぞむなし。

「画賛新十二ヶ月」の画も前者に類似。前書には、

間鍋に名残、はや山は夜のにしき、むなし。

とある。何れも、まだ酒が残っていて呑みたいのに、山の紅葉はもう暗くなって見えないの意。「間鍋」とは「燗鍋」のこと。

諺「足もとの明るい中」は次のようにある。

足下の明るいうちにとっととと帰らせられい（狂言「東西離」）

見のがいて進ぜう、足下の明るい中、とっととござれ（人形浄瑠璃「神霊矢口渡」）

150

河《かわ》の紅葉ふみ分《わけ》て鳴《なく》かじか哉

奥山の紅葉を踏み分けて鳴くのは鹿であるが、河の紅葉を踏み分けて鳴くのは「しか」でなくて「かじか」だよ。

【鑑賞】

明らかに「奥山に紅葉踏み分け鳴く鹿の声聞く時ぞ秋は悲しき」（『古今集』秋上、よみ人知らず、『百人一首』猿丸大夫）の上句を俳諧化した作で、「鹿」を「河鹿」とした所に可笑

味があるが、一句としても興趣がある。「河」は「川」より大きい流れ。広い流れの面一杯に散った紅葉が浮いて流れている。その紅葉を掻き分け、踏むように泳いでは鳴く鰍、その鳴く声は細く美しいのである。普通谷川の瀬にいるのであるが、字面の上で上五の「河」に下五の「河鹿」を合せ、紅葉の夥しく流れるイメージを考慮して「河」としたものか。「河鹿」は蛙の一種で河鹿蛙とも言う。これが秋の季語。『点滴集』所収。

151

江戸《えど》の様子《ようす》皆迄《まで》おしやるな山は雪

江戸での土産話は全部仰しゃらなくていいですよ。それより私が聞かせてほしいのは冨士山のことで、その雪の称子はどうでした？　冨士山の雪は定めしよい眺めだったろうと思うのですが、そのことを是非。

【鑑賞】

相手（ここでは沢井梅朝）に言い掛けた趣。西鶴が最も聞きたいのは、万年雪をいただいた冨士山を初めて見た相手の感想だったのである。元禄元年、其角が西鶴庵を訪れた時も「其角江戸よりのぼりたる旅すがたのかるく、年月の咄しの山、冨士はふだんの雪ながら、さらに又おもしろくなって」と書いていることでも、冨士山への関心の程が知られる

（『西鶴名残の友』巻四の四）。

但し掲出句はこのままでは「山は雪」が突然で判り難い。後になったが、この句には次のような前書があるので、それを読めば大体判ると思う。

此《この》通し馬、山坂こゝろ合《あはせ》てよき道の友。江戸は硯の海、難波江は筆の海、もと同じ水也。されば沢井梅朝子、冨士を爰《ここ》に見初《そめ》て、はたちにもたら《（足）》ざりし内に、其名は高根の桜、雲かさかりか、上野の咄し、口奥聞までもなし

江戸の様子皆迄おしやるな山は雪

前書の説明をすると、まだ二十歳前の沢井梅朝君が撰した此の俳書『江戸大坂通し馬』（延宝八年刊）の書名通り、梅朝君は人馬一体になって道中の山も坂も越して江戸へ行ったが、江戸も大坂も同じ談林の俳風である。さて梅朝君は江戸でも高名な俳人ゆえ、途中に富士山を初めて見たが、その山の雪は、雲とも満開の桜とも見えた筈。この感想をこそ聞きたいので、江戸の話は程々でよい。という意で、文には彼とは同門の友だ、という親しみの心をも込めている。句は「雪」が冬の季語。『江戸大坂通し馬』所収。梅朝との両吟歌仙の発句。

【参考】

梅朝撰のこの俳書は、彼の江戸行前後の、諸俳人との両吟歌仙二十巻を収めたもの。彼は延宝八年春江戸に下り、同年九月大坂に帰っている。

以上長々と『点滴集』所収句が続き、ここに至ってそれから脱したが、『点滴集』は先

述の通り、編者、刊年共に不詳、西鶴序あり、序に「延宝」の二字のみ。

延宝年中（年数不明の作品）

152

爰《ここ》ぞ萬句誹諧名所の桜塚

桜の名所は吉野と決まっているが、此処こそ、西吟が万句俳諧を興行した、俳諧の名所桜塚なんだぞ。

［鑑賞］ 西鶴と同門であり俳友でもあった水田西吟が、桜塚の落月庵で桜万句や羊躑躅万句を興行した。それを祝って、最上級の賞め言葉を呈したもの。桜塚という地名がそれに一役買っている。「桜塚」で春の季語、『庵桜《いほざくら》』所収。『庵桜』は落月庵西吟篇。貞享三年《一六八六》刊。西吟が知友から送られた句を編したもので、巻末に編者自身の独吟歌仙を付す。

［参考］ 西吟が桜塚（現豊中市桜塚）に落月庵を営んだのは、延宝三、四年頃。掲出句はその頃の作か。なお西吟は『好色一代男』の跋文を書いたことでよく知られている。この作品が転

合書と称されるのはこの跋文に始まる。句の「萬句」とは、一巻百韻で、それを百巻も独吟したもの。

153

団《まどか》なるはちすや水の器《うつわもの》

延宝のとし、団水と改名せられし夏の比《ころ》。

真丸の蓮の花は、水を入れる器物にふさわしいのだよ。句中に君の新しい号の団と水とを詠み込んだが、私の句の心は、君が「水は方円の器に随う」という諺のように、素直に指導に従ってゆくならば今後の上達疑いなしという積りだよ。しっかりやってくれ給え。

【鑑賞】 祝意と激励との心を門弟に贈った句で、団水の新号にふさわしく、その文字を巧みに詠み込んでいる。団水の旧号は不詳であるが、用いられた諺から考えると、恐らくは温順な人柄であったのであろう。「蓮」が夏の季語。団水編『秋津島』（元禄三年《一六九〇》跋）所収。作者名「難波西鵬」とある。

【参考】

団水は西鶴より二十歳も若い。西鶴を師と仰ぎ、俳諧の外、浮世草子も数篇書いている。師の没後、居所京都から大坂に移り、西鶴庵を守ること七年、その間師の遺稿を整理、刊行しているし、西鶴の十三回忌を行ったりもしている。「団水」の新号も西鶴が与えたと思われる。但し作家としての才能は十分なものではなかった。『秋津島』は団水編の俳諧撰集、元禄三年《一六九〇》跋。貞門・談林・蕉門の句を主とし、自分の発句を三十余載せている。

154

鑓《やり》梅《うめ》の道具落しや花の風

淡紅色を帯びた白い鑓梅の花が咲いている。そこへ風が吹きつけて花を散り落す。してみると花に吹く風は、鑓梅の鑓を搦《から》め落す武器なんだな。

【鑑賞】鑓梅と言って梅の一種に過ぎないのだが、その名に興味を持って、一寸大げさに面白く表現してみたのである。「鑓梅」が春の季語。『堺絹』所収。『堺絹』は堺の浅井正村編の俳諧撰集で、諸家の四季発句を集めたもの。延宝末年刊か。「短冊」にも。

【参考】槍は室町期以後太刀・刀と共に、たゞ「道具」と言ったという。武具の主たるものだったからであろう。この句でも「道具落し」の「道具」は槍を指す。類句「鑓梅も凪には道具落し哉」（大坂春遊『続山井』寛文七年《一六六七》刊）

155

しばしとて高足《こうそく》とまれ柳かげ

蹴鞠の場で高々と鞠を蹴上げた方よ、柳の木の下で、しばらく休むつもりで止めた方がいいよ。そうしなさい。

【鑑賞】蹴鞠《けまり》（しゅうきく）は昔の貴人の遊び。本来は七間半四方を限って四隅に桜・柳・楓・松を植え、その中で革沓《かわぐつ》を履いた数人が、軟らかな一つの革の鞠を、地に落さぬように蹴り上げ続ける遊戯。平安末以後盛んになった。「高足」は高く蹴上げることであるが、ここではそうする人のことと見た。句の表現は、古歌「道の辺に清水流るる柳蔭しばしとてこそ立ちとまりけれ」（西行、「新古今集」夏）を踏まえている。「柳蔭」春の季語。『堺絹』（正村編、延宝末刊か）。

【参考】蹴鞠は、現在では神社の境内などで行事として時々行われている。句は、暫くの間高足の蹴り方を中止してほしいと解するも可か。その場合「柳かげ」は蹴鞠の場ということになろう。

156

風鳥《ふうちょう》の身やそれながら烏賊幟《いかのぼり》

風鳥という鳥は、尾羽を広げるとそれが薄の穂の様で、凧の尾にも似ている。風に乗って舞う様に飛ぶということだから、海中を自由自在に泳ぎ迴る烏賊にも似ているので、その身そのままが関西でいう「いかのぼり」、つまり凧なんだ。

【鑑賞】

風鳥は極楽鳥のことらしく、延宝六年三月にオランダ商人が将軍家綱に貢物としたものというから、風評のみで、一般人はまだ見ていなかったと思われる。西鶴も聞いて、そりゃ面白いと、想像したのであろう。「烏賊幟」は関西でいう凧のこと。春の季語。「短冊」。

【参考】

風鳥の原産地は濠州、ニューギニア。尾羽は上紫下黄で薄の穂に似ているという。風に向って口を開け、空気を吸うだけで餌を食べない、という噂があった。別の短冊に、

風鳥や身はそれながら烏賊幟

と記すが、句意に大差はない。たゞこちらは風鳥そのものに力点があり、掲出句はその姿に力点があるので、こちらの方がよいと思われる。なお風鳥は名前から想像するに、体内が中空らしいから、遊廓で使い果して巾着の中が空っぽの男が風鳥さながらだと解するも面白い。そんな男を「烏賊幟」とも言ったそうだから。

157

大《おお》ぶりや修行者埋む炭がしら

外は大降りの雪で、修行者を埋めんばかりに降りしきる。そこでようやく入れて貰った家の囲炉裏端で、炭火のもてなしに与《あずか》るのだが、炭としてくべられたものは随分大振りのものだし、本当の炭ではなさそうで、ひどくくすぶる。やむなく修行者はそれを炭の中に埋める仕儀となる。

【鑑賞】

掛詞がよく用いられていて「大ぶり」が「雪の大降り」と「炭の大振り」に、「炭がしら」の意味が「よく焼いていないので煙る生炭」と「大ぶりの炭」にと、夫れぐ掛けており、「炭」が修行者の墨染姿を思わせ、「埋む」がその姿を雪が埋めることを思わせる。句のイメージは謡曲「鉢の木」に依っていて、修行者は最明寺入道北條時頼の忍びの姿で、佐野源左衛門尉常世の落ちぶれた家に大雪の難を避け、暖をとらせて貰っている場面である。炭さえない常世は、客が誰であるか判らないのに、秘蔵の梅・桜・松の鉢の木を切って火にくべるから、煙るのは仕方がないが、その人間味は時頼を感動させる。従って後に痩馬に乗って鎌倉へ馳せ参じた常世は、時頼から多大の恩賞を受領することになるのである。この出典に頼らずとも、句は大雪の夜の一切を巧みに表現している。「炭がしら」が冬の季語。『山海集』（西鶴に親しい俳友斎藤賀子編、延宝九年序）所収。「画賛十二ヶ月」にも。

［参考］

「画賛十二ヶ月」の同句に次の前首あり。

何国ぞ爰ハ佐野の夕風のはげしきに、松梅桜をきりて火ばしのもてなし、それハ是。

画は左下に、笠を冠り杖をついて雪中を歩く墨染姿の修行僧を描く。謡曲『鉢の木』の一部を次に記す。

今は我のみわびて住む、家桜きりくべて緋桜《（火）》になすぞ悲しき、さて松は（中略）、薪となるは梅桜、切りくべて今ぞ御垣守、衛士の焚く火はお為なり、よくよりてあたり給へや。

（一六八一）

158

天和元年　四十歳

見《み》開《ひらく》や古暦《これき》の大全代々のはる

新春に「古暦便覧大全」というタイトルの暦を開いて、目を見開いて広く見るのだが、将軍家歴代の泰平無事の春が一目瞭然で、めでたく有難いことよ。

【鑑賞】句全体から太平で晴々とした感じがするので、新春の作ではなかろうか。将軍家でなくてもよいのであるが、当時は身近に感じ、誰しも諳えようとするのが徳川幕府だったから句意の如くした。「見開く」は左右の頁を一度に見るのと、目を見張るとの意を掛ける。「春」が季語。『それぐ＼草』（延宝九年刊、太田友悦篇。諸家の句を集録したもの）。

【参考】貞享元年迄は宣明暦。同二年より新暦。「古暦」は室町末期から近世初期迄の暦日を記した暦書。

東武心ざしの時、難波の俳宗残らず梅翁庵に興行。

159

此《この》たびや師を笠にきて梅の雨

この度江戸へ旅立つことにしたが、出立に際して、先師西山宗因、即ち梅翁の俳徳とその名声とのお蔭の下に、梅雨空を笠に凌いで出かける決心をしている。

【鑑賞】
西鶴は梅翁を師と称していたが、梅翁は天和二年《一六八二》三月二十八日七十八歳で没した。この前年九月までが延宝九年で、この年に梅翁庵で、五月十九日に大坂の宗匠が集まって「梅の雨」百韻が興行されている。その発句がこの掲出句で、西鶴東下送別の句会であったらしい。実際の東下りはその翌月末頃でなかったかと推測されている。（野間光辰『西鶴年譜考証補删』参照）。句の「此たび」の「たび」は度と旅とを掛け、「笠」と「梅の雨」とは縁語で、「梅」は梅翁の意を寓している。折しも梅雨の頃であったが、「雨」はここでは慈雨、又は恩恵の意の雨露の意をも表している。「梅雨」は五月雨とも言い、夏の季語。「短冊」二種。『梅能《の》牛』（延享四年《一七四七》一浮斎盛永編）所収。

【参考】
嘗《かつ》て掲出句は、鶴永を西鶴と改号した時の作と考えられていたが、誤りである。また前書に「先師」とある短冊の「先師」は、故人を指すのが普通であるから、この短冊は宗因（梅翁）

没後に書かれたのではなかろうか。二つの短冊を同時期に書かれたものと見ない方がよいと思う。「笠にきて梅の雨」を「笠に着て梅雨」と書いてもいる。また「梅能牛」には「此度や師を笠に着て梅の華」とあるが「華」は誤記である。
※同句他に二種あって、その前書を参考として次に掲ぐ。
　梅翁先師興行の時（短冊）
　西山梅翁庵にて（梅能牛）

天和二年（一六八二）　四十一歳
この年、浮世草子『好色一代男』刊行。以後発句の作が少なくなっている。

160
皺箱《しわばこ》や春しり皃（顔）に明《あけ》まい物

目の前に皺箱がある。見るからに皺腹を思わせる。今日は元日だが、いかにも新しい春が来ておめでたいと、わざとらしい顔付きをして開《あ》けてはならぬことは確かに判っているのだが、やっぱり開けてみたい。恐らく中には皺が一杯つまっているんだろうな……。

【鑑賞】

人生僅か五十年というのが当時のこと、新年になったからとて喜んでばかりは居られない。何しろ四十歳を越してしまったのだから、やがて自分も皺だらけの顔になるんだ。この箱には残る年と皺とが入っている！「皺箱」とは作者の造語で、「皺」は「皃」との縁語で、皺のよった紙を貼った蓋《ふた》の箱の意か。「明まい物」は「開けないでおこうとは心で思ってはいるのだが」の意で、余韻を残す。「春」が季語。『犬の尾』（松花軒蛇鱗編、天和二年正月刊、大坂談林派俳人百人の歳旦発句集）所収。「自画賛」「短冊」にも。「短冊」には「元日」の前書、「自画賛」には、

老てもまた、難波の浦めづらしき若水、元日。

の前書がある。画は、船尾に法体の男と釣竿を持った白髪の翁とが相対して坐している所。また「短冊」の銘は「鶴翁」とあるから、高齢になったことを意識したと思われる（「自画賛」の銘は「西鶴」）。

【参考】

浦島太郎の故事伝説を踏まえている。玉手箱を明けたら煙が出て忽ち老翁になったのを、箱の中に皺が入っていると洒落れた。

161

大晦日《おおみそか》定めなき世のさだめ哉

今日はもう年の終りの大晦日である。人の世にはもともと何の決まりもない筈なんだが、それでも今日は金銭のやりとりの總決算の日と決められている。妙なことだが、そうなっているからには避けようがないよ。

【鑑賞】

「定めなき世の定め」という矛盾的表現が面白い。「君はなほ背きな果てそとにかくに定めなき世の定めなければ」（『新葉集』雑下）という古歌のもじりだという説もあるが（野間光辰）、西鶴の真意がこもっている作なので、自然に作者の口に浮んだ表現と見たい。二種ある「画賛」の前書に、

よし田の法師が書出しも、今もって同じ年のくれぞかし（画賛新十二ヶ月）

よし田の其人、つれぐ〜草に書出し、世間は其時も今も（画賛十二ヶ月）

とある所を見れば、発想は『徒然草』にあることは確かである。後者の画には二人の投頭巾姿に草鞋を履いて歩いている人物の一人が腰に大福帳を、他の一人が提灯を持っている。左端には門松様のものが描かれているから、明ければ正月元日で、夜更けまで掛け銀金取りをしている図である。『つれぐ〜草』には、

「つごもりの夜、いたうくらきに、まつどもともして、夜《よ》中過《なかすぐる》まで人の門たゝきはしりありきて、何事にかあらん、ことぐ〵しくのゝしりて、足をそらにまどふが、あかつきがたより、さすがにおとなく成ぬるこそ、年のなごりもこゝろぼそけれ」（十九段）とある部分がそれに当る。「大晦日」は「大三十日《みそか》」で、普通「おほつごもり」（月籠り）と言い、「大」がつくので一年の最終日の意となる。これが冬の季語。「短冊」「画賛」二種、『三ケ津哥仙』（松水軒如扶編天和二年《一六八二》刊）、その他『蘆分船』（立羽不角編元禄七年《一六九四》跋）、『一枚起請』（也蘭編宝永五年《一七〇八》刊か）、『類題発句集』（五升庵蝶夢編安永三年《一七七四》刊）に所収。

【参考】

「取遣《とりやり》の書出し足を空に行かひ、さだめなき世のさだめとて（中略）此一夜はこえがたくて、さはぎあへり」（西鶴『好色盛衰記』巻一の三）。「書出し」とは元帳から書き抜いた代金請求書のことをいう。

162

七十八《しちじゅうはち》や八十八夜なげきの霜

西山梅花翁、天和貳年の年の春、うき世の花を見はてたまひしに、其面影をうつし侍る。其のするに、

先師西山梅花翁は天和二年三月二十八日、即ち晩春に七十八歳で逝去なさった。その日は丁度立春の日から数えて八十八日目、即ち八十八夜に当って、霜の降る最後の日である。私たちの悲しみは一方ならず、歎きの涙に暮れ、お別れを惜しむのだが、八十八夜の「別れ霜」も私たちにとっては「歎きの霜」だ。

【鑑賞】「七十八や」「八十八や」と、語調を揃えたところが巧みであり、八十八夜の「別れ霜」「忘れ霜」を「なげきの霜」と言い換えた点が面白い。また暦法にうまく合った「八十八夜」にも感心する。「八十八夜」が春の季語。「自画賛」。画は宗因晩年の老僧姿である。

【参考】前書に柿本人麿の辞世歌と伝える「石見のや高角山の木の間より浮世の月を見果てつるかな」に依った部分がある。西鶴自身の辞世句（後掲）にもそれがある。

神風しづかなる伊勢の海、向ふはあったの松が枝枝ならさず、千年の色をましてや、蓬萊の山をうつして諸鳥集る中に、宮雀成就開板の折から、両吟歌仙の心ざし、兼頼もとは桑名に住なれて、俳諧の道筋すぐなるを、神もうけたまへばこそ一集に曇りなく、和光のかげは春日を爰に、今ぞ栄ん南の岸、猶北は東海道、往来の人、船まちえたる酒機嫌、三国一の日和也。

163

南《みなみ》は桑名北の藤波やすく渡し

（熱田神宮関係の俳書『熱田宮雀』の編者である樋口兼頼氏は、もと桑名住で、今は熱田住だ。）桑名は、熱田から言えば、南方から行こうとすれば海上七里だ。それに対して北廻りで陸地を津島（古名藤波）まで行って、その近くの佐屋から舟で行ったら僅か三里だから、その方が安心して行ける航路ということになる。

［鑑賞］ 兼頼が熱田に移住したのは寛文末年頃らしいから、『熱田宮雀』刊行は、同書下巻所載の西鶴との両吟歌仙の行われた天和二年頃までは十年くらいの隔たりなので、兼頼の居所の移動に関心しての作でもあると思われるが、後述するように、作者自身の帰路を思っての作であろう。

表現としては「南」「北」の対比、「桑」と「藤」の植物名、「波」と「渡し」の縁語に工夫が見られる。「渡し」は動詞の連用中止形で、余情を持たせたものか。前書の中に「今ぞ栄《さかえ》ん南の岸」とあるのは、古歌「補陀落の南の岸に堂建てて今ぞ栄えむ北の藤浪」（「新古今集」巻十九神祇）に依ったもので、「藤浪」が津島の渡しを指しているから、初五（字余り）中七は熱田から言ったことで、句の「渡し」は観音の浄土補陀落《ふだらく》への渡船場の意味を含んでいるとも考えられる。なお此の天和二年春に西鶴は江戸に下り、帰途熱田に立寄った。そこで先述の兼頼との両吟歌仙を巻いた後の大坂への帰路を、南廻り北廻りの何れにしようか、北廻りがよさそうだの気持をも句に籠めたのであろう。「藤浪」が春の季語。『熱田宮雀』（桶口兼頼編、延宝五年《一六七七》成）所収（同書に他に西鶴の発句七句を収める）。

【参考】

前書の要旨以下の通り。

伊勢湾に臨む伊勢神宮も、熱田神宮も、仙境の加く永久の静謐を保っているが、折しも、熱田住の兼頼氏編の『熱田宮雀』が刊行されることは誠に喜ばしいが、この機会に編者が私との両吟歌仙をとの御希望である。この編者兼頼氏は元々桑名住の人で、俳道における正しさを神も御承知故に、此の編著に一点の曇りもない。仏も春日大明神も見そなわして、此の熱田は益々栄えることであろう。さて私はこれから帰坂するが、北廻りの東海道を通って、日和もよいことだし、よい機嫌で佐屋から船に乗ってゆくことにする。

なお西鶴の地誌『一目玉鉾』巻二に「熱田社」「船番所《ふなばんしょ》」「桑名」の順に項立てのある部分があって、それぞれに簡単な説明文がある中で、「船番所」の項に、

七つかぎりに舟留《ふなどめ》、日和次第に佐屋の里へまはる也。津島の祇園、見沼の内海《うつみ》ちかし。

七里の横わたし、左は大海、右新田《しんでん》鍋田越《こえ》。

とあるのは、この時のメモに依った文ではなかろうか。

164

松しまや大淀の浪に連枝《れんし》の月

いま松島の佳景を前にしている。島々の間の静かな波上に映る月は殊に見事である。ところで仙台には大淀の三千風がいて『松島眺望集』を刊行する筈である。彼の郷里は伊勢の射和ということだから、伊勢の海の大淀の浜に近く、そこでも波に映る月を眺めたことがあるに違いない。私と彼とは年齢も近く（三千風が三年年長）、親しくもあるから兄弟と言ってもよく、私が眺めている月と彼が見ていたであろう月にしても、兄弟と言うべきだろう。

［鑑賞］三千風に親しい気持を表現している。「連枝」は兄弟の意。月が兄弟ということで二人の関係を象徴している。三千風は「大淀の三千風」とも呼ばれているが、「大淀」の淀は水が流れていない静かな状態の意でもある。「月」が秋の季語。『松島眺望集』三千風編（天和二年刊）所収。

［参考］元禄二年刊西鶴の地誌『一目玉鉾』巻一「高木」の項に、

是より松嶋につゞき、嶋浦の風景何国《いづく》はあれど、爰の詠《なが》めにあかぬ所也

とあり、「月見崎」の項に、

浪間の月同じ影ながら爰は殊更に

と賞《め》で、「松嶋」の項には、二首の古歌のみを紹介している。その一首を記す。

松嶋や汐扱蜑《しほくむあま》の秋の袖月は物思ふならひのみかは（『新古今集』巻五、鴨長明）

芭蕉も元禄二年《一六八九》『おくのほそ道』の旅の紀行に名文を残していることで有名。三千風は元禄二年までの七年間諸国を遊歴して『行脚文集』を著した。他にも著書がある。延宝七年《一六七九》三月に、二千八百句独吟矢数俳諧を興行して西鶴の賛辞を得た（『仙台大矢数』跋）。その文の終りに西鶴は、

ひろまるや三千世俗随一花

の句を記している。但し三千風の号はその興行以前からのものであった。俳風は雅趣に乏しかった。

天和三年（一六八三）　四十二歳

165

此春の花見姿をおもひやられて、

衣装《いしょう》法度《はっと》桜になげく生れ時

正月早々から二度も衣裳法度が公布された。桜も近く見頃を迎えることだが、これ迄は花見小袖などで美しく着飾った女たちの姿も見られて楽しかったが、この分ではそれがどうなることかと今から思いやられて、咲き始めた桜を見るにつけ、生れ合わせた時が悪かったと歎かずに居られないよ。

［鑑賞］「衣装法度」は華美な衣裳は罷りならぬという法令。「桜に」は桜の咲く頃を前にしての意。「桜」が春の季語。「短冊」。

［参考］衣装法度はそれ迄にも度々出されていたが、綱吉の治政になって厳しさを加え、天和三年正月廿七日、二月廿四日と二度も出された。正月には西鶴の役者評判記『難波の皃《かお》は伊勢の白粉』が刊行されている。

梅の難波風すこし匂ひも人にきけかしと思ひしに、又阿波に増《ます》花有。奥野の梅花はじめて葎友道をたづねて、

166

意《い》味《み》ふくむ今俳諧や雪の梅

今日流行の我々の俳諧は、詞新しく趣の深い俳諧で、更に発展すべき意味合いを含み持っている。それは雪中の梅花の如き、清純な色香を持つ奥野の梅花、即ち新鮮な感覚の持ち主、あなたに待つものである。期待する所多大であるから、しっかりやって頂きたい。

【鑑賞】

阿波徳島の葎友が天和三年頃に大坂に来て、西鶴門弟の団水に逢ったことが知られているが、その折に西鶴にも逢ったとは考えられないだろうか。確実には、西鶴に元禄三年夏に逢っているが、この時西鶴に入門しているらしい。さて掲出句はその何れの年か定かでないが、前者と見て、その折に入門の意志を語ったものと考えておく。句中の「梅」には梅翁西山宗因の意を含ませているか。即ち「雪の梅」は、今はまだ雪に埋もれているが、そのうち梅翁に次ぐような開花を見せようという期待と見たい。それが上五「意味ふくむ」と呼応するのではないか。「雪の梅」が冬の季語。「自画賛」。

【参考】

「画賛」の絵は、梅の古木の一枝が左上方へ斜に長く伸び、数輪の花を付けた墨絵。前書の要旨は、大坂の梅翁（宗因）の俳趣を感得する人があってもよいのにと思っていたところが、阿波に、大坂の俳人に優る奥野村の葎友がいた。この人が始めて私に俳道の教えを乞うてくれた、というもの。西鶴は恐らく葎友の才を見込んだのであろう。のち元禄三年十一月に西鶴は鳴門見物に阿波を訪れ、彼らと会って俳諧の興行をも行っている。奥野村には実際に梅の名木があるので、その折に西鶴はそこへ案内されたかも知れない。

167

神誠《かみまこと》をもって息の根とめよ大矢数

貞享元年（一六八四）　四十三歳

神よ、私はこれを限りとして最後の大矢数俳諧に挑みます。私の誠心誠意の決意を御受納下さって、偽りのない神の御力を賜わり、私が始め、以後私に追随して矢数俳諧を競う者が何人も出て来ていますが、その大矢数をこれ限り今後根滅するよう。といいますのは、他の誰にもに追随を許さぬ程の記録が達成できる力を、私にお与え下さますようお願い申し上げる次第でございます。

【鑑賞】

西鶴は速吟を得意とする人であった。延宝三年《一六七五》妻の死後、初七日に追善として独吟一日千句を手向けているが、矢数俳諧としては延宝五年の一日一夜千六百句、同八年四千句と句数を増すうち、方々に競争者が現われるのを振り切って、この貞享元年には古今未曽有の二万三千五百句独吟を達成したのであった。何れも社寺の境内での興行で、一巻が百句単位である。この二万三千五百句独吟を限りに、矢数俳諧は文字通り他者の「息の根」をとめたのであった。「息の根をとめる」とは、本来は生命を絶つという意である。この二万三千五百句興行は住吉の神前で行われた。「大矢数」とは「矢数俳諧」の大なるもので、三十三間堂で毎年行われる命中矢数を競う行事に、俳諧の方で準えた命名に、更に「大」を加えたのである。住吉の神は古来和歌の神として崇められて来たので、特にここを最後に定めたのであり、「誠をもって」は、神の誠と自分の誠を以ての意を重ねたのであろう。この句で西鶴の気宇がいかに壮絶なものであったかが窺い知れよう。「大矢数」が五、六月だったから夏の季語。『百回鶴の跡』（谷素外編、寛政四年《一七九二》刊）所収。

【参考】

其角著旨原編『五元集』（延享四年《一七四七》刊）の書入れに「俳諧の息の根留めん大矢数」とあるが出所不明。轍士著『花見車』元禄十五年《一七〇二》刊に、

射て見たが何の根もない大矢数

とあるのは、実行後の空虚感を表現していると言われている。事が大きかっただけに空虚感も甚だしかったと思われるが、それよりも、さっぱりと未練を絶った気持が私には感じられ、そこに西鶴の人柄が偲ばれると思う。但し「短冊」に「神力誠を以て息の根留る大矢数」とあって、「二万翁」と署名があり、以後暫く二万翁と自称していたことも事実である。

貞享二年（一六八五）　四十四歳

この年『西鶴諸国ばなし』『椀久一世の物語』を出版した。発句の尠《すくな》いのは浮世草子執筆の故であろうか。なおこの頃になって作品数が少なくなって行ったのには、別の理由があったと考えられる。

168

梢《こずえ》は常也人に花さく初衣裳

梢は常数といって、自然のきまりに従って、花を付けたり緑一色になったり、枯枝ばかりになったりで、一定不変の姿を繰返す。それに対して人間に花咲くのは新年の晴着を着る時だけである。その時だけは花が咲いたように、人間は美しくなることができる。

【鑑賞】木の梢と人間とを対比させた作である。「花」「初衣裳」共に春の季語。『稲筵』（鈴木清風篇、貞享二年序〈一六八五〉）所収。

169

何《なん》と世に桜もさかず下戸ならば

貞享四年（一六八七）　四十六歳

どうだろうね、世の中に桜も咲かず、酒も飲まない下戸だったとしたら。

【鑑賞】余情として、春は桜が咲いて酒も飲めてこそ楽しいのだが、今のように、桜が咲いても美しい花見衣裳の女たちの姿は見られないし、桜見の莚で酒を飲んで騒ぐ楽しさを味わうことも出来ないなんて、実につまらないじゃないか。いっそのこと、桜が咲くこともなく、下戸であった方がましだと思うがね。ねえ、そうじゃないか、の意を含む。「何と」は他に言い掛けて同意を求める感動詞的連語。前年以来の衣裳法度の不自由さをボヤいた句。
「桜」が春の季語。『好色旅日記』（浮世草子、片岡旨恕著か。貞享四年刊）所載。

［参考］

『好色旅日記』の文中に、渚の院で業平が有名な歌「世の中に絶えて桜のなかりせば春の心はのどけからまし」を詠んだことを想起した記事があり、そこにこの句が記載されている。その古歌は春の心の楽しさを逆説的に表現しているのだが、本句はむしろ、此の春はつまらないというのである。

「懐紙」「御船屏風」にも書かれて居り、それぞれに次の前書がある。

むかし男の詠《なが》め残せし、かた野の花に行《ゆき》て、ひとつなる口にまかせ（懐紙）

むかし男の詠め残せし、かた野の里の花に来て（屏風）

「むかし男」とは業平のこと。「ひとつなる口」とは、「酒も少しはいける」の意。西鶴は余り飲める方ではなく、むしろ餅好きだったようである。又、掲載句の上五を「よの中に」と変えた句が『塵袋』所収。その前書「かた野の花にまかりて」。

貞享年中

「此ごろの俳諧の風勢気に入不申候ゆへ、やめ申候」（医師真野長澄あて書簡、貞享五年か）

君《きみ》が春や万《下》ざいらく万《下》歳楽

春風駘蕩の新年、これぞ我が君の、世に満ち溢れるよろこびのおめでたい春に他ならない。この春がそのまま千年万年と続くようお祝い申し上げます。

【鑑賞】
国歌「君が代」に優る喜びに満ちた作。右傍に音程を低く下げるように指定した小文字が書かれているのは、そのまま謡曲にあるのであろう。尤も「万歳楽」は雅楽の曲名であり、能の「翁」は、新年など重だった儀式的な演能の時、家元が最初に演ずる古能楽で、その詞に中七座五の各六文字の語があるので、いかにも新春にふさわしい表現になっている。「君が春」が季語。「短冊」。

【参考】
次の画賛二種にもこの句が書かれており、右傍には胡麻点が付してある。前書には、
あゝら目出たや、物に心得かたる俳諧師にはあらねども、幸一句心にまかせたり（画賛新十二ヶ月）
あゝら目出たや、物に心得たる俳諧師にはあらねども（画賛十二ヶ月自画賛）
右の絵の構図は何れも、頭の長い福禄寿が拂子を前方上につき出して（つき出すのは特に後者）舞うところを左に描く。

謡曲「翁」は世阿弥以前からあるもので、最古の貴重な能なので滅多に演ぜられることはない。正月の初日から四日目までと、「法会舞」「十二月の往来」など、めでたい機会に演ぜられ、それ〴〵詞章に殆ど違いはなく、何れも同じく「とう〳〵たらり〳〵ら」と始まり、「處《ところ》千世までおはしませ」という語を含み、終りは「千秋万歳の歓びの舞なれば、一舞まはう、万歳楽、万歳楽、万歳楽、万歳楽」で結ばれる。なお「君が春」の「君」は、天皇、将軍の何れともとられるが、作者の意図不明。

171

夕《ゆう》立《だち》やあがりをうくる油糟《かす》

（受）

夕立が一しきり降っている。雨が上がったら、お蔭で商人は相場の上った油糟で一儲けするわけだ。というわけは、夕立は豊作を約束するから、夕立があると百姓は田畑に肥料の油糟を入れるに忙しくなる。商人は競って油糟を買おうとする。それで油糟が高価になるのだ。

【鑑賞】

「あがり」は夕立がやむ意と、物価が騰貴する意とを掛ける。「うくる」は「受ける」で、（恩恵を）蒙るの意。「油糟」は菜種・胡麻などの種子を絞って油を採った後の糟で、肥料や飼料や燃料等に用いる。「夕立」が夏の季語。『浄久俳諧書留』（三田浄久は、元禄元年《一六八八》没）所収。

【参考】

浄久は掲載句に次の付句をしている。「夏野の田綿いそぐ百姓」。百姓が木綿の畑でせわしく働いている様である。浄久は河内国柏原の人で貞門。柏原は木綿の産地であった。

長羽織、人のすがたもかはる所ぞおかし。是をおもふに、

172

剃《そり》さげあたま世の風俗也けふの月

羽織の丈が時代や所によって長くなったり短くなったりで、今また長いのが流行る。そのように、鬢《びん》（頭の両側面の髪）の剃り方も今の流行は、後頭部まで剃り下げて鬢を細くする糸鬢《いとびん》で、それだけに月代《さかやき》の部分が広い。今日の名月を仰いでいる人々の頭が皆それなんだが、その頭、曇りのない真ん丸の名月に似ているよ。

【鑑賞】

頭の両側の鬢が細いほど禿頭に近くみえようが、これを派手とする風潮があった。尤も厚鬢は暑苦しく野暮ったくもある。この句は「けふの月」が「剃りさげあたま」の様だと

言わんばかりのおかしみを見せている。「今日の月」が秋の季語。「画賛十二ヶ月」「短冊」。

【参考】短冊には「名月」の前書あり、「画賛十二ヶ月」の画は左半分に、山上に出た満月を糸鬢の二人が遠く見上げている。腰には長い刀を差している。

173

牢《ろう》人《にん》や紙子むかしは十文字

紙子一枚の貧乏浪人、あれだって昔は上品な十文字紙子を着る羽振りのよい身分だったし、ひょっとすると十文字槍を供に従えた、かなりの武士だったかも知れぬ。

【鑑賞】「牢人」は浪人。まだ奉公しない武士をも言うが、ここでは主家を失い俸禄を持たぬ武士のこと。当時は全国的に浪人が多かった。「紙子」は枝渋を塗った厚紙を日干しにしてから夜露に晒《さら》し、揉み柔らげて作った着物で、紙子浪人と言えば、そんな粗末な着物しか着られない貧乏浪人のこと。「十文字」とは美濃紙製の丈夫で上品な十文字紙子と、十文字槍（穂に左右に突き出た枝があって十字形をなす槍）との両意があり、この句ではその両意を掛けているものと見る。「紙子」が冬の季語。「画賛十二ヶ月」「短冊」。

【参考】

「十二ヶ月」の画は、左下に、紙子羽織の上に編笠が置かれていて、脇に刀がおかれている。人物はなし。

174

初日《しょにち》の花俳諧中間より銘々木々　西鵬

元禄元年（一六八八）

元禄元年刊行の浮世草子は『日本永代蔵』『武家義理物語』『嵐無常物語』『色里三所世帯』『好色盛衰記』『新可笑記』等。

【鑑賞】

歌舞伎芝居の幕明けの日に、ひいきの役者に纏頭《はな》を贈ることだが、私の関係する俳諧の仲間から贈るのは一様ではない。相手の役者も金品も、皆それぞれの気持のありようで違っている。それは初めて花が咲くのが、木によって区々《まちまち》であるようなものだ。

「花」に「纏頭《はな》」を掛け、「木々」は「気々」に掛けて、句全体がそれに伴って比喩仕立てになっている。「花」が春の季語。「短冊」。

【参考】 元禄元年二月綱吉の息女鶴姫の諱《いみな》を避けしめる為に鶴字法度が出され、元禄四年三月まで西鶴を西鵬と改号した。また先述したように書翰に「此ごろの俳諧の風勢気に入り申さず候ゆへ、やめ申し候」と書いており、浄瑠璃に心を寄せていたようである。なお天和三年（一六八三）に役者評判記『難波の皃は伊勢の白粉』を著している。門弟には役者も多かったらしい。

175

みよし野や花はさかりに俳言なし

元禄二年（一六八九）　四十八歳

この年『本朝桜陰比事』、地誌『一目玉鉾』、『新吉原つね〴〵草』刊行。

吉野山の桜の満開を見渡すと、余りにも見事な美景なのでただ〳〵圧倒されて、一語の俳言も口から出ない。(全く和歌の世界だ。)

【鑑賞】「さかりに」は、「盛りにして、それ故に」の意。「俳言」とは俳諧用語のことで、漢語や俗語を指す。和歌、連歌で用いる言葉こそ、この美景の表現にふさわしいという心であろう。「花」が春の季語。普通「花」と言えば桜の花のことを言う。『俳諧のならひ事』(西鶴著、元禄二年)所収。「短冊」。

176

後の月に、

名《めい》月《げつ》や桜にしての遅桜

今宵も満月で、一月遅れの名月である。豆名月・栗名月とも言われている九月十三夜の月である。桜は名花で満開の時もあるが、遅く咲く桜も名花であるから、今宵の名月は桜にして言えば「遅桜」ということになる。(名残り惜しくしみじみと見ることだ。)

【鑑賞】句全体から、名月の見納めという心持が感じられる。「名月」が秋の季語。『斧屑集』(梅枝軒閑水編、元禄二年刊）所収。

【参考】

類句「花ならば今宵の月や遅桜」（『千句茶杓竹』紹巴、寛文三年。連歌発句）

この句『定本西鶴全集』「新編発句集」（野間）には元禄六年の部にあったが、出典が元禄七年刊のものであり、元禄六年八月十日没の作者に「後の名月」の作があることは理に合わない。よってここに移した。

元禄三年　四十九歳
（一六九〇）

この頃以後、俳諧活動に復帰している。

177

法雲寺初参会に、

花《はな》ぞ雲動き出《いで》たる龍《たつ》野《の》衆

目前に桜花が咲き盛って雲のようである。見ているうちにその花の雲の中を、今しも龍が天上すべく動き出した、というのは、播州龍野の、名も法雲寺さん、俳号春色さんが初めておいで下さったのだ。これを機会にこの方を中心として、龍野の俳人衆がいよ〳〵活発な動きを始めなさるに違いない。その予兆を思わずに居られない。

【鑑賞】

春色はこの春上坂して初めて西鶴に逢った。西鶴は彼を激励し、期待の意を表したのである。「法雲寺」の雲を花に見立て、「雲」と「龍」を縁語仕立てとした。「花」が春の季語。『移徒抄《わたまし》』（元禄五年《一六九二》刊）所収。

【参考】

『移徒抄』は春色編の俳諧作法書。巻末に掲出句（西鶴の名で）と、春色の付句が掲げてある。発句・付句は、

花ぞ雲動き出たる龍野衆　　西鶴
鵬《ほう》の囀《さえず》る三津の芦窓　　春色

の如し。なお西鶴の跋文があり、「二万翁」と署名している。春色は元禄十五年《一七〇二》十一月、五十七歳で没した。岡西惟中の知友であった。「鵬」は西鶴を指し、「三津」は大坂の意。「三津の芦窓」とは西鶴庵を言ったものか。

178

生駒堂にて

梢《こずえ》の夏それ迄もなし春霞

生駒堂周辺の木立に若葉の茂る夏が来たら、さぞかし緑に包まれてすがすがしいことであろうが、それ迄待つことはないよ。今ここから眺められる生駒山は春霞がたなびいて、とても美しいのだから。とは言っても、梢に若葉の美しい初夏待たれるのも本当だ。梢は今のままでもよいのだがね。

【鑑賞】

「わが宿の榎の夏になる時は生駒の山も見えずなりける」(『後拾遺集』夏、能因法師)を踏まえた作として見るとよく判る。「春霞」が季語。『誹諧生駒堂』(月津灯外編、元禄三年刊〈一六九〇〉)所収。

【参考】

生駒堂は編者灯外の草庵でこれを賞めた作。灯外の脇句に、「朝も日ぐれもきく雉の声」。能因の歌は、能因の隠棲した現高槻市古曽部の草庵での作か。

179

梅《うめ》に鶯代《よ》〳〵《よ》の朝也夕食《ケ》也

梅に鶯と付けるのは古くからのしきたりで別に新味はないが、梅の花が咲き鶯が鳴くことで、どの時代でも年が明ける、いわば年の朝のようなものだ。それはどの時代でも朝は朝食、夕べには夕食を食べるのが人間の常で、古くからのしきたりであるように、梅に鶯は欠くことのできない大切な付合《つけあい》だ。

［鑑賞］

「梅が枝に来ゐる鶯はるかけて鳴けどもいまだ雪は降りつゝ」「鶯の笠に縫ふてふ梅の花折りて挿さむ老かくるやと」（何れも『古今集』春）のように、梅と言えば鶯というのが『古今集』以来しきたりとなっていて陳腐のようだが、人間の食事時にしても昔からきまっている。また梅咲き鶯鳴いて年を迎えるのも、古くから変らない。どちらも古くからのものだが、不可欠である。このことを短い表現で巧みに謳っている。但し技巧過多の感もある。

「梅」「鶯」春の季語。『誹諧生駒堂』所収。

［参考］

「付かたは、梅に鶯、紅葉に鹿、ふるきを以て是れ新しき句作り也」（『独吟百韻自註絵巻』序）とあるように、伝統的な付け方を西鶴はよしとした。「情《ハ》以《テ》新《ヲ》為《シ》先《ト》、詞《ハ》以《テ》旧《ヲ》可《シ》用《フ》」（定家『詠歌之大概』）の「歌の心は新しく用語は旧来のものを」という思想を俳諧に用いたのである。

「まことにしてよき当流の付合はまれなり」（『物種集』序）として、西鶴は自分の俳諧を「正風体」と称した。この考え方をもろに表現した作である。

180
笙《しょう》ふく人留主《るす》とは薫る蓮《はちす》哉

笙を吹くある粋人を訪ねたが、邸前はひっそりとしていて、ただ蓮のよい香りが漂っている。ああお留守なんだなと、その匂いで判る。蓮の薫りが主人の不在を知らせて香っているんだ。

【鑑賞】笙は雅楽に用いられる楽器だから、その人は雅楽の楽人かも知れないし、その住まいは、粋人であることを表すかのように蓮池が前庭にある。蓮の花の匂いは高雅で「留主とは」として「留守にて」としなかったのは、リクツになるのを嫌ってのことである。静謐な環境の「留主とは」は「留守であるらしいことを思わせて」ぐらいの意味ととるべきであろう。笙の奏者の不在を感じ取った作者の感覚の鋭敏さも窺われる作である。「蓮」が夏の季語。

【参考】『生駒堂』所収。

俳諧撰集『蓮の実』（賀子編元禄四年《一六九一》自序）、『住吉物語』（清流篇元禄八年《一六九五》刊か）にも所収。

181

塩《しお》濱《はま》や焼かでそのまゝ今朝の霜

此浦のけしき一句見たすに置候べきか。

【鑑賞】

この浜一面に今朝は真っ白に霜が降りている。ここは塩をとる浜なんだが、大釜で海水を焼いて白い塩を作るまでもなく、何もしないそのままで、一面が塩の浜のように見えることだよ。

霜が浜一面に降りた寒い朝の実感か。多分の誇張はあるが、そこが俳諧。「霜」が冬の季語。「自画賛」他。

【参考】

画は塩釜の下に柴を焚きつける男を描き、遠景に磯馴松。但し「画賛草稿十二ヶ月」「画賛十二ヶ月」には人物が描かれていない。又、この二つの前書、句は掲出句と同様ながら、「見たすに」を「みたつに」としている。何れもこのままでは意味をなさないが、全体として

「一句なしではおらりょうか」の意であろう。

182
濁《にご》江《りえ》の足洗ひけり都鳥　西鵬

以前は難波の堀江ならぬ濁り江に居たものが、今はきれいさっぱり濁りの染みた足を洗って、都は賀茂川の、澄んだ水に遊ぶ都鳥になったようなものだ、京都のあなたは。

【鑑賞】都鳥が以前は濁り江にいたと解することは、都鳥の生態から言って不自然。従ってある人間の変りようを言った作と見るべきで、実際には門人団水のそれを表現している。従って「都鳥よ」と呼び掛けている如き句形は、団水に向って言っているわけである。都鳥は今も冬期賀茂川に飛来し、春は北方へ去っている。「都鳥」が冬の季語。団水編『団袋』（一六九一元禄四年刊）所収。

【参考】団水は天和末年頃大坂から京都に移住。団水が掲出句に付けた脇句が「一盃まいれ氷煮てさう」。元禄三年冬西鶴上京し、団水と両吟半歌仙を巻いた時の発句であるが、『団袋』序によると、西鶴はこの時老いを感じたので半歌仙で止めたという。句の「さう」は「候」。

183

暮《くれ》て行《ゆく》時雨《しぐれ》霜月師走哉

年が次第に暮れて行く、時はとどめようもなく。時雨月の十月、霜月の十一月、さてどんづまりの師走と。全く年の終りごろとなると速いものだ。

【鑑賞】 歳暮吟。時雨から霜へ、どうしようもなく寒さとわびしさも増して、それが忽ち極点に達する気持が、「し」音で始まる三度の「し」のリズム感でよく表現されている。技巧的といえば技巧的であるが、真情の流れでもある。「時雨」「霜月」「師走」何れも季語「冬」であるが、煩わしさを感じさせない。『三物盡』（出版元井筒屋庄兵衛編歳旦集、元禄四年《一六九一》刊）所収。

【参考】 団水編『くやみ草』（元禄五年《一六九二》刊）にもあって、次の長い前書がある。

聞ば鶯見れば梅、あくれば春の宵の程、楽宿《らくやど》の年わすれに、数さだめずも付《つけ》捨しに、紅葉は雪にしらけ、山ざくらに摺鉢、菅女に黒髭作るも、是《これ》誹の一躰と筆持て捨てける。

「付捨て」とは連句の付句を十分考えもしないで付けること。「年忘れ」とは、年末の酒宴のこと。気楽な暮らし故、意想外の付け方も俳諧のこと、よいだろう、というのである。

（一六九一）
元禄四年　五十歳
この年一月『椀久二世の物語』刊。

184
人《ひと》の氣に船さす池の蓮《はちす》哉

蓮池の蓮たちが美しく咲き、微風が辺りによい香りを漂わせている。池の端で見ている人はつい船に棹差して、花のそばへ行ってみたくなる。そんな気を起こさせる見事な蓮だよ。ということは、蓮は仏さまの世界のもの、美しいだけに、弘誓の舟に乗って極楽浄土へ行けたらどんなにか楽しいことだろう、という気に誘うのがその蓮であることよ。

［鑑賞］
「船さす」は船に棹さすの意で、「さす」は「人の気に××させる」という慣用語法にも働いている。「船」と「蓮」とは仏法関係の語。「彼岸（極楽）」「渡す船」「蓮華座」など。「蓮」が夏の季語。『渡し船』（島順水編、元禄四年刊）所収。

185

なぐれなん紅葉としらば黒木賣

黒木売りの女たちが頭に載せている黒木の中に、紅葉の枝があることが判ったら、それだけは売り残してくれないものかなあ。

【鑑賞】

「なぐる」(売り残る)の未然形に「なむ(ん)」という終助詞が付いたのが「なぐれなん」で、「なん」は相手に誂え望む意を表わすが、この場合直接向かって言うのでなく、蔭で言うのである。「黒木」は皮の付いたままの木材の事だが、「黒木売」とは、一尺余(約30～40センチメートル)の生木を黒く燻べて薪用にしたものを束ね、頭上に載せて、京の市中に売りに出た大原や鞍馬などの女を普通は言う。大原女《おはらめ》というのがそれであるが、男は車で売りに出た。然し中には皮のついた生木の枝を売っていたらしいことが、「句巻十二ヶ月」の同じ句(但し紅葉を栬と書く)の前書で知られる。その前書は、名歌の語を利用して、

見わたせば柳桜をきりまぜて、都の町をめせ〳〵といふ大原の里の女、馬かたも爰に目なれては、おかしからず。

紅葉があって売れ残っていたら、それを自分が賞玩用に買うのだがなあ、との心であろう。

それとも大原の山に多い紅葉を想像して、もともと黒木の中に交ってもいない筈の紅葉の、無い物ねだりの心を表現した作と見ることも出来よう。「紅葉」が秋の季語。『渡し船』（順水編元禄四年刊）所収。

186

枯《かれ》野《の》哉《かな》つばなの時の女櫛

見渡す限り蕭条とした枯野である。ふと気付くと、枯草の中に派手な女櫛が一つあった。これはきっと春、茅花が芽を出す頃に女連れが野遊びに来て、その一人が落したまま忘れて行ったものに違いない。今は打って変った枯野だけれど、あの春は楽しかった野原だったろうなあ。

【鑑賞】冬枯れの淋しい野に立って、さんざめいたであろう春の野のイメージに耽っている。そこには枯野の色と、心に浮ぶ春の野の女たちの色と、色彩の対比もあって、実感がこもっている。茅花は「ちがや」の穂を言い、子供の時はよく抜いて食べたりしたものである。「つばなの時の女櫛」という表現で、よく春の野の明るく楽しい情景が浮んで来る。「枯野」が冬の季語。『渡し船』所収。

【参考】

『元禄百人一句』（江水編元禄四年成）には西鵬号で所収。「句巻十二ヶ月」には次の前書がある。

女中まじりに春の野のすみれ椙菜《すぎな》つむ比《ころ》も、世は移りかはりて、萬《よろず》の草もかれぐに物の淋しくなりぬ。

又、掲出句とは違うが、『西鶴独吟百韻自註絵巻』の百韻の中に、次の句とその自註とがある。

伽羅割の捺忘れ行《ゆき》野は暮て

見わたせば都はにしきの幕うちて御所の女中の野あそび、萩も薄も手折て捨草となれり萬のむしを追まはし、しどもなく日を暮し（中略）千種《ちぐさ》わけ行につかひ捨し楊枝に伽羅割の道具を取おとされし

「加羅割」は小刀などで香木を割ることで、香木の一片で作られた「道具」が「捺」か。野遊びで忘れた物なのでそれらしい。「捺《なつ》」を「鉈《なた》」と読ませたかという説（野間）あれども不明。なお西条八十の詩にイメージの酷似したものがあるが（拙者『西鶴―人ごころの文学』和泉書院）、ここでは省略する。

竿《さお》持《もた》す梅に柳に年の暮

下働きの女たちが洗濯物を干すというので竿を持たせ掛ける木が、何と梅の木や柳などである。春になったら風流の代表ともなる木がこんな事に使われるとは、無風流も極まれりと言うべきだろうが、何と言っても年暮れの万事せわしない時、これも仕方がないわい。

【鑑賞】

「梅に柳に」という語法、所構わずで、まるで無茶苦茶だという感じ。「句巻十二ヶ月」にこの句があって、次の前書があるので、よく判ると思う。

餅突すゝはき、我も人も物のいそがはしき時とて、すゐ〱の女のせんたく物など、やがて花咲《さく》木〱に掛置けるは心なし。

「心なし」とは情趣を解さないとか非常識とかの意であるが、作者は咎めているのではない。「年の暮」が冬の季語。『渡し船』（順水編元禄四年《一六九一》刊）所収。『移徒抄』（前出）にも。

【参考】

年末風景は『西鶴諸国はなし』一の三冒頭、『西鶴織留』三の四等に活写されている。

時節の梅花は松風を借《かり》ず、香は雪中の万里に告《つげ》て古今波花《なにわ》の俳好を撰まれしは、皆此浦の玉の光在る中に、我も其物数に入《いり》ぬ、見る人は見て、聞人は聞べし。行年五十、口八十、心は十七の春にあへり。

188

難波《なにわ》ぶり見《み》更《かえる》梅の都かな

この度のこの著作によって、大坂の談林俳諧の俳風を改めて確認するのだが、流石に梅の都大坂だ、梅翁西山宗因流の盛んな都だけのことはあると思う。

【鑑賞】

自分もその一人である大坂在住の俳諧師たちの作品撰集『難波曲《なにわぶり》』の刊行を喜んでの作。前書の要旨は、現在流行の梅翁流の俳諧は松永貞徳流とは全く違って、そのよさは全国に知れ渡っているが、この集には大坂の好士《くし》たちの名作が集められていて、その中に自分の作もあるから、そのよさを判ってくれたら有難い。私は五十歳だが口八丁で、気持はまだ十七歳の少年だ、ということで、自賛の気味もある。難波というと梅、それは『古今集』序以来のお定り、幸いにも宗因は梅翁と号した。そのことを巧みに扱っている。「見かへる」は、更めて見直すの意。「梅の都」が春の季語。『難波曲』（高木自問編、元禄四年序）所収。

【参考】右には談林派数名の発句、他を入集していて、宗因の作品もあるが宗因は既に故人。

189

花《はな》なき山焼木《たきぎ》にせぬも郭公《ほととぎす》

桜の木は数多ありながら、花が滅多に咲くことがない山、そんな山の木はいっそ焼木にしてしまえばよさそうなものなのに、一向に伐採もしていない。それは山に時鳥が鳴くからだ。

【鑑賞】このままでは理屈が勝っていて、余りよい作とは思われないが、「句巻十二ヶ月」の前書を見ると、そうとばかりは言えないようである。その前書、

むかし西行法師信濃なる名山、千本の梢はありながら、花の咲ざる事を読置《よみおか》れし、その心をとりて、

つまり伝誦による作品である事が判るが、西行の歌も信州の名山も未詳である。但しその山は、桜の木が多い山であることは推測できると思う。又、「郭公」はカッコーと鳴くの

で時鳥ではないのだが、当時はよく誤用された。「郭公」が夏の季語。『難波曲《ぶり》』（自問編、元禄四年序）所収。『真木柱』（挙堂編、元禄十年《一六九七》刊）にも。

鳴門見て富士見て、世に見るは皆ちいさし。都の花白し、難波の月丸し。闇がりにつなぐ鬼の俳諧喰たためしもなし。何かおそろしき事のなき時にあへり。精進嫌ひの捨坊主、今に歯の根つよく、蛇の鮨に蓼好《このみ》し折節、阿州の律友《りつゆう》に逢て、此人はめづらしく同じ心の両吟のうち、世上のかしましきを聞ぬもよし。

190

千《せん》羽《ば》雀《すずめ》柳に花の夕《ゆうべ》かな

千羽もの雀がやかましく鳴きながら柳のまわりを飛び交っている。そこへ美しい落花が柳の若枝に散りかかっている。時はもう日が暮れかかっている頃だ。言ってみれば、私は世上にかしましい小者たちに取り囲まれている柳といった存在、その私が偶然花のようなあなたに逢えて嬉しい。正に「柳に花」で、よく似合ってもいるよ。この日暮れのように、前途に希望を持てないと思っていた時だけに嬉しい。

【鑑賞】西鶴が律友と再会して両吟を試みた時の発句で、律友の脇句が、

漸《やや》夏草におとなしき雨

夏草に西鶴を、雨を自分に譬えたものか。掲出句の前書は、世には小人物ばかりで、何も恐るべきもののない自分が、常人と違う行き方をしている矢先に、阿波に来て、珍しくも同心の友に会うことができたという喜びを述べ、発句を挨拶としている。脇句はそれに対して謙遜の意を以て応えている。「柳に花」春の季語。『四国猿』（律友篇、元禄四年刊）。

【参考】律友は阿波徳島の俳人。元禄三年冬西鶴は鳴戸見物に赴いて、律友、吟夕らと参会し俳諧を楽しんでいる。律友の上坂はその翌年三月頃。

191

香《か》の風《かぜ》や古人かしこく梅の花　二万翁

よい香りを含んだ風が吹き送られてくる。梅の花の香りのようだが、それは遠い古から吹いてくる風だ。それも人麿や中国の蘇東坡らの古人が、畏るべき冴えたる詩才を以て梅

の花を詠じた、その作品の香りが今に吹き送ってくれる風なのだ。

【鑑賞】

これは『我が庵』所収の句だが、後の『難波土産』（静竹窓菊子編、元禄六年《一六七三》刊）には、次の前書がある。

歌人の人麿、詩人の東坡、是は名木とて誉てしまはれし跡を、今の世の俳諧師とかふ《（こう）》申《もうす》もおろか也

これで「古人」が誰を念頭に置いているかが判る。ただこの二人に限った訳ではなかろうが。句にカ行音のリズムがある。古人の二人が梅の花を詠じた作は、次の通り。

梅の花それとも見えず久方のあまぎる雪のなべて降れれば（『古今集』冬）

但し「読人知らず」で、左注に人麿作とする。万葉集に人麿の梅の作なし。東坡の梅花を詠じた詩は、『蘇東坡集』に、「羅浮山下梅花村」「黄州梅」「松風亭下梅花」、その他多いということである（野間）。これらに対して自分らの作品は話にもならぬ、と言っているのである。「梅の花」が春の季語。『我が庵』（室賀轍士編元禄四年自序）所収。

【参考】

中七が「古人かしこし」「あるじかしこし」となっているものがある。前者は『八重一重』（遠舟編元禄五年自序）、『熊野がらす』（小中南水他一名編、元禄七年刊）に、後者が『梅の万都里』に。「八重一重」で、「難波天神宮奉納五巻頭に」の前書がある。

なお蘇東坡は宋代の人で蘇軾号で知られている。生憎手元に梅の詩がないので、有名な一篇を示しておく。題は「春夜」。

春宵一刻直千金　花有清香月有陰

歌管楼台声細細　鞦韆院落夜沈沈

俳諧我庵と外題して一句帳を集められしに、則入なりと人はいふ也、時に宿も改りたることぶきに、

192

我《わ》が庵《いお》は喜撰にかりの若葉哉

喜撰法師にあやかって「我が庵」とはイカすね、しかし中々のものだ。今貴庵をとりまいてまっさかりの若葉も素晴らしいが。

【鑑賞】『我が庵』という轍士の新著が今度出される折も折、轍士は新庵を作られた。その俳書名は古人喜撰法師の「我が庵は」の歌にあやかっているし、新庵は轍士にとっての「我が庵」でもある。この新築をお祝いするように、庵をとりまく若葉が美しい。

「我が庵」といふ詞は、当然「我が庵は都の辰巳しかぞ住む世を宇治山と人は言ふなり」

（『古今集』雑下）の古歌を想起させる。それで喜撰法師に借りたと言ったのである。「若葉哉」は新居に祝意を表しての表現であろう。「若葉」は夏の季語。前書の「人はいふ也」も法師の歌の詞にある。『我が庵』前出所収。

193

花《はな》ちりて藤咲《さく》までは茶屋淋し

【鑑賞】 桜花爛漫の間は毎日の花見客で賑わい、出茶屋も出入りする人が多くて活気があったのに、花が散ってしまった後は、建て物はそのままであるが、訪れる人もなく、店の人も暇をもて余している。これではもう少し待って藤の花が咲くまではこのままなのだな。

ひっそりと淋しくなった花の名所の風景を見て、素直にその感想を表現している。これまでの技巧縦横の西鶴にしては珍しい句で、晩年にはこの傾向がぽつぽつ表れて来たようである。「藤」は晩春に咲く。春の季語。西鶴著の俳諧論書『石車』（元禄四年刊）所載。

【参考】 松魂軒という匿名で出版された書『石車』であるが、西鶴板下の自筆自画で、他の俳人の書を論駁したもの。掲出句は二つの花の名を一句に結ぶ方法の例として示されている。

194

蓮《はす》の実を袖に疑ふ《う》霰哉

蓮の実が突然とんで来て袖に当った。蓮の実がまさか飛ぶとは思わなかったので、瞬間霰かと思った。時節外れだなとは思いながらも。

【鑑賞】蓮を「はちす」とも読むが、花托の表面に蜂の巣様の丸い孔が多くあって、その中に種がある。これを蓮の実と言っている。これが熟すると飛び出すのである。「蓮の実」が秋の季語。『蓮実《はすのみ》』（紅葉庵賀子編、元禄四年自序）や、蓮の実を題とした賀子と西鶴らとの歌仙（三十六句の連句）や諸氏の発句を収めた俳書に所収。

【参考】賀子の脇句「旅寐の宵を荻に起され」。

195

ことしもまた梅見て桜藤紅葉

今年もまた早春の今は難波の名木梅の花を賞するわけだが、それから後は桜、藤と季節の移りゆくに従って美しい花を眺め、いよ〳〵秋になると紅葉だ。何と仕合わせなことではないか。とは言うものの、毎年同じ楽しみを繰り返しながら、年々が速く過ぎて行くのだよ。

【鑑賞】

「ことしもまた」という言葉に、何となく哀愁が籠もっている。後に続いて梅桜藤紅葉と、美しいものを並べてはいるが、何となくそっけなく空虚な感じで、そこにもうら淋しく空しい気持が流れているように思う。「句巻十二ヶ月」の同句に次の前書がある。

　難波都の梅の花、万古不易の名木、其色香各別にして、世〳〵に春をしらする事のはやし

「梅」が春の季語。梅を主とした句である。『蓮実』所収。

196

黄昏《たそがれ》や藤女首筋黒くとも

　先ず『蓮実』所収の句で、短冊にも書かれているが『誹林一字幽蘭集』（沾徳編、元禄五年《一六九二》利）には、改作と思われる、

藤は暮《くれ》ぬ女首筋くろくとも

の句で載っているから、これを参考にして解することにする。

藤の花を見に来ているが、もう薄暗い黄昏時だ。藤はこの時に見るのが最も風情がある。見物に女性も来ていて、襟足の白く美しい女もいるが、夕暮れのことだから、余り目立つこともない。従って首筋の黒い女がいたとしても、何ということもない。とにかく藤のぼうっとした美しさは黄昏なればこそだ。

【鑑賞】

掲出句では藤よりも女に重点があるようだが、改作の方が、その点微妙ながら藤に重点があると思われる。「藤」が春の季語。『蓮実』、他所収。

【参考】

「山ぶきのきよげに、藤のおぼつかなきさましたる。すべて思ひすてがたきことおほし」（『つれ〴〵草』十九段）。「草臥《くたびれ》て宿かる比《ころ》や藤の花」（芭蕉『猿蓑』元禄元年）。『泊船集』他の同句の芭蕉の前書に「日の暮かゝりけるを藤の覚束なく咲《さき》こぼれけるを」とある。芭蕉の句は気分の上に主点がある。

197

星《ほし》の林明日見るまでの桜哉

満天の星空、これも見事で、時の移るのを忘れて見上げている。だが明日はもっと見事な桜を見るのだ。その期待を胸に見ている星、これが今宵の桜と言うべきだ、私にとっては。

【鑑賞】 星空も美しい。桜はもっと美しい筈だ。夜は夜で、昼は昼で美しいものを求め、また見ることができる。この幸福感。羨しい限りであるが、桜への思いが勝っているようだ。「桜」が春の季語。『蓮実』（前出）所収。

【参考】「天の海に雲の波立ち月の船星の林に榜ぎ隠る見ゆ」（『万葉集』七の一〇七二、人麿歌集）。「うちはへて世は春なれや天の原星の林も花と見ゆらん」（『夫木抄』家隆）。

198

夜《よる》のにしきうき世は晝の蛍哉

錦を着て昼行けば人目を引いて名誉でもあろうが、夜では誰の目にも入らず、何の甲斐もないということは諺にもなっているが、この現実の人間社会も、譬えてみれば晝の蛍のようなものだ。蛍の光も夜のもので、晝の明るい光の中では一向に光とは見えない。つまりこの世では何をしたって、自分でよいと思っても人目に入らず空しいものだ。

【鑑賞】

「短冊」に書かれた同句の前書、

萬《よろず》おもふま、ならぬこそうらめし、月夜に人目、闇にひとりね

を参考にすれば、この句が西鶴自身の心情を表現したものであることが判る。衣裳法度がきびしくて、折角の美しい着物も大っぴらに着られぬ不満を歌ったともとられようが、思うような評価を受けられないので、むしろ闇夜に一人ごろ寐をしている方がましだと、やや自棄的になった心の表現と見るべきではなかろうか。「蛍」が夏の季語。『蓮実』『明星台』所収。後者は重雪編、元文二年《一七三七》刊。

【参考】

大坂の医師真野長澄あての書簡に、「此ごろの俳諧の風勢気に入不申候ゆへ、やめ申候。嘉太夫ぶりの上るりにうき世をなぐさめ申候」と書いている。「此ごろ」がいつのことを指すのか不明であるが、元禄初年ごろにこのような気持になっていたことは事実である。

199

蟬《せみ》聞《きい》て夫婦いさかひ《い》は《恥》つる哉

蝉は鳴き続けていたのだが、お隣では夫婦喧嘩で耳に入らない。ごく些少なことから口論が始まり、次第に声が大きくなったので耳に入らないのであるが、やがてその絶頂も過ぎ、興奮が次第に沈静して蝉の声も聞こえるようになって、何てつまらぬことで言い争ったものだと、お互い心中ではずかしく思うようになった。（お陰で静かになった。）

［鑑賞］

蝉が鳴き出したのを聞いて、ともとられようが、それならば「蝉鳴いて」とあるべきであろう。人事の句は次第に多くなって来ている。作者の心境が変化しつゝあるからであろう。「はつる」を「果つる（やめる）」と見るも一解。「蝉」が夏の季語。『蓮実』所収。

［参考］

『すがた哉』（和気遠舟編、元禄五年《一六九二》自序）に同句の座五が「耻る哉」となっている。「句巻十二ヶ月」も「耻るかな」では、前書に、

世に住めば油屋の隣、後生願ひのた、き鉦、小夜ふけて下手のきぬたに夢の書ねをおこされし

とある。これで見ると、近隣の煩いであろう。『名残の友』巻四の四にも、

南となりには下女が力にまかせて拍子もなきしころ槌《つち》のかしましく、うき世に住める耳の役に聞《きけ》ば、北隣には養子との言葉からかい、後には俳言つよき身の耻《はじ》どもいひさがして、跡は定まって盃事になるもおかしき人心と

という文がある。又、『近代艶隠者』序文中に、「人ながら人程替りたるものはなしと、無

常を隣に、夢を我宿に語る時」とあるのもこのことであろうし、『織留』巻四の一の中にも近隣の煩いによる様々を描出した文がある。

200

父《ちち》は花酒の母なり今日の月

酒の父が桜の花であるとすれば、酒の母は今日の名月である。父母は慈悲を与え給う有難い存在だから、つまりは桜花も今日の名月も酒をお与え下さる父母だ、即ち桜の花や、今宵の名月があってこそ、うまい酒が飲めて有難いのだ、ということになる。も一つ砕いて言えば酒のみにとって、春は桜見酒、秋は月見酒で、四季折々酒が飲める機縁があって結構なことだよ、の意。

【鑑賞】

酒飲みは一年を通して酒を飲むに事を欠かない、天下泰平という心。「花」も「月」も季語であるが、七五の表現が長くて、上五はそれを言う為の前座であり、下五に余韻があって「名月」の前書のある場合もある（『御船屛風』）から、「月」に重点をおいたものと見る。「月」が秋の季語。『蓮実』所収。「短冊」。

201

里人《さとびと》は突臼《つきうす》かやす花野哉　返

里の人二人が使用済みの搗き臼を担いで、野の秋草の咲き乱れている中を行くよ。恐らく貸してくれた人の所へ返しに行くのだろう。いかにも田舎にふさわしい光景ではないか。

【鑑賞】搗臼《つきうす》は餅突き臼か。重い木製だから一人で持ち運びは勿論無理。里人は普通力が強いから、頑丈な棒の前後を担いで、二人がかりで持って行くのであろう。田舎では家と家とがかなり離れていることが多いから、野原を横切って行かねばならない。搗臼は農家の一軒毎にあるわけではないので、法事か何かで入用の時は借りるのである。返しに花野を行くのは、当人にとって至極当然のことではあるが、都人には一風景である。句も「花野」が秋の季語。『蓮実』所収。

202

玉《たま》笹《ざさ》や不断時雨る丶元箱根

嶮しい路傍に丈の低い緑色の笹がずっと群生している。箱根の空は終日暗く、時雨の雨が絶えず一帯の笹を濡らしている。元箱根はいつもこんなであろうと思われる。

[鑑賞]

嘗ての技巧がなくなって、率直な風景描写になっている。西鶴の別の才能が顔を出して、一字一句抜き差しならぬ力強さが表われた好句である。「時雨」が冬の季語。『蓮実』所収。

[参考]

元箱根は箱根山上の、芦の湖西岸の箱根神社のある門前町。

203

山《さ》茶《ざん》花《か》を旅人に見する伏見哉

伏見は嘗ての繁栄は寸時の夢となり、人家もまばらに、（それも芋畠の中の貧家で、昼間でも蝙蝠《こうもり》が飛んで出そうな）寂しい所になってしまった。そこを通る人といえば旅人だけで、大坂への下り舟に乗る人か、大坂からの上り舟から上った人ぐらいで、寒々と急ぎ足で通り、見るものとて何もなく、蕭条としていて足を留める人などいない。ただ清楚な白い山茶花だけが旅人の目を惹くばかりである。伏見はそんなところになっているのだ。

[鑑賞]

情景相至るというべきか、「山茶花」「旅人」の語が印象的で、破綻のない佳作である。「山茶花」が冬の季語。『蓮実』『すがた哉』（遠舟編、元禄五年自序）所収。他。

【参考】 秀吉の生前とは打って変って伏見の寂《さび》れた様子は、『日本永代蔵』巻三の三、『西鶴織留』巻五の三等に詳しく描写されている。

204

世《よ》に住まば聞《きけ》と師走の碪《きぬた》哉

「この憂き世に住んでいるということだったら、嫌でも耳を塞がないで聞けよ」とばかりにきこえてくるのが、あの侘しさの極みのような師走の碪の音である。

【鑑賞】 碪《きぬた》の音は平常でも侘しいものとされている。大抵は夜遅くなってからであるが、歳も押し詰って世の中が何となく物悲しい雰囲気に満ち、寒さも厳しい季節の夜更けに聞こえてくる碪の音は、一入心に沁みる寂しさと悲しさとを覚えさせる。憂き世に住む者にとって、それは殊更の思いをさせられるが、聞くことは避けるわけにはいかないのである。「世に住めば」とあってもよかろうが、微妙ながら理に落ちる。人生そのものを詠じ、芭蕉の「此の道や行く人なしに秋の暮」に優るとも劣らぬ深味のある佳句である。「師走」が冬の季語。

『蓮実』所収。

［参考］

砧は枝や石の上に布や衣服を置いて小槌で叩いて柔らげるもの、洗濯ものもよく叩いた。普通は女性の仕事であった。今は藁や紙を打つ。歌語としては秋のものとされた。詩境は全く違うが、中国の李白の「子夜呉歌」を引いておく。夜の砧の音の寂しさを表現した随一の作である。

長安一片ノ月　萬戸擣ツノレ衣ヲ声
秋風吹キ不レ尽クサ　總テ是レ玉関ノ情
何ノ日カ平ゲテ二胡虜ヲ一　良人罷メン二遠征ヲ一

205

こゝろかな咲《さか》ずにちらぬ花の春

［鑑賞］

正直に私の心の中を明かそう。桜の花が咲かないで散ることがないという、そんな花の春があってほしいのだ。咲くから散るんだからな。また、そら咲いた、そらもう散ったと心を悩ますこともないからな。

実際にあり得ぬ、常に花の春を楽しみたいという本音を詠んでいる。先ず「こゝろかな」と言っているのは、その思いの強さを表現している。強いばかりに矛盾した表現となった。「花の春」が季語。『河内羽二重』（麻野幸賢編、元禄四年自序）所収。

【参考】「世の中に絶えて桜のなかりせば春の心はのどけからまし」（業平『古今集』）の心を自分流に俳諧的に詠じたもの。

元禄五年　五十一歳

この年『世間胸算用』刊（一月）、秋『独吟百韻自註絵巻』成る。

中のとし元旦、俳諧時勢《いまやう》をうとふに、我年ふりておかし。されども古詞に花《くわ》十八名曲也

206

花《か》十《じゅう》八《はち》門松琴《きん》を含《ふくむ》かな

「花十八」というのは中国の古来の舞曲名で、名曲だということである。一方、日本の

松という文字は分解して十八公となるから、十八という点では彼此共通である。その松は元日の門松に用いられるめでたい木であって、この門松に春風が吹き渡ると、琴に似た微妙な音色が自ずからに響く、それは「花十八」の名曲の如き調べである。門松がその中に琴を含み持っているからに違いない。めでたいことではないか。

【鑑賞】
歳旦の句である。謡曲「白髭」は白髭明神が姿を現わし、夜もすがら勅使を慰める為に舞楽の曲を奏するが、同じくそれを聞く漁夫の言葉に「面白や此舞楽の鼓は自ら磯打つ波の声、松風は琴を調《しら》べ、心耳を澄ます」という部分があって、このめでたさをも思わせる。「花十八」からこのめでたさを連想的に引き出した作である。「門松」が新年の季語。「懐紙」、『すがた哉』（和気遠舟編、元禄五年刊）所収。

【参考】
「此曲一畳名《ヅク》花十八《ト》、前後十八拍、（中略）曲節抑揚可《シ》喜《ブ》、舞楽随《フ》之《ニ》」（「碧鶏漫志」）

207

柳見《やなぎみ》に結句あらしを盛り哉

春風駘蕩たる中で柳が静かに揺れるのはよい眺めである。古来詩人はこれを題材とすることが多かった。自分もそれで柳を見に出掛けた。成る程美しいものだ。見とれているうちに激しい風が吹いて来て、柳の枝が騒ぎ乱れ始めた。おや、これは意外な面白い眺めだ。静かに揺れている柳もよいが、この方が、むしろ柳のとどのつまりの生命力を見せてくれる、私にとって最上の眺めだ、と思った。

【鑑賞】

「結句」には「却って」の意も「揚句の果て」の意もある。ここはその両方を含んでいると見る。この句のような見方感じ方をする所に、西鶴の真面目が窺われるようであるが、省略が多い。「柳」が春の季語。『すがた哉』所収。

【参考】

「八九間空で雨ふるやなぎかな」（芭蕉）。「含《ム》煙《ヲ》一株柳《ノ》　拂《ヒ》地《ヲ》揺《ル》風《ヲ》久《シ》　佳人不忍《ビ》折《ルニ》　悵望《シテ》回《ラス》織手《ヲ》」（杜牧）等と比較してみるもよかろう。

208

霞《かすみ》（み）つゝ生駒見ねども夕部《ゆうべ》哉

朝からずっと生駒山には春霞が掛っていて、山容が見えていない。然し見渡す一帯の春色は、夕暮れになる程美しさを増し、深い霞の中に生駒山も蔵されているかと思うと、この夕景の素晴しさは格別で捨て難い。

【鑑賞】素直な叙景句である。「霞つゝ」には霞の動感があり、「見ねども」は「見えねども」の意もありながら、それを特に見たいというのではない。そこに視界が生駒だけでなく、更に広がっていることを感じさせる。「霞」が春の季語。『すがた哉』所収。

【参考】後鳥羽上皇の名歌「見渡せば山もと霞む水無瀬川夕べは秋と何思ひけむ」を連想させる。作者にこの古歌が思い浮べられていたのかも知れない。

209

見《み》た跡《あと》をもろこし人の月夜哉

【鑑賞】今宵仲秋の名月である、さわやかな夜空に皎々と光を放つ満月は神々しいまでである。さて月を仰ぎ見ながらふと思ったことは、この名月を西方の唐土の人も見ることであろうが、同時ではない筈。月は東から出て西へ移るのであるから、我々が見た後の月を賞でるわけだ。そう思って見ると、よけいに月が眺められてくる。

ただ単に月見の前後を詠じたものと見れば理屈だけの句となる。作者の心情は決してそういうものではなく、いろいろの思いを抱いて月を眺めている心がある。「月夜」が秋の季語。『すがた哉』所収。他。

【参考】

「句巻十二ヶ月」の同句の前書に、

日の本に住ける徳には、名月の影を詠めける事のはやし。

阿倍仲麿が唐土で日本の月を懐しんで詠じた、「天の原ふりさけ見れば春日なる三笠の山に出でし月かも」が思い併せられる。

210

海士《あま》の子の足袋はく姿見る世哉

木綿製の足袋の由来はそう古くなく、寛永二〇年《一六四三》頃からということであるが、一般に広まって田舎にまで及んだのは、それからかなり後のことだろうから、まして海で働く漁師や海女の生活に入り込んだのは、ずっと遅かった筈である。それが漁師の子供まで足袋を履いている姿を見たのであるから驚いた。時代が変ったのだ。長生きしたお蔭で時代の変遷を見ることもできたわけだよ。

【鑑賞】 この句の上五を「里の海《あま》」と改めた句が「自画賛」に書かれている。「里の海」とは阿波の地名で、旧名が「海士の里」という由。それは「海」に海女を掛けているのであるが、その句は、掲出句と大要においてさほどの違いはなく、却って掲出句の方がよいとさえ思われる。ところでどちらが先に作られたかは不明であるが、その改作には次のような前書がある。

むかし西行法師、世の中をわたりくらべて阿波の海門を越て磯崎といふ所の松に、又も来て見んと読残《のこさ》れける。一木は今に其葉色の替る事なし。人の風俗は都を移して、か丶る浦〳〵までも女はさし櫛やさし

つまり風俗の変遷を彼此《ひし》ともに詠んでいる事がこれで明らかであるが、掲出句も同処を訪れた時の作であろう。併せて女も子供も都風になったことが知られる。「足袋」が冬の季語。『春の物』（青木鷺水編、元禄五年）所収。

【参考】 西鶴が阿波国を訪れたのが元禄三年冬十一月のことであるから、この時の所見であろう。子供の足袋は防寒用であったと思われる。

『世間胸算用』（元禄五年一月刊）巻五の一の冒頭に、「諸国ともに三十年此かた世界のはんじやう目に見えてしれたり。昔わら葺の所は板びさしと成、月もるといへば不破の関屋

も今はかはら葺に、（中略）又灘の塩やきはつげの小ぐしもさゝでと誦《よみ》しに、かゝる浦人も今は小袖ごのみして、上方にはやるといふ程の事を聞あはせ見おぼえ」云々と、経済関係で風俗がどん〳〵変ることを詳述している。

211

春《はる》は曙羞明《マバユ》し末の世の官女《かんにょ》

清少納言が筆の林、名誉の女もじ、今もつてたれか。

「春は曙」と言ったら、誰しも「ああ、あれだ」と言うに違いない。そう、平安時代の清少納言の『枕草子』である。彼女の言う通り、春はほのかに夜が明けようとする頃の空の景色が最上であるが、この表現の素晴しさは眩しい程立派である。それに対してずっと後世の宮仕えの女たちはどうだ。清少納言の才筆の素晴しさにまともに対応することなどとても出来ないだろう。世も末なんだからそれも仕方のないことながら、彼女に対して面映ゆいことだと私は思う。「春」が季語。『きさらぎ』（季範編、元禄五年自序）所収。

［鑑賞］

西鶴が枕草子を高く評価していることが窺われる句である。作者として性格的な共通性があるようにも思える。「春は曙」のイメージが「まばゆし」に響いてもいるようである。「羞」はそれだけで「はじる」の意でそれに「明」を加えているのは「曙」の明るさの気持をも含ませたものか。

[参考]

清少納言は一条天皇の皇后定子に仕えた官女である。「春は曙」は枕草子の冒頭の文で、後に続く文が「やう〳〵しろくなり行く山ぎは（際）すこしあかりて、紫だちたる雲のほそくたなびきたる」である。それが春の曙の最上の景だというのである。

212

桜影《さくらかげ》かなし世の風美女か幽霊か

落花

爛漫と咲き乱れている桜が雪洞《ぼんぼり》の光を受けていて、花の薄暗くなっている所などは、切ないくらいこの世ならぬ美しさである、ところがそこへ人の匂いを含んだ夜風が突然吹いて来て、うっとりとした我が夢を醒ますように花が激しく散り乱れる。と、盛んに散る花の中に一つの幻影を見た。それは一人の美女の姿であるかと思うと、またこの世の者ならぬ女の幽霊のようでもある。いずれとも定かでないが、夜桜の落花の中に私は現実感を失って、こんな幻影を見たのである。

【鑑賞】

かなり難解の句であるが、詩人西鶴を想定したらその謎が解けるのではないかと思う。夜桜の落花の美をこれ程までに表現したとすれば、西鶴を見直すことにもなろう。こんな句を作れる俳人は他にいなかったであろうし、相当の苦心作でもあろうが、それだけに理解する方も困難で、右は一つの解釈に過ぎない。「世の風」が一つのポイントで、「夜の風」を兼ねたものと見た。「桜影」は桜の薄暗くみえるところを夢幻的に表現している。「かなし」を悲し、かわいそう等と解すると、句の意図をとり誤まる。「桜影」が春の季語。「書簡」。

【参考】

元禄五年三月四日付、うぢや孫四宛の書簡の追而書きに書いている。孫四は備前の人で、俳諧の作品に批評を乞うた時の西鶴の返事らしい。その書簡に西鶴自身については、二万三千五百句独吟のこと、目が不自由な事などを書いている。追而書きには「此句の脇第三あそばし、可被遣候、我《わが》発句也」とあるから、伎倆試しの積りであろうか。さて、どんな脇句、第三の句が出来たであろうか。

213

寝耄《ネホレ》御前《ごぜん》山路に初夜の桜狩

皆酒機嫌、花見帰りの祇園町、ねほれといふ神の前ことにおかし

花見で一杯気嫌のまだ醒めやらぬ寐ぼけ面の仲間連中が、東山あたりから祇園までの道を夜に入ってもう暗い時分なのに、桜見物と洒落れてまだ歩き廻っているんだよ。誰かが「松尾神社では神輿を祢保礼《ねほれ》という」と言ったので皆が「我々はねほれの御前様だ」と言って大笑い。「そう言えば祇園町にも同類がいて出会った」と、又大笑い。

【鑑賞】

酒気嫌の一行を詠んだものと見る。「初夜」というと八時ごろか。もう暗くて桜は篝火でもよく見えない筈なのに、桜狩とは昼の花見の続きで酔っぱらって歩き廻っていたものか、それとも其の桜は祇園の美女即ち祇園の女狩りを言ったものか。「山路」を京の東山辺りと見た。「桜狩」が春の季語。『八重一重』（和気遠舟編、元禄五年刊）。

【参考】

「寝耄御前」という語の面白さに引かれての作句と思われるが、『日次《ひなみ》紀事』によると、松尾神社では四月初ノ酉の日の神事に、神輿七社のうち一社を毎年白木で神輿《みこし》を作り、後で桂川の東に捨てるという仕来りがあって、その御輿を武《タケノ》御輿と称し、民間では祢保礼《ネホレノ》宮

と呼んだ。というのは、祭の翌日、児童が再びこれを舁いだ後に砕破し、木片を疫病除けにした。その二度用いられるのが「睡余茫然の体」に似ているというので「ねほれ」と呼んだのだとある。松尾神社は酒の神を祀ると古来言われているから、酒と「ねほれ」とは関係があるので、ここに「寝耄御前」の詞が出たものと考えられる。「ねほれ」とは寝惚れで、寝起きでぼんやりしていること（ねぼけ）をいう。但し、ここでの「ねほれの神」は、四条通りの祇園祭の御輿の御旅所をいう。なお夜通し遊ぶ者を「午前様」とユーモラスに言う。

214

夜《よる》の芳野蕣《あさがお》は月の落花たり

花の吉野山も秋となればひっそりとし、然も夜となれば、見るものとて何もないが、ただ朝まだきの明けきらぬ暗い空に残月があり、その光を受けて咲く朝顔が、恰も名月から散って来た花であるかの如き気高さを匂わせる。

【鑑賞】

短冊に書かれた同句の前書に「名月」とあるから、残月と雖も満月の夜である。作者は名月を賞しつゝ、夜を明かしたのであろうか。その月光の中に多くの花咲く朝顔を見た。あたかも月からの光が滴り落ちて、花となったような美しさである。吉野山の桜は昼の眺めだが、今見るこの朝顔は「夜の吉野」ともいうべき昼の桜に劣らぬ眺めである。と見るのも一解。この方が作者の意図で正解かもしれない。「蕣」「月」が秋の季語。季重なりだが、却って美しい。『釿始《ちょうなはじめ》』（片山助叟編、元禄五年刊）所収。

【参考】 「蕣」は木槿《むくげ》で国訓では朝顔。「あさがお」はもと朝咲く美しい花の意で、桔梗・木槿を指して言われたことがあるが、今は朝顔。この句でも朝顔であろう。

215

濱《はま》荻《おぎ》や當風こもる女文字

伊勢小町は見ぬ世の哥人、今の世のい勢《せ》の国より園といへる女の、誹諧をわけて浜荻の筆、遠き浪速《なにわ》の里にこゝろざしての我に嬉しく二見箱、硯の海にそめて、気のうつり行事草《ゆくことぐさ》をかけるに、おもふまゝにぞうごきぬ。過し光貞の妻、かい《栢》原のすて《捨(女)》など、花《(は?)》にしぼみ紅葉はちり、世に詠の絶にしに、名をいふ月の秋に、此人此ところにしばしの舎りをなし、神風の住吉の春ぞ久しかれとぞことぶきける

「難波の蘆は伊勢の濱荻」（同じ物でも土地によって名称が違う）という諺があるように、伊勢は、この難波と共通性もあって親しみの持てる国である。その伊勢の人である園女の書かれた文字の跡（作品）を見ると、我々の携わっている、世に流行の俳諧の趣がたっぷり含まれていることを感ずる。まことによろこばしいことだよ。

【鑑賞】

先ず長い前書の要旨を言うと、俳諧の判る伊勢の園女が遥々と大坂にみえられた。書かれたものを見ると、心の移りゆくままを自由な筆致で書かれている。光貞の妻や捨女が死んで、見るべき女流の作品のなくなった現在、この方が名月の秋に暫くここに逗留して下さって、よい作品をいつまでも作られることを念じ、お祝いしたい、という意である。上五を「浜荻の筆」と前書にあることから、浜荻＝「葦製の筆鞘入りの筆」と解することはこだわり過ぎで、「や」と詠歎しているのだから、単に伊勢の人を美しく言ったものと見るべきであろう。「当風」は西鶴流の談林俳諧を指す。「浜荻」が秋の季語。『菊のちり』（園女編、宝永三年刊か）所収。

【参考】

園女は元禄三年芭蕉に入門。同五年大坂へ移住。この折の作と思われる。園女は伊勢神宮祠官秦師貞の女で、醫師斯波氏に嫁す。芭蕉と九吟歌仙を巻き、芭蕉の発句「白菊の目に立《たて》て見る塵もなし」に、脇を「紅葉に水をながす朝月」と付けた。編書の名『菊のちり』

は芭蕉の発句の語で付けられた。なお貞享元年刊西鶴編の『俳諧女歌仙』に、前書にある光貞妻の「ひらきてやけふ日のはじめ伊勢暦」、柏原《かいばら》の捨女《すて》の「梅が香はおもふきさまの袂かな」が入集されている。伊勢・小町は共に平安時代の女流歌人である。

216

日《に》本《ほん》道《みち》に山路つもれば千代の菊

日本の里程で中国の山路の里程を計算し直してみると、中国では六町を一里とするが、日本では三十六町で一里だから、同じ一里でも中国は日本の六分の一ということになる。だから菊酒を飲んで七百年生き延びたという慈童の住む酈懸山《れきけんざん》の山中までの距離も相当の長さで、日本の千里（中国では六千里）にもなるだろうし、菊水の菊も、千秋万歳も生き生きと長らえることになるだろう。

【鑑賞】 君が代が長久なれと祈り寿くと共に、万民も菊慈童にあやかって、菊酒を飲んで長寿を保つようにと、重陽の節句を祝おうではないかとの意をこめている。里程の比較はたゞ「千年」の言葉を出す為の工夫からであるが、句の全体に一種の格調がある。「菊」が秋の季語。西鶴自筆の『西鶴独吟百韻自註絵巻』の発句、元禄五年成。『熊野がらす』（玉置安之編、元禄七年）にも。前者は独吟で自註だから、凡て西鶴の作で、門弟に模範として示したもの。大作である。

【参考】

この発句の脇句が「鸜鵒も月に馴《なれ》て人まね」。自註に「何の事もなく付寄《つけよせ》けるを皆人好める世の風義に成《なり》ぬ」と説明している。「心行《こころゆき》の付かた」の例を示したものであるが、「心行」とは、前句の言葉でなく、情趣、気分に応ずるようにすることで、西鶴の言う当世風がこういうものであった。芭蕉の匂付けとは違うが、似た所もある。発句の「千代の菊」は謡曲『菊慈童』による。それには「此妙文（略）を菊の葉に、置く滴《したゞり》や露の身の、不老不死の薬となって七百歳を送りぬる、汲む人も汲まざるも、延ぶるや千年《ちとせ》なるらん」という文がある。「重陽」は九月九日、この日菊花酒を飲む風習があった。宮中では菊花宴が催された。

217

内《だい》裏《り》様《さま》のとて外《ほか》になしけふの月

【鑑賞】

今宵中秋の名月、「いい月だな」と仰いで見ているうちに、ふと思った。天子様を始めとして、宮中の貴い方々のご覧になるのも此の同じ今日の名月なのだ。格別の月ではない。

全国津々浦々で皆今宵の満月を賞していることだろうと、広く推測して詠んでいる。「けふの月」が秋の季語。『浦嶋集』(楊々子編、元禄五年言水序)所収。『しらぬ翁』(遠舟編、元禄六年刊)にも。

【参考】内裏様は天皇御一人を言うこともあろうが、宮中の貴い方々をいう場合もある。

218

初《はつ》山《やま》やちらぬ花ふむかた車

初花の比《ころ》、名所の山にわけ入《いり》て、ちらぬ花ふむ木曽のかけはしの古歌を種として、

【鑑賞】桜の咲き初めの頃、初めてある山の山中に分け入った。有名な木曽の山だったかと思うが、例の梯《かけはし》をも渡った。梯の下の崖に咲いている花があり、梯の危い所なので、屈強の土地の男の肩に担いてもらったが、足の下に花を見ることになったわけで、桜の花をそのまま踏んで一向に散らないな、という妙な気持で、一寸変った体験であった。

「初山」は新年最初の山入りで、山の神に供え物などするのが元々の意味であるが、こ

こでは初体験の句趣から、初めて入る山の意にとった。句趣からは梯を渡ることが考えられ、前書にもあることから、その山は木曽山ということになろうが、「名所の山」だから、木曽山に限らない。前書に言う古歌は、

信濃路や谷の梢を蜘蛛手にて散らぬ花ふむ木曽の梯（『夫木抄』「橋」、後鳥羽院宮内卿）

「散らぬ花ふむ」というのが巧みな表現。花が、ここでは踏んでも散らないの意。「花」が春の季語。「句巻十二ヶ月」。

［参考］

西鶴がいつ木曽山に登ったか、或いは登らなかったかは不明。梯は山路の険しい崖に板をかけ、橋の如くしたもので所々に設けられる。桟道。

219

天《てん》地《ち》廣し立春なにに礙《サハル》べき

元禄六年　五十二歳

一月『浮世栄華一代男』刊。八月十日西鶴没。

今日はいよいよ立春の日だ。寒さにせぐくまって来た長い冬が終って、春が始まるのだ。

そう思うと、あらためて天地の広大さが感じられる。無限なる天地よ。どこまでも自由にして、のびのびと何ら障るものとてないこの広大さよ。

［鑑賞］ 宇宙謳歌の句である。晩年のこの詩境は西鶴の真の自由人なることを示すもので、貴重な句でないかと思う。「立春」が季語。『しらぬ翁』（遠舟編、元禄六年刊〔一六九三〕）所収。

［参考］ 立春は太陽暦の現在では二月四日ごろであるが、元禄五年では「年の内に春は来にけり」で十二月三十日。たゞし「立春」ということが、いかにこの詩人の心に大きな喜びを与えたかが判る。なお俳諧撰集『しらぬ翁』では「俳人四たり（人）」として、西鶴・芭蕉・如泉・由平の名を挙げている。

220

浮世《うきよ》の月見過《すぐ》しにけり末二年

辞　世

人間五十年の究《きはま》り、それさへ我にはあまりたるに、ましてや、人間はぎりぎり生きて五十年なのに、私はこの世の月を、みすみす晩年の二年間も余計に眺め過してしまった。勿体ないことだ。

【鑑賞】

死期を悟って予め作った辞世の句であるが、全体に余裕が感じられ、悲愴感は全くない。それは人麿の辞世と伝えられる「石見のや高角山の木の間より浮世の月を（一に「この世の月を」）見果てつるかな」を意識し、表現をも借りているからということだけではない。かの二万三千五百句独吟の後の、「射て見たが何の根もない大矢数」の句に見られる心境に通ずるところがあるように思われる。達成感と清涼感、つまり執着心の全くない、さっぱりとした気持が感じられるのであって、そこに西鶴という偉大な作家の人柄の大きさがあると思われるのである。「末」は五十年を最後とする意と、「晩年」という意との何れかであろうが、後者と見ておきたい。「月」が秋の季語。当時は七、八、九の月を秋としていたし、八月十日に没したのであるから、七月中か八月初旬の作であろう。過労による衰弱死か。同じ元禄六年冬刊行の、門弟北条団水の手による刊行の『西鶴置土産』（浮世草子）の巻頭における、西鶴の画像上に、この句が前書と共に掲げられている。なお法名は仙皓西鶴、大坂寺町誓願寺（浄土宗）に葬らる。

【参考】

その後『童子教』（蕉門の蝶夢著の俳諧論集、寛政九年《一七九七》、編者瓦全序）所収。『反古集』、（遊林編、元禄九年《一六九六》自序）。『末若葉』（其角編、元禄十年刊）にも。後者には句形変じて「末二年浮世の月を見過たり」となっている。

年代未詳の発句

221

元日

曽《そ》の森《老》や世間氣恥《はず》る門の松

老曽の森というと歌枕。老いを歎く歌に詠み込まれるのが普通であるが、私も老いの身となった。ところが門松を飾っている年頭の今日元日には、老いを重ねるにも拘らず、人から「若うなられたように見えますな」と言われたり、自分でもそんな気になったりするのは、はっきり言って世間気、つまり世間体《てい》を繕って見栄を張るだけのことだから、常緑を千年も保つ門松の松に対しても恥ずかしい思いをすることだよ。

【鑑賞】「老曽の森」は近江の国に実在した森で、古典にもその名が見える。その言葉から五十歳前後の西鶴が実感を基に作ったのではなかろうか。「世間気」は普通虚栄心の意とされる。「門の松」が新年の季語。「自画賛」所収。画は淡彩で、松に鶴を描く。

【参考】「いそぢあまり老曽の森の神無月しぐれしぐれて身こそ古りぬれ」（『続拾遺集』前中納言資平）、「返る年を春の霞やたなびきて老曽の杜に立止るらむ」（『拾玉集』慈円）。「老」一字を句の前に出しているのは、上五の語調を整える気持も働いてのことか。

222

我《わが》恋の松嶋も嘸《さぞ》はつ霞

ぜひ一見したいと常々あこがれている松嶋も、新春の今日は定めし春霞で一段と美しいことだろうなあ。

【鑑賞】松島の美景は古来有名で、芭蕉もここでは、余りの美景で作句できなかったという（『おくのほそ道』）。『一目玉鉾』巻一に「松島」の項はあるが、二首の古歌を並べているだけで記事がない。但し瑞巌寺の古名の瑞岩園や五大堂、竹の浦など松島周辺の項は挙げている。尤もその絵図には松島湾の波が描かれているだけで、多くある島が描かれていないので、西鶴は近傍を通ったとしても、松島の景そのものは見なかったのかもしれない。「はつ霞」が新年の季語。『俳諧古選』（三宅嘯山編、宝暦十三年《一七六三》刊）所収。

【参考】「恋」と「待つ（松）」とは類語で、「我恋はみ山の松に這ふ蔦の茂きを人の問ずぞ有ける」（『金槐和歌集』実朝）等がある。「松嶋」を遊女の名とし、「霞」を酒の異名とする説（乾氏）もあるが、その場合「霞」を恋を隔てるものと解する方が無難かと思われるので、句趣からみると無理であろう。又、先述の「句意」と違って、松嶋は旅の途中に見て以来心に焼き付いてしまって、常々恋しく思っていると解することも可能である。

人《ひと》近《ちか》く召させ給ひぬ子《ね》の日《ひ》衣《ぎぬ》

正月最初の子の日、いわゆる子の日の遊びで野に出られた貴人は、特に子の日遊びの為の衣服を身にお召しになり、常はお呼びにならない下々の者をもおそば近くお呼びになったものだ。

【鑑賞】子の日の遊びは、昔宇多天皇の頃から郊外に出て行われるようになったという。それ迄は内裏での行事であった。正月の初めの子の日、野に出て小松を引き若菜を摘む遊びで、この時に着るのが「子の日衣」である。衣冠束帯などの厳めしいものでなく、簡略な衣服であったので、下々の者もお召しによって御傍近く行けたのであろう。「召させ給ふ」は、見る、着る、呼び寄せる等の最上敬語で、ここでは「お呼びになる」と「衣服を着られる」との二つの意味の掛詞になっている。「子の日衣」が新年の季語。『発句題林集』(車蓋編寛政六年《一七九四》刊)所収。

224

つくばねや擬宝珠《ぎぼうしゅ》をとぶ牛若子《うしわかご》

正月の女の子の遊びに追羽根がある。手に手に羽子板を持って相対した二人が、一つの羽根を高く突き上げて、落さぬようにやりとりをする遊びであるが、見ていると面白い。突かれた羽根が高く上がった時の様は、五条の橋で始めて出会った武蔵坊弁慶が雉刀で切って掛るのを、まだ幼い牛若丸がそれを巧みに躱して、ひらりと橋の欄干の擬宝珠の上に飛び上るところにそっくりである。

【鑑賞】

「つくばね」とは追羽根のことであって、女の子が互いに羽子板で「突く羽根」の意味でもある。その遊びの様子を比喩しているのだが、面白そうに見ている作者が想像されて、ほゝえましい。追羽根は現在のバドミントンである。「牛若子」の「子」は愛称の気持で付けた接尾語。「つくばね」が新年の季語。『絵本西川東童』（多田南嶺作の絵本、延享三年《一七四六》刊）所収。

225

祭《まつ》る日もひまなき尼の水粉《みずこ》哉

道明寺では、二月二十五日は道明寺祭であって、参詣人で賑わうが、寺の尼さんはいつもと同様に、せっせと名物の道明寺粉を作るのにひまがない。

［鑑賞］「尼」と「水粉」とで道明寺のことを詠んだと判る。道明寺は今の大阪府藤井寺市にある。通称道明寺八幡宮で、真言宗の尼寺。本尊十一面観音を作ったと伝える菅公の忌日を祭日とする。「水粉」というのは糯米を碾いて粉にしたものが道明寺粉で、これを蒸した上で乾かしたのが道明寺糒《ほしい》（乾飯《ほしいい》）である。これに熱湯を注ぎ、又は冷水に浸し、柔らかくして食べるのが普通。尼の手作りで、これを単に「道明寺」と言うくらい同寺の名物になっている。「水粉」は水に浸して食することから西鶴が独自にそう言ったものか。「道明寺祭」が春の季語。「乾飯（道明寺）」になると夏。『発句題林集』所収。

226

春《はる》遅《おそ》し山田につゞく茰《ぐみ》ばやし

そろ〳〵夏も近いというに山に来てみれば、まだ春深しという感じで、山田には人影もなく、田面には稲の切株がそのまま残っている所や、荒く鋤き起こされて所があり、残雪さえ僅かながら樹の下にあったりもする。その山田の先には野生の茱萸の低い群生が手入れされた跡もなくずっと続いているが、その枯れ枝には、ぽつぽつ緑の葉の出かかった所もある。空行く雲には流石に春の光と色がある。そんな景色である。

【鑑賞】特に工夫の跡の見られない写生句で、西鶴の地肌がみえるようである。「春遅し」が春の季語。『発句題林集』（車蓋編、寛政六年《一六九四》刊『俳諧発句題林集』の略名）所収。

227

鶯《うぐいす》も鼻うたうと歌《うう》ふ機嫌にて

のどかな日の光、何のくよくよ思うこともない、よい日和である。春を謳歌して一杯機嫌で鼻歌の一つも出ようというもの。人間だけでなく鶯も、今日は「法華経」となど真面目に鳴かずに、浮き浮きと鼻歌を歌うような上機嫌な鳴き方をしているようだ。

【鑑賞】「鴬も」の「も」で「鴬だって」の意となるから、一切のものが上機嫌になる程、極上の日和だということになる。一杯機嫌の人間の気分を主としてうたった句。「鴬」が春の季語。「自画賛」。

【参考】自画は、紅の房で梅と柳の枝とを結んだ図。なお座五「機嫌にて」の「にて」は連句では第三句の留め語とされている。

228

遠《とお》くから柳に見ゆる木卯《柳》哉

遠くから柳を見ると、やっぱり柳に見える。柳以外のものには絶対見えない。

【鑑賞】当り前ではないか、と言えばそれ迄だが、目で読んでは文字遊びの工夫が面白い。文字の形を変えてみせているのは、一見違うように見せかけたもので、木卯を卯木と逆にすればそれは「うつぎ」で、全く別物になる。木卯を合わせたのは「松」を「木公」とするのと同様。柳に見紛う木は他にないと思うが、柳は柳だとするのは禅語「柳は緑、花は紅」と似ている。私意を加えず物を見よということである。どこから見ても「柳は柳だ」と、耳で聞くだけでも、面白い句。

「柳」が春の季語。「自画賛」。

［参考］ 自画は墨で柳一本を描く。謡曲「山姥」に「衆生あれば山姥もあり。柳は緑、花は紅の色々」とあり、蘇東坡の詩の中に「柳緑《ハ》花紅《ハ》、是《レ》真面目」という句がある。

229

花《はな》や雪にいひふらしたり吉野山

歌人たちは、言葉の上で落花の美を直接に詠ったり、また花を雪にして降らせたりして、その美観を様々な表現で世に言い広めて来ているよ。花の吉野山の桜を。

［鑑賞］ 吉野山は桜で有名だが、それは古来多くの詩人墨客が、それぞれの美しい表現で、落花のことまでも歌ったことによるのだという意である。その事実を巧みに作句している。「いひふらす」は表現上で、散るのを「降らせる」として、「言い広げる」と掛けている。詩

人たちでなく、吉野山をその主語と考えた方がより面白いかもしれない。「花」が春の季語。「短冊」。

【参考】 花が散るのを「花が降る」と表現しているのは、花が「雪のように降る」という言い方を思わせたのであろう。そう解する方がよいと思う。一例「み吉野の山べに咲ける桜花雪かとのみぞあやまたれける」(『古今集』紀友則)。

230

花《はな》風《かぜ》やすがたの入《いれ》物《もの》窓のひま

東山にて

【鑑賞】 爛漫たる桜にさっと一陣の風が吹き付け、花が散り乱れる。と、そこへ一つのきれいな女乗物が来かかり、おろされた。駕籠の小窓が少しばかり開けられて、中の女が外を眺めるらしい。小窓の隙間からちらりとその女の様子が見えたが、美人である。桜の名所東山へ花見に来たばかりに、こんな美人を見ようとは。

桜花の美しさに加えて、高貴な駕籠と、乗っている女の奥床しい美しさ、何とも美しい景色ではないか。女は全容が見られないだけに余計に奥床しさを覚えるのである。「すがた」には美人の意味もある。普通「すがたの入物」というと遊里通いの早駕籠のことを言うが、ここでは窓つきの上等の女駕籠とした。「花風」は、花を吹き散らす風で春の季語。「短冊」。

［参考］『西鶴諸国はなし』二の一「姿の飛のり物」は軽い怪談であるが、挿絵に女の乗っている「姿の乗り物」が描かれている。

231

世《よ》の中や唯居る能に花の晝

世の中というものは面白いもので、人によって様々の人生があって、無為徒食、何の仕事もしないでぶらぶら遊んでいるだけが能の人間であっても、春になれば、桜の満開時にも逢う。その時は、人並に浮かれて楽しむだろう。結構な人生もあるものだよ。

［鑑賞］広い人間社会における多様な人生の在り方を達観した目で見ている。「唯居る」は無為徒食の生き様のことで、「能」は才能といったところ。「花の昼」の「昼」は全盛とか絶頂

とかの意に用いられている。「花の昼」が春の季語。『俳諧二百年史』所収。

232

辻駕籠《つじかご》や雲に乗り行く花のやま

花見の客を乗せた辻駕籠が、軽々と花の山を駈け巡っている。その様はさながら花の雲に乗って行くようだ。

【鑑賞】山一面が満開の桜で、駕籠はその間の道を行くのであろう。その下にも上にも花が咲き乱れているわけである。辻駕籠は今のタクシーだが、駕籠舁きが前後にいて担ぐ。ホイホイと威勢よく駈けて行くのであろうし、乗客は物見の簾を上げて左右の花を賞でているのである。山は恐らく吉野山であろう。佳景。「花の山」が季語。『東日記』（池西言水編、延宝九年夏序）に「肥後西雀」として出ているが、雀は雀の誤伝か（乾説）。『定本西鶴全集』には『井原西鶴』（穎原退蔵ほか編）所出とある。

【参考】列子が風に御して歩いたことが『列子』『荘子』に見えるが、「雲に乗りて行く」はこれを頭に置いての作かもしれない。

233

あたら日を松は暮れゆく桜かな

折角のよい日和、この日を桜見物に行くつもりで待っていたのに、日もすがら庵ごもりで、桜を思いながら目にしたのは軒先の松ばかり、その松も日暮れになって暗くなって来た。この一日は残念なことだった。

【鑑賞】 「松」は「待つ」との掛詞。日がな一日、桜は念頭にありながら、何かの都合で見に行けなかったのである。松は軒場の松であろうか。西鶴の軒号が松風軒・松寿軒・松魂軒であるから、西鶴は松を好んでいたと考えられるし、庵に松があったので、それを見て春の一日を過したとしてもおかしくはないであろう。つまり庵に籠って折角の日和を無駄にしてしまったというのであろう。「桜」が季語。『西鶴名作集』（藤井乙男編）。

【参考】 『西鶴置土産』の巻頭にある、西鶴の死を悼んだ北条団水の句が「力なや松をはなる、葛かつら」である。

落花に。

234

春《はる》残念松になりけり京の山

今日京都の山に来てみたら、折角の花の名所の花も盛んに散って、地に散り敷いてはいるものの、山は松山になってしまっている。晩春のこととて仕様がないけれど、この前来た時とは様子が打って変っているので、未練が残るのも仕様がないわい。とに角今年の春は失敗だ。

【鑑賞】上五に心残りの甚しさを表現している。「京の山」は「今日の山」でもあるが、桜の名所としての京の山は、東山界隈や嵐山など。「春」が季語。「短冊」。

235

ちるや桜爰《ここ》らに茶屋があった物

入相のひゞき松の風、淋しさも今ぞかし。

236

見《み》つくして暦に花もなかりけり

ことしも又暮々の人心、うき世に住ける役とおもへば、何事も松ふく風のごとし

「山寺の春の夕暮来て見れば入相の鐘に花ぞ散りける」（『新古今集』能因法師）

【参考】

出茶屋のあったことを思い出すことで、山全体の淋しい状態を表現している。前書の「今ぞかし」は淋しさ極まると言っているのである。「物」は「ものを」の意。「散る桜」が季語。前書は「色紙」にのみ。「短冊」。

【鑑賞】

「入相の鐘に花ぞ散りける」という古歌もあったが、今も入相の鐘がひゞいて来て日も暮れかかり、盛んに花が散っている。枝に残った花も僅かで、侘しくなってしまった。満開の時は人出も多く、たしかこの辺りに茶屋の出店もあった筈だったのに、出払ってしまって、その面影も今は跡方もない。松風の音がよけいに淋しさを増してくる。

この一年間も世の様々な人心を見て来た。ずっと見て来た暦も、もう見尽くした。と同時に、世の人心も十分に見尽くした今、暦が寂寥たる年末を示して、春の花、秋の紅葉も思い浮べるより他ない。人生にも、もう目を引く事が全くなくなった。時は風の如く早く流れ去り、人生の空しさをしみじみ思わずにはいられない。

【鑑賞】

前書には暗鬱な人ごころは年末ごとに見て来たが、憂き世に住んでいる以上は、それも避ける訳にはいかないのだと思って、さらっと気に留めまい、という心境を語っている。句はそれを暦に託して表現しているのである。諦観の心境の句で、その本心を澱みなく表現した佳句である。浮世草子執筆の作者の心の内が明かされていることにも気付かされる。「暦見つくす」が冬の季語。「懐紙」。

【参考】

西鶴の辞世は「浮世の月見過しにけり末二年」であるが、辞世の句としても、此の「見つくして」の句がよりふさわしいように思われるが、如何。

すまの花に嵐をだに、ましてや人間の手にをゐてをや

237

山桜《やまざくら》焼木《たき》に安房《あ》からげたり

花の咲いている山桜の枝を折って、薪にする積りで、あの阿呆めが束ねているぞ、何たることだ。

【鑑賞】 風流を解しない者の仕草を見て呆れている句である。低能呼ばわりしているところ、余程腹に据えかねたのであろう。前書の意味は、須磨寺の若木の桜に嵐が吹いて花を散らすのさえも惜しむのが普通なのに、まして人間の手で桜を折ったりするなんて以ての外だというのである。「山桜」が春の季語。「短冊」。

【参考】 須磨寺前の「若木の桜」は、敦盛が愛したもの。敦盛が若い美男子だったのでそのように名付けられたものであって、辨慶が「伐ル二一枝ヲ一者可シレ剪ル二一指ヲ一」と制札に書いたという。この木の枝一本切ったら指一本を切ってやるぞという意味である。

238

皆目《かいもく》の下戸《げこ》や花なき里の者

折角花見に来ている以上、いくらか飲んだら趣きも一段だろうに、一口も酒が飲めないような奴は、面白くない。恐らく、桜の木がなくて花を見たこともない村里の人間だろうな。

【鑑賞】風流気を解さない者を評した句。酒好きを上戸と言い、殆ど飲めない者を下戸という。西鶴は少々なら飲める方だったという、「戸」は飲酒の量を意味する。「花」が春の季語。「短冊」。

【参考】「春霞立つを見捨てて行く雁は花なき里にすみやならへる」（『古今集』伊勢）と同想。

239

本《ほん》丸《まる》の古《ふる》道《みち》うづむあせぼ哉

古城の本丸へ向う道は、今や行き交う武士の姿とてなく、荒れ放題になって、繁茂した馬酔木が埋めている。

【鑑賞】写生の句である。「古道」というからには、城が廃せられてから可成り年月がたっていることを思わせる。「あせぼ」は馬酔木《あしび》の俗称。常緑の灌木で、春は壷状の白い小花が多く咲く。牛馬が葉を食べると中毒を起すのでその様に書く。本丸への道がこの様だから、城門も有るか無いか判らぬ位であろう。本丸と言っても天守閣がもう無いかもしれない。馬酔木の白い小花が咲いていると見て「あせぼ」が春の季語。『発句題林集』（車蓋編、寛政六年《一七九四》刊）所収。

【参考】どこの廃城か判らぬが、伏見の荒廃が西鶴の浮世草子によく書かれているので、ここも伏見城趾かもしれない。

240

吹貫《ふきぬき》の嵐も白しいかのぼり

【鑑賞】白い紙で作られた凧が、幾つも幾つも揃ったように空高く上っていて、嵐のせいで時には威勢よく揺れている。それは戦場でよく目印にされた吹貫を思わせ、白い吹流しが強風に靡くに似ている。吹貫を吹き通る強風そのものが白くみえるように。多くの白い凧に吹く強風も白いように思われる。

「嵐も白し」という表現の面白さにこの作の重点がある。古歌に先例があるが、それは落花を譬えたものであるに対して、これは青空に揺れている多くの凧について言っている。「吹貫」は吹き抜けて行くという意味の他に、旗指物のことでもある。旗指物は戦国時代の戦場用で、円形の枠に幾筋もの細長い絹の吹流しを竿の先に取付けたものである。筒状の枠内を強い風が吹き抜けて吹流しが靡くようにしたものなので、吹貫といった。「いかのぼり」は上方でいう凧であるが、その、「いか」と「白し」は縁語。春の季語。「短冊」。「い上五を「吹貫や」とした『三人張』（永我編、延享年間か）もあるが、これには別の解が必要であるが、誤伝でなかろうか。

【参考】

「み吉野の高嶺の桜散りにけり嵐も白き春のあけぼの」（『新古今集』太上天皇）

241

葺《ふき》捨《すて》や菖蒲《しょうぶ》関屋の花びさし

五月六日に、

「不破の関屋の板庇《びさし》」を歌った古歌があるが、関所では、今日ばかりは板庇でなくて「花庇」である。というわけは、端午の節句の為に、二日前から軒端に差されているのが菖蒲の花だからであるが、それが今月六日になってもそのままになっている。それを葺き捨ての「花びさし」と言ってみるのも面白いではないか。

【鑑賞】 古歌をもじってみせた所に面白みがある。菖蒲は「あやめ」とも言い、邪気を払うものとして、五月五日、どの家でも端午の節句に、軒に差したり身につけたりする風習があった。今日では風呂に入れている。「関屋」とは関所の番小屋のこと。「菖蒲」が夏の季語。「短冊」。

【参考】 「人すまぬ不破の関屋の板庇あれにし後はただ秋の風」(『新古今集』藤原良経)

242

すゞみ床《ゆか》や茶屋淋しくも月夜に釜

京川原にて、

京都賀茂川の、四条から三条にかけて夏に出される涼み床は、月の輝く夜などは客で大賑わいであるが、そこは料理屋だからこそで、川沿いや近くの色茶屋・陰間茶屋はそこに客をとられてさっぱりである。正に諺に言う「月夜に釜を抜かれる」で、うっかりも甚だしいという感じだ。

【鑑賞】涼み床は六月から九月にかけて（当時は六月七日夜から同月十八日夜まで）今も賑わうが、川原や岸に臨時に桟敷を設けて客を呼び、酒食を呈した。今は西岸のみであるが、相変らず賑わう。茶屋の「茶」と「釜」とは縁語。茶屋は当時は陰間（男色の歌舞伎若衆）茶屋の方が多かったと思われる。諺「月夜に釜を抜かれる」は、月で明るいにも拘らず目に付き易い釜を盗まれるということで、みすみす油断も甚しいことを意味する。床にも茶屋にもそれぞれに賑わいはあろうが、近くにありながら見たところはひどく違うので、そう言ったまでである。「すゞみ床」が夏の季語。「短冊」。

【参考】「床」に「ゆか」というのは賀茂川で、「とこ」というのは貴船の方らしい。

243

花《はな》もみな紅葉にさくか涼船

皆

納涼船に乗って出ると、岸の所々に闇を照らす為に篝火が焚かれてある。その明かりで、花咲く木が皆紅葉が咲いているように見える。いや花ばかりでない、明かりが届いている木草が昼見るのと違って、皆紅葉色に咲いているかのように見える。

【鑑賞】涼み船は夜のものと考えられるし、暗い中を行くのだから、危険を避ける為に篝火を設けるのが常だと思う。「花も」の「も」で「花以外のものも」ということになる。この句「花」はふつう春のもの、「紅葉」は秋、「涼船」は夏のもので、一句に三季節の風物を詠み込んだ所が面白い。「涼船」が夏の季語。『絵木西川東童』所収。

【参考】「花」を花火とする説（乾氏）、波の花を含むとして出航の際の灯火で明るいとする説（前田氏）がある。いずれも夜の句と解している。

244

涼しさをこの枩《まつ》でもった軒端哉

【鑑賞】暑い日であるが、軒端の此の松があるだけで、松韻も聞けて涼しく感じられる。軒近い所だけでなくお邸全体が、御主人の人柄までが涼しく感じられます。

団水編の『こゝろ葉』に、「虚労裡にふるきあはれを秋の風」（鷺助）という西鶴十三年忌追善の句があって、その後書に、

　也雲軒の枩に鶴の翁の折〳〵かよひしころ、涼しさを此枩でもつた軒端哉と詠し人は十三年、枩もまたかれぬ

と書かれているので、松は也雲軒の松と知れる。也雲軒とは伊丹の池田宗旦の号で、西鶴も嘗て暫く学んだらしい人のことである。この句は宗旦への挨拶の句と思われるので、そのように解した。鷺助の句によると、西鶴の死因は「虚労」（心身の疲労衰弱）だったことになる。「涼しさ」が夏の季語。『こゝろ葉』（宝永三年《一七〇六》、西鶴十三回忌に刊）所収。

245

ところてん外《ほか》に名《な》を得《え》し花《はな》の街《まち》

「ところてん」は、「心太《ところてん》突き」で突き出した多くの細長い筋状のを、酢醤油等に浸して食べる一般人の夏の間食で、駄菓子屋などで売っている。これが所もあろうに遊廓で、その「突き出し」と言う名称が、外の意味で立派に通用せられるようになったもんだ。というのは、禿《かぶろ》（見習いの少女）にならずに、身売りされた十四、五歳の娘がいきなり遊女の勤めに出される者のことを「突き出し」と言って、遊客の間では喜ばれて、その名称も知れ

渡ったのだ。心太と言わず、突き出しという所、遊廓なればこそだ。「名を得し」は有名（評判）になったとの意。「花の街」は遊廓。

【鑑賞】とんでもない意外な所で、心太が別の名称に変えられて、その名称がよく知れ渡るようになったことの不思議さ面白さを詠んだもの。「ところてん」が夏の季語。『絵本雪月花』（多田南嶺作、延享五年《一七四八》刊）所収。

【参考】心太は天草という海藻で作る。

246

恋《こい》人《びと》の乳《ち》守《もり》出来《いでき》ぬ御田うへ《え》

常々惚れ込んで恋人になっている堺乳守の遊女が、住吉神社の神事である御田植に早乙女の一人とて出て来た。思い掛けないことなので吃驚《びっくり》したよ。

【鑑賞】毎年五月二十八日の攝津住吉神社の御田植神事には、堺の乳守遊廓、高洲遊廓の遊女が奉仕することになっていたが、その仕来りを知らなかったものだから、たまたま御田植を拝観に来て、早乙女の中に恋人の遊女がいるのを見付けて驚いたのである。「御田うへ」は正しくは「御田うゑ」で夏の季語。『発句題林集』（寛政六年〈一七九四〉刊、東蓋編）。

247

竹《たけ》伐《きり》や丹波の占《うら》もきく近江

【鑑賞】 鞍馬寺の竹伐り行事は、寺僧が十人ずつ左右に分かれて、同時に声を挙げて夫々一本の青竹を山刀で切り、近江・丹波の作物の豊凶を占なうのである。早く切れた方の地方が豊作ということになるのだが、近江方の豊作か否かは、丹波方の吉凶の占いの言葉を聞いて判ると同時に、自分のことを「うら」という丹波の方言をも聞き分けることになる。

【参考】 「占」は「占い」と「うら」という方言を掛けている。方言の「うら」は北陸地方で自分のことを「おら」（俺）というのと同じであって、丹波も近江も「うら」らしい。句は近江方を主にしているが、何故だろうか。近江の「おう」が僧の発する掛け声を掛けているのかも知れない。「竹伐」が六月二十日の行事であるから夏の季語。『発句題林集』所収。「竹伐り」の青竹は大蛇に見立てられている。『日次紀事』六月二十日の項にはその由来、行事の次第が書かれているが、ここでは省略する。なおその行事は今も行われている。

248

耳《みみ》にとまれ心の杉にほとゝぎす

杉の木が真直ぐなように、私は心を真直ぐにして、ひたすらお前の声を聞こうと待っているのだから、時鳥よ、鳴き過ぎないで、その辺の杉の木でなく、私の耳にはっきり聞きとまるように鳴いてくれ。私のこのお前を愛好する心に応えて、私が心にその声をしっかと聞きとどめて忘れないように、しっかり鳴いてくれ。

【鑑賞】「とまれ」は時鳥が来て止まれという呼びかけと、自分が心に留めて忘れないようにしたいから、その希望に添ってくれという願いとを掛けている。「心の杉」は杉が直立するように、ひたすらな心を意味する。また「すぎ」は「好き」を掛けてもいる。「耳に」また「心の杉に」「とまれ」というのである。「ほとゝぎす」が夏の季語。「短冊」。

【参考】「誰ぞこの三輪の桧原《ひはら》も知らなくに心の杉の我を尋ぬる」(『新古今集』実方朝臣)。「心の杉」はこれに倣ったか。時鳥の声は平安時代以来、夏になると人々の憧れの的であった。

時鳥・子規・不如帰・杜鵑・蜀魂・杜字など色々の書き方がある。

249

折《おれ》釘《くぎ》に本《ほ》尊《ぞん》かけたか鳥の籠

柱に打ち付けた折れ曲った釘に、鳥籠が掛けてある。鳥籠の鳥は「本尊かけたか」と鳴く時鳥であるが、その声の通り本尊の仏様を掛けた積りなのか、どうなんだ。聞きようによっては、時鳥が「此のように鳴いている籠の中の私を、あなたは本尊としているのか」、と言っているようにも聞こえるのだが。

【鑑賞】

「折釘」は折りまげて柱などに打ちつけて物を掛ける釘。「本尊」は信仰の対象である中心的な仏像。阿弥陀如来などの像。「ほんぞん」と読むのが普通だが、略して言うことも多い。時鳥の鳴き声は独特で「本尊かけたか」ともきこえるので、その「かけたか」に鳥籠を掛けたかを掛けてある。そこに面白さがある。「時鳥」の語はないが、その鳴声で判るので、それが夏の季語。「短冊」。

250

野鼠《のねずみ》にゆかり持《もち》たり鶉《うずら》の巣

野原を歩いていて鶉の巣を見付けた。それで思った。「野鼡が鶉になる」と田舎では言っているさと聞いているから、鶉は野鼡に少くとも親戚関係を持っている筈だ。だから巣だって似ているかも知れない、と。

【鑑賞】野鼡は家鼡と違って、野原に棲む野性の鼡。俗っぽくて和歌などの対象には絶対ならぬこんな動物を、和歌によく詠まれる鶉と関係がある、と言った所が俳諧である。鶉は褐色で黒白の斑点を持つ小鳥で、産卵期に野の叢の根元に枯草などで巣を作る。野鼡の巣も似たものであろう。「ゆかり」は縁者。「鶉の巣」が夏の季語。『発句題林集』所収。

【参考】「夕されば野辺の秋風身にしみて鶉鳴くなり深草の里」（『長秋詠草』俊成）。「月ぞすむ里はまことに荒れにけり鶉の床を払ふ秋風」（『拾遺愚草』定家）。「鶉の床」は鶉の巣のこと。

251

元政《げんせい》の軒かこふたる藜《あかざ》哉

深草の元政が両親に作ってあげた庵には、垣が庵をぐるりと囲んだように藜が一杯に生え茂っていて、伸びて軒にまで達している。藜は杖にできるのだから、老いた両親のことを思って元政がわざわざ植えたものに違いない。

【鑑賞】元政は元武士（石井氏）であったが、若くして日蓮宗の僧となり、法名を日政と言った。学僧として有名。深草に瑞光寺を開き、寺の傍に両親の為に称心庵を作ったので、「元政の軒」とはその庵の事である。藜は雑草であるが、若葉は食料になるし、夏、秋に伸びた茎は乾燥して杖にできる。その杖を用いると中風にならぬというので、老人に愛用された。この草が庵の周囲を囲う位だというのは、元政の孝心の厚さを表現したのである。「藜」が夏の季語。『発句題林集』所収。

【参考】元政上人は寛文八年《一六六八》二月寂、四十六歳。墓は右に述べた庵の傍にある。

252

二《に》夜《や》庵《あん》の詠《ながめ》や月と明《あく》る月

山崎宗鑑の「一夜庵《いちやあん》」は、どんな客でも一夜しか泊めなかった事から名付けられたというが、私は中秋の名月は勿論、後の月といわれる翌九月十三夜の月をも眺め賞するから、（つまり観月が二夜になるから、）私の庵の名前は二夜庵だ。

【鑑賞】

一寸しゃれてみた作。尤もだと笑わせるところがミソ。格別深い意味はないが、俳諧集の最初の『犬筑波集』の撰者、作者として著名な宗鑑に対する敬愛の心あってこその句である。「詠」は「眺」に通用、「月と明る月」は八月十五夜の月と翌月の満月。「月」が秋の季語。『二つ笠』（西山青玉・小西帯阿撰、安永四年《一七七五》刊）所収。

【参考】

宗鑑の「一夜庵」は、京都府の大山崎と賛岐の観音寺町の興昌寺内との二ヶ所にあり、後者は晩年の居住。『西鶴名残之友』二の一「昔たづねて小皿」に、前者の庵趾の風情が書かれ、更に宗鑑が入口の額に「泊り客人下、長あそびの客人中、立帰りの客人上」と書いていたという笑話が書かれている。

253

ほめて桜見し山鈍《どん》なけふの月

名月

今日八月十五夜の月の素晴しいこと。同じこの山で、この春に桜があんまり美しいので口に出してまで賞めたもんだが、ここで見ると月までもこんなに美しいとは、その時思いもしなかった。まことに鈍なことだったよ。

【鑑賞】

鈍な自分を悔やんでいる趣だが、それほど中秋の名月が見事であることを言いたいのである。山は吉野山であろうか。「鈍な」とは「まことに鈍なことでございました」等とよく人が口にする語で、自分の鈍感さを人に向っては卑下して言うのだが、ここは自分が自分に言っている。「桜」も「月」も季語で季重なりであるが、うまく処理されている。「月」が秋の季語。『西鶴本』（大正九年、水谷不倒）所収。

【参考】

同じ月でも環境によって美感が増す、西鶴の感覚の鋭さが感じられるが如何。

254

傘《かさ》見るからいつそ雪ふれ秋の月

花に嵐もつらし。ましてや名月に、

中秋の名月が見られるかと楽しみにしていたのに、月のまわりに暈《かさ》がかかっていて残念。これは雨が近いしるしだ。これでは折角の中秋の名月もだめだ。いっそのことに雪が降ってくれたらよい。雪月花と言って雪には雪で風雅の趣があるんだから。

【鑑賞】「傘」は笠、月のまわりに丸くできた暈をここでは言っている。八月は中秋、雪にはまだまだなのだから、無理を承知の上で言っているのだ。それだけに皓々たる名月を見られない口惜しい思いの激しさが判る。然し暈がかかっている位だから、ぼんやりと薄雲が月を蔽っていても月は見えていよう。作者はそれでも我慢がならないのである。「月」が秋の季語。「名月」を「秋の月」と言っている所にも口惜しい思いがあるようだ。「短冊」。

255

姨《うば》捨《すて》や月は浮世にすてられず

信州の姨捨山は老婆を捨てに行った山として有名である。それは世の中が、憂く生き難かった故の悲劇であった。然しいくら此の世が憂きものであっても、月だけは捨てられない。月見のできない浮世暮しなど考えられないことだ。それに姨捨山は姨は捨てられても月の名所ではないか。世は浮世だが、ここで見る名月は素晴らしいものだ。

【鑑賞】名前とは裏腹に、月の名所として有名な姨捨山だから、そこに矛盾の面白さを覚えての作。「月」が秋の季語。『西鶴句集』所収。

【参考】「くまもなき月の光を詠《なが》むればまづ姨捨の山ぞ恋しき」(『山家集』西行)。

薄《うす》霧《ぎり》は傘《かさ》屋《や》もしらぬ袂哉

音もしないでしめやかに立ちこめる薄霧で、知らぬ間に袂もしっとり濡れる。音立てて降る雨だったら着物が濡れる。勿論袂も濡れるのだから、傘屋だって商売柄、表を通る人に声をも掛けようが、薄霧ぐらいでは一向に無関心である。

【鑑賞】霧は秋のもの、秋空は定まらぬもので雨も降り易いから、傘屋も商売時だが、薄霧ぐらいでは閑《ひま》であろう。句は然し、傘屋よりも袂の方に重点がある。知らぬ間にしっとりと濕っているという微妙さは薄霧のせいである。傘屋はそこまで気が付かない。「霧」が秋の季語。「短冊」。

【参考】「試みに我問はめやは音もせで降る秋霧に濡るる袖かな」(『夫木抄』謙徳公)。同じものでも春は霞、秋は霧という。

257

ある皇子《みこ》の忍び歩行《ありき》や初鳥狩《はつとがり》

ある親王がこっそりと忍んで行かれたのが、女の許へ、と思ったら、何とそうではなくて、鷹狩に行かれたのであった。それも初鳥狩といって、鳥小屋から出た鷹を初めて使っての鷹狩だったのである。

【鑑賞】『伊勢物語』から取材した句で、第八十三段の惟喬《これたか》親王の行動を詠んでいる。「忍び歩き」は、平安時代には、普通人目につかぬようにして女の所へ通うことを言ったので、ここではその用法に従った。鷹狩は鶉や雲雀などの小鳥を獲った。意外性を狙った作である。

【参考】「初鳥狩」が秋に行われるので秋の季語。『発句題林集』所収。

惟喬親王は文徳天皇の第一皇子であったが、弟の惟仁《これひと》親王との皇位争いに破れ、在原業《なり》平《ひら》を相手として文雅を楽しみ、後、小野の里に隠棲した。『伊勢物語』の「水無瀬にかよひ給ひし惟喬親王、例の狩しにおはします」（八十三段）とある所に取材している。

258

角《つの》樽《だる》をまくらの鬼や紅葉狩

角樽を枕にして紅葉狩に来た鬼が眠っている、と思ったら、何の事はない、紅葉狩に来た人が角樽の酒を空っぽにして、その角樽を枕にして、真赤に酔っ払って眠りこけていたのだった。樽の二本の把手が頭の左右にあったので、角のある鬼に見えたのも無理はない。それにしても謡曲の「紅葉狩」を思わせる図だよ。

【鑑賞】

謡曲では寝込んでいるのが鬼でなくて、紅葉狩に山中に来た貴人であるし、角樽は出てこない。ふしぎな女に引きとめられて、菊酒を勧められて酔って眠った貴人が、夜嵐で目覚めると、女は鬼の本性を表わす。一丈余の大鬼だが、「剣に恐れて巌へ上るを引きおろし刺し通し」。遂に貴人が従えることになっている。「紅葉狩」が秋の季語。「短冊」。

【参考】

謡曲『紅葉狩』の貴人は平維茂。歌舞伎の演目にもなっていて、屡々上演されている。

259

菊《きく》ざけに薄綿入のほめきかな

今日は九月九日（陰暦）、重陽の節句である。例によって長寿を祝う菊酒を飲んだ。その上に、今日から着ることになっている薄綿を入れた小袖を着たものだから、体がほてってしょうがないよ。

【鑑賞】 菊酒は菊花を泛べた酒で、中国の故事によるものであり、九月九日からは綿入の小袖を着ることになっている。酒と綿入れとの二つが重なったので、体がかっかとあつくなったのである。「ほめき」とは「ほてる・熱くなる」意。「菊酒」が秋の季語。『発句題林集』。

【参考】 「つひに喜寿五臓に浸みる菊の酒」（井上水光）。「九月一日より八日までは袷、九日より綿入小袖を着る」（野間）。「今日良賤著《きル》縹《ノ》色小袖《ヲ》、互《ニ》相賀《ス》。各々飲《ミ》菊酒《ヲ》食《フ》蒸栗《ヲ》」（『日次紀事』九月九日）。菊の花に綿を被せて霜を防ぐ、その綿でこの日体を拭う老い忘れの行事があった。この事から「菊」と「薄綿」とは縁語。

260

朝《あさ》の間《ま》のたけや目覚しの若たばこ

朝の一ときだけ、寝起きの眠気払いに吸うのだが、その新煙草の煙が、浅間山の噴煙と見まごうくらいに吐き出されているよ。

【鑑賞】

「朝の間のたけ」を「朝の間だけ」と「浅間の嶽」との二つの意に掛けている。「若たばこ」は七、八月頃に摘んだ葉で製した新煙草。辛味が強いので若者が好んだという。浅間の煙と煙草の煙との「煙」という語を抜いている所に工夫がある。「若たばこ」が秋の季語。「短册」。

【参考】「信濃なる浅間の岳に立つ煙をちこち人の見やはとがめぬ」(『伊勢物語』八段)。浅間山の煙は遠近を問わず、どこからでも見えるということで、この古歌を意識しての作と思われる。煙草を「目覚し草」とも言う。

261

たをるなら花やはおしむ《惜》萩の露

手折ったら折角美しい萩の露が零れるから折らずに見ていよう、という趣の古歌もあったから、それも尤もとは思うが、もし私が今手折ったら、萩の花は露の零れるのを惜しむだろうか。私は惜しまないだろうと思うよ。萩は置く露の美しさは格別だが、私は萩の花が余りにも美しいので手折らずにはおられないのだ。

【鑑賞】萩の花に置く露の美しさを、こういう形で表現しているのである。「花やはおしむ」は、花は惜しむだろうか、いや惜しまないと、自問自答する反語ながら、ためらう気持を表わしているのである。「をしむ」とあるのが正しい。「萩」秋の七草の一つで、これが季語。「短冊」。

【参考】「あさまだき手折らでを見む萩の花うは葉の露のこぼれもぞする」(『新勅撰集』権中納言師時)

262

秋《あき》来ても色には出《いで》ず芋の蔓《つる》

秋が来たら大概の草木は色づくものなのに、全くその気配をも見せないのが山芋や里芋の蔓で、まことにそっけないものだ。その回り一帯は、まさに秋色なのだが。

【鑑賞】「なーんだ」と思わせるところが俳諧。それを言うことで全体の秋色を暗示している。「芋」が秋の季語。「色には出ず」というから、それは何だろうと期待していたら「芋の蔓」と来た。『発句題林集』所収。

【参考】 薩摩芋をもたゞ「芋」というのは江戸中期以後、ジャガ芋は末期かららしい。古歌に「石上《いそのかみ》ふるの神杉ふりぬれど色には出でず露も時雨も」（『秋篠月清集』四、良経）があるが、「忍ぶれど色にでにけり我が恋は物や思ふと人のとふまで」（『拾遺集』平兼盛）を逆用したかとも思われる。何れも芋ならぬ風流なものについて詠まれている。

263

賣《うり》當《あて》の一《ひと》櫃《びつ》出来ぬよし野がや

これで販売できるだけの吉野名産の榧《かや》の実の一箱分が出来上った。ようやくこれで商売になります。

【鑑賞】「櫃《ひつ》」とは蓋付きの大型の木箱。これ一箱に榧の実を一杯にするには、かなり沢山なければならないから、やれやれというところか。榧はイチイ科の常緑樹で、高さ二〇米にも達する。四月頃開花し、実は白く形が棗《なつめ》に似て広楕円形。食用になるし、搾って油もとれる。吉野産が最上品だという。「榧の実」が秋の季語。『発句題林集』所収。

【参考】新榧は九月に初めて市場に出される（野間）。今もよく歌われる童謡に「山家《やまが》のお婆《ば》さは囲炉裏ばた、粗朶《そだ》焚き柴たき燈りつけ、榧の実榧の実ソレ爆《は》ぜた」という詞のあるのがある（北原白秋「かやの木山の」）。

264

雪空《ゆきぞら》と鐘にしらるゝ夕べ哉　知

暮六つの鐘の音が淋しく聞こえてくる。耳を澄ますと、その音がいつもと違って冴えている。寒空を渡って響いてくるようだ。部屋の中も寒さが増して来た。あの鐘の音では、やがて雪が降るに違いないと思う。今夜も雪か。

【鑑賞】

句全体から寒々とした静けさが感じられる。実感のある佳句である。自然に出来た句であろうが、感覚の鋭い人でないと、このような句はできないであろう。字面の外に西鶴の生活の雰囲気も伝わってくるようである。「雪空」が冬の季語。『絵本舞台扇』（松村東鶴撰、明和七年《一七七〇》刊）所収。東鶴は西鶴の孫か、という推測説がある。

265

首《くび》かけん笠ぬい《縫》の島初しぐれ

笠縫産の笠は頭にかぶったり首にひっかけたりするものだが、笠縫の島は菅笠をも産している。その笠縫の島に初時雨が降っている。笠をかぶらにゃならぬ。もし降っていないぞと疑うなら、私は首を賭けよう。間違いなく降っているのだ。

【鑑賞】

「首かけん」は、首（生命）を賭けると、首（かしら）にかぶるとの両意を掛けている。「笠縫の島」を面白く言う為である。首は笠の縁語。この地には二説あって、一つは菅笠を産したのは摂津国東生郡深江村の古名とする説、他の説は豊前国にあった笠結《ゆい》の島（不詳）という歌枕の誤記とする。今前者と見たが、何れかは判らない。「初しぐれ」が冬の季語。

「短冊」。

【参考】『近来俳諧風躰抄』（惟中編、延宝七年《一六七九》十一月跋）に西海作として此の句があり、前書に「筑前を出修行すとて」とある由。これなら豊前説と見られる。句に「笠ぬいの島」とあるのは『万葉集』巻三の「しはつ山うち越え見れば笠縫の島漕ぎかくる棚無し小舟」（高市黒人）、『夫木抄』の「山路より見えしが見えぬ夕かな霞みにけりな笠縫の島」（中務卿のみこ）。後者が掲出句の下敷になっているとする説がある（野間氏）。

266

丸《まる》頭《ず》巾《きん》ひだの詠《ながめ》や位山

丸頭巾を召した僧の、その頭巾の襞《ひだ》を見ていると、飛騨の山々の様子が思い浮んでくる。その山々の中には櫟《いちい》（一位）の木を産するという名所の位山という山があるから、そのことを思うと、この僧はかなり高位の方とも考えられる。

【鑑賞】丸頭巾は丸型の頭巾で、僧だけでなく老人も用いるから、この句も僧でなく老人かも知れない。「ひだ」は「飛騨（岐阜県の北部）」と「襞」との両意を掛け、そこからその人物のことへと表現が発展している。そこに巧みさがある。「位山」は普通名詞としては人人の仰ぎ見る皇位のことであるが、ここでは貴い人のことを言ったものと見る。これを個有名詞の山名とを掛けたものと見てよかろう。櫟《いちい》（一位）の木材は建築や家具用になるが、公卿が用いる笏《しゃく》を作るのに用いられるので、一位とも言ったのであろう。櫟《いちい》は常緑高木で、どんぐりのできる「くぬぎ」も櫟と書く。同類。「丸頭巾」が冬の季語。「短册」。

［参考］ 位山は岐阜県大野郡の南にある一五二九米の山。丸頭巾は大黒頭巾とも言われる。側辺が脹れ出ていて襞がある。

冬籠《ふゆごもり》長寝しから《叱》ぬ人となり

［鑑賞］ 冬の寒さでは外へ出ることもせず、ひたすら家の中にじっとしているばかり、その上朝も寝ていたいだけ寝ていても、誰も叱りはしない、そんな気楽気侭な人間になったわけだが、さて……。

作者自身のことを言ったものか、どうか。とに角老人の心境を言ったものだが、「人となり」と言い残している所に含みがありそうだ。「しからぬ」も本来「しかられぬ」とあってもよい所であるが、人目を気にしていることを思わせる。句としては平凡。或いは、家族の者が長寝していても同じ穴の狢《むじな》で、叱りはしない、と解するも可か。「冬籠」が季語。『俳諧百哲伝』（安永・天明頃か）所収。

268

業《なり》平《ひら》が恋も尋《たず》ね《ね》ん狩使

昔男の業平が伊勢へ命ぜられて野鳥捕獲の為の使者に行ったそうだが、ついでに恋をも求めようとしたのだろう。その時の事情を聞いてみたいものだな。

【鑑賞】『伊勢物語』六十九段に、夜、伊勢の齋宮の許へひそかに恋を求めて行き、歌を詠み交わしたことが記されている。狩の使に行った時のことであったから、その話に基づいている。「狩の使」とは、毎年十一月の新嘗祭の折に賜わる雉子などの野鳥を調える為に諸国へ出された使のこと。後には大嘗祭の時だけになったという。「業平の恋も尋ん」とあったら、単に我々がその事を詳しく知りたいの意味になる。「業年が恋」はその意味をも兼ねるが、それだけで恋の実際をも思わせる。「狩使」が冬の季語。『発句題林集』所収。

269

深《み》山《やま》邊《べ》のこゝろの風を年《とし》取《とり》木《ぎ》

山に入って正月の薪用の木を採っているのだが、心は楽しみに山行きをした時とは違って、見知らぬ深山に分け入った時のように、妙に落着かない。心が風で揺れている。というのは、正月になったらどんな年になるのだろうという不安もあるから只事ではないのだ。

【鑑賞】「深山辺の心」とは、深山に一人入ったような、たえず身辺を気遣って落着かぬ心のことを言う。「深山辺」は普通俳諧で用いない歌語で、例えば「ことしげき世を遁《のが》れにし深山辺に嵐の風も心して吹け」（『新古今集』寂然法師）、「深山辺の楢の葉柏散《ちり》つみて上には夜半の時雨音なふ」（『按納言集』長方）。「こゝろの風」とは心が平静でない様を風に譬えて言ったもの。「年取木」は年末にとる木に「年を取る」を掛けている。これが冬の季語。『熊野がらす』（熊野の神官南水・安之共撰、元禄七年序）所収。

長月廿五日に大坂西翁の宅にて、

270 御《ご》詠《えい》歌《か》や紅葉のにしき神祭

今日は菅公を神と祭る天満宮の例祭日で、我々は菅公を称えて御詠歌を捧げているのであるが、菅公のお詠みになった歌に有名な「この度は幣《ぬさ》も取りあへずたむけ山紅葉のにしき神のまにまに」がある。その御歌のように今は、紅葉が錦と見るまでに美しい盛りを見せている。この美しい景色が、そのまま祭神菅公への手向けの「御詠歌」になっています。

【鑑賞】

下五の「神祭」の「神」は、中七に続いて菅公の歌の一部をなしている。「御詠歌」は仏教の御詠歌を掛けている。前書の「西翁」は西山宗因を指す。「長月」は陰暦九月。「紅葉」が秋の季語。「短冊」。

【参考】

宗因は天和二年《一六八二》没、七十八歳。西翁と号したのは寛文三年《一六六三》から同十三年迄であるから、その間の作である。

271

門《かど》まつや冥途のみちの一里塚

正月になると、毎年家ごとに門松を立てて新年を寿ぐが、そんな事で長命や安泰を祈った所で、何のめでたいことがあろうか。門松は冥途への道に設ける一里塚とも考えられるのだから。

【鑑賞】「一里塚」とは、街道の一里毎に土を盛って、そこに松や榎を植えたもので、目的地への里程の目標とした。門松をその松に見立てたのである。「冥途」は暗黒の世界、即ち死後の世界。「門まつ」が新年の季語。『諸人道中図之解』（明和八年刊）に松寿軒西鶴として出る。類句「門松や死出の旅路の一里塚」を小西来山の歳旦句とした書もある。こうした趣の言葉は当時、人人の間に広まっていたものか。

【参考】「門松は冥途の旅の一里塚めでたくもありめでたくもなし」を一休作の狂歌と俗に伝えるが、後世の前句付の付合の一であろう。前句付とは例えば「斬りたくもあり斬りたくもなし」の前句は如何様にも考えられるが、誰かが「盗人を捕へてみれば我が子なり」と付けたのをよしとする類い。掲出歌も「めでたくもありめでたくもなし」の問題句に、誰かが上句を考えて付けたことになる。西鶴の句もこのたぐいか。

追加の発句

野間光辰編「新編西鶴発句集」にないものを、乾裕幸編『西鶴俳諧集』(存疑及び補)から取り上げ、解釈をほどこした。

272

春《はる》のはつの坊主へんてつもなし留《とまり》

元日、法躰をして、

新春の今日は、初めて剃髪して坊主になったばかりの私が迎えた元日である。だが私は私、昨日までと何ら変りはないし、まだ編綴《へんてつ》を着てもいない。まあ、そんなところさ。

【鑑賞】

「はつ」は初で、新年の最初と、初めての坊主との両意を兼ねる。「へんてつ」も「変哲」と「編綴」の両意を掛ける。即ち「変哲もなし」で、別段変ったこともないという意と、「編綴もなし」との両意で、「編綴」とは当時医者・連歌師などが着用した羽織のこと。これをまだ持っていないというので、頭は剃ったが、内容外見とも、まだ元のままだと正直に言ったのである。「留」は句末を結ぶ為の、連歌や俳諧の特殊な語辞で、用法に色々な定めがあって「もなし留」といって、「もなし」で句を結ぶ用法もあった。ここは、それを句の中に入れて、「それだけのことだ」と軽くふざけてみせたのである。「春の初」で新年の季語。『誹諧大坂歳旦発句三物』（延宝四年刊）所収、同年正月作の句。

【参考】
この前の年延宝三年四月三日に、西鶴の妻が子供三人を残して二十五歳で病没している。その年の冬に剃髪し法躰となった。同時に商いの名跡を手代に譲ったらしい。鶴永を西鶴に改号したのは延宝元年冬であったから、三年前のことになる。掲出句に付けられた脇句が「自由にあそばせ誹諧は花」（鶴爪）。

273

棚葛《たなかずら》華ぞの寺の組天井

この藤井寺は、花の咲く草木を沢山植えてある美しいお寺であるが、寺内に入って天井を仰ぐと、格子状に細かく組んだ天井で、これ又見事である。その天井は恰も、棚板につる草の類いを一面に這わせせたような感じである。

【鑑賞】
河内国藤井寺の観音開張に際して奉納した句であるので、藤井という寺名から「華ぞの寺」としたのであろう。また藤井寺は「葛井寺」とも書かれたので、「棚葛」と其の文字をも使用している。気を配ったところが窺われるようである。「花ぞの」でなく「華ぞの」としたのも、桜花であるのを避けると同時に、「豪華」「華麗」の感じを与えようとしたものか。これが春の季語。『熊野山案内』（天和三年《一六八三》二月奥書）所収。天和二年秋以前の作。

万に今の都なれや、祇園・清水・嵯峨・御室の名桜の咲て、人のすがたの花を見しに、その中にか、る面影もおかし。朝夕鏡をうらむべき。よく〳〵むすぶの神に見かぎられたる人ぞかし。

274

美《び》女《じょ》にちれば愚かにうらむ桜狩

京の都の櫻見物には大勢の人が出て、その中には美女もいるし、おたふく面の醜女もいる。春風に花が散って、それが美女に散りかかると、美女は一そう美しく引き立ってみえる。花は美女の方だけに散っているようにさえ見えるので、醜女は花を恨んで、自分の方へも散ってくれたらよいのにと思う。花をうらんだって仕方のないことだがね。

【鑑賞】

「乙御前《おとごぜ》自画賛」にこの前書も句も出ているが、西鶴が描いた絵は面白い。右半分くらいに大きく乙御前の胸から上を描いているが、顔は三平二満（額・鼻・頤《あご》が平たく、両頬がふくれている）というのが乙御前の普通である所を、額と両頬がふくれて目が小さいように描いている。前書に「朝夕鏡をうらむべき」とあるが、本人は鏡を見ることも嫌なのではなかろうか。「すがたの花」とは美人のこと、「乙御前」は本来娘の愛称であるが、ここでは「おたふく」。縁談もない筈と前書では言っている。花の散るのを恨むのは風流人の常で伝統的美観でもあるが、ここでは面白い表現に変えている。作は元禄期か。「桜狩」が春の季語。

【参考】「花のちることや悲しき春霞立田の山の山鳥の声」（『古今和歌六帖』二、藤原俊蔭）。「ひさかたの光のどけき春の日にしづ心なく花のちるらむ」（『古今集』紀友則）。

275

朝《あさ》日《ひ》山《やま》惜《「おし」》やほたるの消《きえ》所

宇治のひとは、世にすぐれてのほたる見。

螢は「夜の花」で、朝が来ると朝日の光で、その光が消えてしまうものだから、名が朝日の語を持つ宇治の東方にある朝日山は、夜昼を問わず螢の光が消えて、どこへ行ったか判らぬようになってしまう山だろう。蛍が消え失せるのも惜しいことは勿論ながら、朝日山という山が宇治にあるということ自体、折角蛍を見ることが人並以上に多く、また格別の興味を持っている宇治の人にとって残念なことだと思うよ。

【鑑賞】山の名にこだわって宇治の蛍の見事なことを言ってみせたのである。「わが庵は都のたつみしかぞすむ世をうぢ山と人はいふなり」（『古今集』喜撰法師）の古歌を逆手にとったものか。「蛍」が夏の季語。『可都里書留』（文化年間か、五味葛里）所収。作は天和以降か。

【参考】西鶴が宇治の蛍見に行った記事は『名残之友』二の三、『俗つれ〳〵』三の二等にある。

276

けふ月の内義を見たし乱れ酒

名月幾としか、同じ眺めの桂男ばかりはめづらしからず。何がな。

毎年の月見では、月世界に住むという桂男ばかりを見て来たので、珍らしくない。今日はその細君を見たいものだ、と思うのは、月見の宴も酣《たけなわ》になって、座が乱れるほどの座で、かなり酔いがまわって来た、ご機嫌のしるし。

【鑑賞】 冗談も俳諧になる一例。「乱れ酒」は酒宴が興に入り、盃のやりとりの順序もなくなった状態をいう。「月」が秋の季語。「自筆懐紙」。署名に西鵬とあるから、元禄一、二、三年のうちの作という（長島弘明）。

【参考】 「桂宮《けいきゅう》」という語がある。月の中にあるという美しい宮殿のことだから、桂男はその宮殿に住む男のことである。桂宮は転じて月そのものをいうのだから、桂男も月のことになってよい。従ってその内義も同様、月のことになるであろう。たゞし桂女《かつらめ》は全くそれと違って、嘗ては貴人の婚礼に嫁のお供にもなった巫女《みこ》のことを言ったが、今は桂の里から物売りに出る女をいう。

277

夏座敷《なつざしき》会とり立《たつ》る大工町「まち」

襖や障子などを外して涼しくした夏座敷に集って、臨時の会合をしているが、どんな問題を取り上げているのだろう。何か新しい建築についての相談をしているのだろうか、この大工町の衆は。

【鑑賞】句形を「大工町会とり立る夏座敷」としても「同じひゞき」に聞こえる例として挙げられている句。「とり立る」には、「殊更にとり上げる」の意と、「大工町」と縁のある「建築する」との両意が掛けられている。大工町は大坂の町名で、天満宮の所在地。「夏座敷」が季語。『俳諧之口伝』『俳諧のならひ事』（共に西鶴著。前者は延宝五年四月奥書、後者元禄二年十一月奥書）所収。

【参考】作者名が示されていないというので乾氏が「存疑」の項に挙げている。しかし、その多くは例句として西鶴が作ったものと考えられる。以下の四句も同じ。

278

能《のう》や薪焼《たか》ぬ先よりこがるらん

【鑑賞】「焦れる」ということでは「能」も「薪」と同じで、能も薪能となると、薪を焚かぬうちから人々は「待ち焦れて」いることであろう。

薪能は毎年陰暦二月に、奈良興福寺南大門の芝生の上で、薪の明かりの中で七日間に亙って夜、演じられた。また春日若宮の祭りでも陰暦十一月十七、八日に行われたともいう。「こがる」は薪の縁語であり、待ちこがれる意をも掛けている。「らん」は現在の推量に用いられる助動詞。「薪能」が春の季語。右の句は、西鶴著の『俳諧のならひ事』（元禄二年）に「切字の大事」「らん留」の例句として掲げられていて「一代に一句の物也」と言っている。

279

名《な》の梅《うめ》や古《こ》今《こん》の哥《うた》の道しるべ

【鑑賞】有名な梅、即ち難波の梅は、『古今和歌集』の序にも、六種の和歌の様《さま》の最初、「添歌《そえうた》」の例に挙げられているが、それだけでなく、古くは万葉の昔から今に至るまで、和歌の道を案内するものとして尊ばれて来ていることだ。

【参考】「脇の句作大事」の項に、「此発句に脇に名所付る大事あり」として例句を挙げて教えている。「歌の道」のみならず、俳諧の「道しるべ」とも考えているから、より広く解してよいのであろう。「梅」が春の季語。西鶴著『俳諧のならひ事』所収。

脇句として挙げているのが「京衆はじめて住吉の春」(作者名なし)。説明に「梅は難波《なにわ》の名木なれば、此《この》名の梅を難波に指《さ》して脇に住吉と付《つく》る事、ならひ事也」云々とある。『古今集』序にある歌は「難波津に咲くやこの花冬ごもり今は春方《べ》と咲くや此の花」(大さゝぎの帝をそへ奉れるうた)。「そへ歌」とは、あるものにことよせて思いをよんだ歌のこと。

280

先《まず》花見名所の藤は遅ければ

読んで字の如し。「花見」とは、桜見物のこと。名所の藤の花も早く見たいのだが。

【鑑賞】

当然のこと故、平凡。「花の句の事」の項に所出。「花」と「藤」とを一句に関係付けても差支えないと言うことの例句として、余り考えないで作ったかと思われる。但し元禄四年の「ことしもまた梅見て櫻藤紅葉」の作に似てはいるけれども、全く違うこの方は、上五がある為に、作者の感情が大きく出ている。「花」も「藤」も春の季語で、季重なりであるが、「花」に重点があるし、結び付け方に難がない。『俳諧のならひ事』所出。

281

桜《さくら》咲《「さく」》女中を幕のうちながら

桜が満開で、野には花見幕が張られ、その中には上品なご婦人方が楽しげに談笑し飲食している。婦人方の美しいこと桜にも比すべきで、彼女たちが花見幕の中で楽しんでいる様子が、そのまま、満開の桜を見ているようである。

【鑑賞】

外にも桜、幕の内にも桜が咲いているような美女連中、というわけで、春の陽気な楽しさを表現しようとしているのだが、「ながら留」の例句として作ったと思われる。七五の処理がやや物足りない感もある。「桜咲く」は桜花そのものと、「幕のうちながら」咲く「女中の桜」との二つを掛けて言っているのである。「女中」は婦人の敬称であるが、貴人に仕える女性と見た方がここではよいかも知れない。「桜」が春の季語。『俳諧のならひ事』中の「ながらを留る事」の項所出で、初五に「さくら」「椿」など三音節の語をおけば、「ながら」と無理なく留るという説明がある。

282

百《ゆ》合《り》須《す》さくめらしゃ博多に花

句形不整、句意不明。阿誰軒編『誹諧書籍目録』（元禄五年《一六九二》刊）に「博多百合（推定元禄五年刊）一冊西鶴作」として出ている由。阿誰軒は書肆の井筒屋庄兵衛の軒号。同人同書名のもの（宝永四年《一七〇七》刊）の自序には元禄十五年九月とある由（『俳諧大辞典』明治書院）。

283

よき連《れん》歌《が》二月のなげ松湊舟

句意不明であるが、「三段切発句の事」の項に、西鶴は初五中七座五には別々のものながらよく付いていると一応評価した上で、「連歌詞にて躰なき故留りがたし」と述べているからよく判らないのは当然。西鶴が言っているように、口調よく付いているというだけの例句なのである。乾氏は西鶴作とすれば延宝五年春以前とする。この句と以下三句と計四句、乾氏の「存疑」の項にあり。野間氏も「西鶴発句集」にこの四句を挙げているが、「句主未考」としているので先には省いておいた。句主未考のものを『西鶴発句集』に入れるというのは不見識だと思う。『俳諧之口伝』所収。

284

沙《さ》汰《た》もなし花や木の根にかへるらん

花の便りも全くなくなってしまった。桜はもう散って、木の根の方へ帰っているのであろうか。淋しくなったことだなあ。

【鑑賞】

「花が木の根に帰る」というのは本来歌語である。木の下に散って土と化することをいう。例歌を二、三挙げよう。「花は根に鳥は古巣に帰るなり春の泊りを知る人ぞなき」（『千載集』春下崇徳院）、「根に返る花を送りて吉野山夏の境に入りて出でぬる」（『山家集』）、「根に帰る元の姿の恋しくば唯木の本を形見には見よ」（『藤原基俊家集』）。「沙汰もなし」は消息がないの意。「や」は軽い疑問の助詞。「落花」が春の季語。西鶴著『俳諧之口伝』「らん留の発句」の例句として。

285

桜《さくら》咲《「さく」》遠《とお》山《やま》はまだかげながら

桜が咲いて、周囲は華やかで明かるくなった。しかし、そのずっと遠くに見えている連山はまだ雲の影で暗いままである。気節はこうして楽しい春へ向かいつつあるのだ。

【鑑賞】

身近は日が当っていて明るいのに、遠山はずっと暗く見えている、その遠近明暗の対比を表現している。「かげ」は雲の陰以外に考えられないから、暗鬱な雲が広がっていて、ずっと動かないのであろう。「ながら」には浅春のまだ躊躇している感じが含まれている。「桜」が春の季語。『俳諧之口伝』所収。「ながらとまりの事」の例句。「さくら」と、三音節の語を上五において「ながら」と留める例。句趣は違うが、「遠山に日の当りたる枯野哉」（虚子）の句を連想させる。

286

千《せん》金《きん》と宵だにいふを今朝《けさ》の春

「春宵一刻直千金」（蘇軾の「春夜詩」）という詩の言葉が人口に膾炙して、人々は春の宵の心地よさを賛え、少しの時間も経つのを惜しむのだが、宵でさえ千金の値打があるというのだから、春は、宵以上と言うわけではないが、今朝の春の素晴らしさは又格別で、千金以上だよ。

【鑑賞】

「春眠暁を覚えず」とも言うように、寝床を離れないうちから春の朝は、何物にも替え難い心地よさだが、とり分け今朝は、朝日の光の美しさなども、譬えようのないくらい最高の気分だというのである。ここの「だに」は「でさえも」の意の副助詞。「千金」は千両と言ってもよかろう。「今朝の春」は「春の今朝」でもあるが、「春の今朝の（の気持）」で意味は全く違う。『俳諧之口伝』所収。「を廻しの発句の事」の例句。『俳諧のならひ事』では「発句切字の事」の項にも。以上「存疑」。野間氏はこの四句を句主未考のまま元禄五年の部に掲出している。

【参考】

「春宵一刻直千金、花有《ニリ》清香月有《ニリ》陰、歌管樓台声寂寂、鞦韆院落夜沈沈。」蘇東坡。「春眠不覚暁《エヲ》、處處聞啼《ク》鳥《ヲ》、夜来風雨声《ノ》、花落《ツルコト》知《ヌ》多少《ゾ》。」孟浩然「春暁」。

287
裙《も》の消（え）て達磨かふじの雪仏

富士山の裳裾《もすそ》（麓の方）にあった筈の雪が消えて無くなっている。これでは足のない達磨さんとでも言ったところではなかろうか。つまり、（雪のある上の方だけで言えば）富士山イコール雪仏（雪だるま）だよ。

【鑑賞】

「裙」とは、腰廻りを縫い合わせた裳裾、今のスカート。「雪仏」とは雪達磨のこと。富士山は今も見る通り、上方の雪が溶けないで残っている。その富士山の姿を達磨に譬えた作であるが、雪のない下の部分（裙）の処理が無く、比喩そのものがまずい。下五「ふじの雪仏」がくどいだけではない。もっと工夫があって然るべきである。出典が「短冊」というが、「偽物か」とあって「存疑」の部に掲げられている。私も、句柄が西鶴とは考えられないので、別人が西鶴に似せて書いたものと思う。除外すべきであろうが、一応入れて置いた。他の西鶴作と較べてみてほしい。「雪仏」が冬の季語。

［参考］

「雪仏」は平安時代既によく作られたらしい。『徒然草』に「人間のいとなみあへるわざ」が「春の日に雪ぼとけを」作って、その上に立派な堂を建てるようなもので、人の命も、すぐに消えるものだ、とある（百六十六段）。

以下「補」として付加されている五句、すべて安藤家本『俳諧習ひ事』森川昭の指摘による。

288

三月《さんがつ》に雪にはまたずほとゝぎす　西鵬

時鳥は古くから夏のものとされているので、春三月にはまだ鳴かず、冬、雪の降る季節には、鳴くのを私は当然待ってはいない。（とはいうものの、実は雪の頃から、また三月になった頃から、心の中ではお前の声を開きたくて待ち焦れていたのだ。）その時鳥が初夏の今、もうすぐ時候をあやまたず鳴いてくれるに違いない。待っていたぞ、時鳥よ。

［鑑賞］
西鶴の『近代艶隠者』序文に、初冬に時鳥がよく鳴くのを聞いて、暫くは不思議に思ったが、やがてそれは不思議でも何でもない、自然のことではないか、と思い返したことが書かれている。この句は通念に従ったもので、その意味では理に落ちているが、言外に、今にも鳴くかと、時鳥を待つ心を感じさせる。「三月にも（待たず）、雪（の季節）にも待たず」と補ってみると判り易いであろう。「ほと〻ぎす」が夏の季語。安藤家本『西鶴・俳諧習ひ事』所収、以下同じ。この句だけに作者名を西鵬と記す。

289

吉野山《よしのやま》たばこの煙花曇

吉野山は桜花爛漫の時とて花見客で大賑わいである。そぞろ歩く人も、またあちらの床几でもこちらの茶屋でも、花見の客が煙草を吹かしている。その煙が一ぱい立ち昇っていて、その煙のお蔭で折角の花も霞んで、花曇かと思われる程である。

【鑑賞】「花曇」は花時に多い曇天のことで、何となく鬱陶しいものであるが、ここでは花曇を思わせるほど煙草を吸う人が多くて、その煙が多すぎて、全山の花を晴天の下で見られないのが、いささか不満だ、というのである。但し表現がいささかオーバーながら、花の吉野の賑わいを、それなりに表現している。「花曇」が春の季語。

【参考】煙草は慶長前期に南蛮船によって渡来し、近世は上下ともに大いに流行した。勿論現在流行の煙草と違って、火皿・雁首・羅宇《らう》・吸口から成るキセルで刻み煙草を吸うもので、歩きながらでは普通吸えない。この句では恐らく床几に腰掛けて一服という人々が主なのであろう。

290

ほとゝぎす扨《さて》は他でぞ有明の

時鳥は初夏の夜深くか夜明け近くに迅《はや》く飛びながら鳴く。それで今、有明け月の下で今か今かと待っているのに、さっぱりやってくる気配がない。折角寝ないで待っているのにスカを食わせるとは。扨ては時鳥の奴、どこか他處《よそ》で、この同じ有明け月の空を飛んで鳴いているんだ。その声を聞いている人間がいるだろうに、こちらはさっぱりだ。

【鑑賞】

時鳥は今近くで鳴いたかと思うと、次の鳴き声はずっと遠くに聞こえる。その声はふつう「天辺《てっぺん》かけたか」とか「特許許可局」とかと聞きなされるような独特のものだから、鶯のことかと思っている人も多かろうが、大違いである。平安朝以来、初夏になるとその声を聞こうと待ち侘び、聞くことを喜びとするのが上流の人々の常であり、近世でも詩人墨客の風流であり、詩歌の種であった。この句では当てが外れて、なお諦め切れない気持が表現されている。「有明」は、夜明け近く、なお空にある月の意でもあり、その時分の意味でもあるが、ここでは前者を採る。有明け月の下を鋭く鳴きながら飛ぶ時鳥のイメージはよいものである。「有明の」は「他でぞ有り」から「有明」へ続ける掛詞でもあろう。七五は、「有明の（月の下での）他でぞ（鳴くか）」と見るべきであろう。

291

春《はる》の花見秋の月見に嵯峨もよし

句そのもので判るので、特に加えて言うことはないが、「嵯峨もよし」で、花見月見に好い処は他にもあるけれども、嵯峨だって馬鹿にできないぞ、ということになる。但し「よし」は、「よろし」が「悪い感じがしない」という程度の意味であるのと違って、積極的に「よし」と判定を下す意である。京都の嵯峨は古来嵐山を中心として、春は桜の名所、秋は月見の名所として広く知られていることは、周知の通りである。

【鑑賞】 句としては季重なりであり、平凡。「花見」「月見」とあるところ、一工夫あってもよかった。上五（字余り）を花見は吉野山に限ると見て一応そこで切り、あとの七五とは別の趣とした方がよかったように思う。但しそれには「春は花見」とあるべきであろう。

【参考】 嵯峨野は、嵐山に限らず、よい處は各所にある。大沢の池、広沢の池等も名所であり、秋は紅葉見にもよいし、秋草の歌枕でもある。

292

油《あぶら》引《びき》や紙のまに〳〵紅葉傘

紅葉傘《もみじがさ》は、傘の外側は白紙で細く縁取り、他の中央部分の丸い所は、青土佐紙を貼った雨傘であるから、紙には二種の別がある。雨に濡れても破れないように油を塗らねばならないのだが、油も紙の種類に応じて、それぞれ違った塗り方をしなければならならない。

「紅葉の錦神のまにまに」と歌った古歌はあるが、ここは「紙のまにまに」というわけだ。

【鑑賞】

菅公の有名な「此の度は幣《ぬさ》も取り敢へず手向山紅葉の錦神のまにまに」の古歌の文句を面白く利用している所がミソで、句全体は単に紅葉傘の説明に過ぎない。「紅葉傘」で秋の季語と見るべきか。

【参考】

紅葉傘の柄は藤巻で上等品ということで、貞享頃（元禄の一寸前）から江戸で流行した。最初は、日傘にしたものであったという。紅葉傘の名称は、菅笠の一種「紅葉笠」の名称を次いだものであり、「紅葉笠」の名称は、『古今集』の「雨降れば笠取山のもみぢ葉は行き交ふ人の袖さへぞ照る」（忠岑）から来たという（『広辞苑』）。なお『古今集』には「雨降れど露も洩らじを笠取の山はいかでか紅葉染めけむ」（在原元方）という歌もある（同じく「秋下」）。

右の五句は何れも余り佳句とは思えないのであるが、作句上の例句として作られた故で、已むを得ないのであろう。

初句索引

▶本書収載発歌の初句を、現代仮名遣に倣って五十音順に収めたものである。▶初句が同じものは、1字下げて第2句を掲げた。▶本索引は笠間書院編集部が作成した。

〔あ〕行

〔か〕行

〔さ〕行

〔た〕行

〔な〕行

〔は〕行

〔ま〕行

〔や〕行

〔ら〕行

〔わ〕行

■著者略歴

吉江久彌（よしえ　ひさや）

大正6年7月5日　富山県に生まれる
昭和15年3月　東京高等師範学校卒業
昭和26年3月　東京文理科大学国語国文学科卒業
その間5年間旧満州において軍隊にあり
専攻　日本近世文学（文博）
勤務　数校の旧制中等学校及び新制高等学校の教諭。その後，佛教大学教授，また立命館大学・大阪外国語大学・武庫川女子大学その他多くの大学で非常勤講師。
著書『西鶴文学研究』（昭和49．笠間書院）
『歌人上田秋成』（昭和58．桜楓社）
『西鶴　人ごころの文学』（昭和63．和泉書院）
『西鶴文学とその周辺』（平成2．新典社）
『タゴールと賢治』（平成11．武蔵野書院）
『賢治童話の気圏』（平成14．大修館書店）
『西鶴　思想と作品』（平成16．武蔵野書院）
『ブラームスと芭蕉たち』（平成19．思文閣出版）

西鶴全句集 解釈と鑑賞

2008年2月28日　初版第1刷発行

著　者　吉江久彌

装　幀　椿屋事務所

発行者　池田つや子

発行所　有限会社笠間書院
東京都千代田区猿楽町2-2-3［〒101-0064］
電話03-3295-1331　fax 03-3294-0996

NDC分類：911.31

ISBN978-4-305-70367-5
印刷／製本：モリモト印刷

出版目録は上記住所までご請求下さい。
email：info@kasamashoin.co.jp